剜烂苹果·锐批评文丛 第二辑

张立群 著

另一种诗歌批评

作家出版社

张立群 │

1973 年生于沈阳，文学博士。曾先后任职于辽宁大学、汕头大学，现为山东大学人文社会科学青岛研究院教授、博士生导师，辽宁大学兼职教授。主要研究方向为中国现当代文学，具体包括中国新诗与新诗理论、现当代作家传记与现代文学史料学。已出版个人专著 10 部，在各类核心期刊上发表论文百余篇。另为中国现代文学馆客座研究员（2012—2013）、中国现代文学馆特邀研究员。

目　录

第一辑　另一种诗歌批评

目前诗坛的四大困境

　　长期以来，我一直试图对当下诗坛进行一次全面客观的描述，但却苦于没有十分恰当的切入点。如果只是对它大肆地吹捧一番，似乎它还真的没有什么值得可以夸耀的；但倘若将它彻头彻尾地指责一番，又似乎显得不够负责任。倒是最近出现的有关"新诗有没有传统"的讨论给我带来了一些灵感。在这次最初发生于《粤海风》上的对话及其引发的论争中①，所谓"传统派"与"非传统派"的许多言论都使我受益匪浅。在此，先将两派到底孰对孰错暂且搁置一边，我只是想说说这次对话及其论争出现的必然性并进而展开自己的论题。关于新诗的传统问题似乎早在胡适先生那里就开始了，到了五六十年代又有所谓的"新民歌"运动……进入新时期以来，随着诗歌研究的日趋深入，这个问题再度被挖掘出来，但大家的视角几乎都只是停留在探讨"新诗是如何继承传统的""新诗与传统有哪些关系"之类的命题上，而这样在无形之中已经"定下调子"的研究自然是很难从反方面去思考的。或许发生于九十年代中后期的周涛在《绿风》上发表的关于"新诗十三问"而引发的论争倒是在一定程度上进行了质疑，但"十三问"显然不及这次来得具体深入。新诗如何在新世纪得到更好的发展恐怕是这次对话及其论争出现的最根本原因。同时，由对话所引发的论争还能从侧面反映

---

① 这些文章可见《新诗究竟有没有传统？——对话者：郑敏、吴思敬》，《粤海风》2001 年第 1 期。争论文章依次有朱子庆：《无效的新诗传统》，《华夏诗报》，2003 年 5 月 25 日；野曼：《新诗果真"没有传统"吗？——与郑敏先生商榷》，《文艺报》，2003 年 8 月 26 日，有删节，后在《华夏诗报》全文发表；此外，周良沛还在《华夏诗报》上发表了《在新诗有无传统的大是大非面前》等等。

出目前的汉语诗歌是困难重重的，否则对话与论争的本身也势必将失去意义，没有出现的必要。当年"新诗十三问"的最终结果是达成了三大方面的共识：1. 反思现状；2. 提倡建设；3. 呼唤好诗。然而，倘若我们能够对照这次讨论，坐下来仔细想一想，竟然会发现：对于当年的目标我们的诗歌界好像一个也没有完成。因而，要想进一步探索其他恐怕还得从反思现状、正视困难开始，而这一点也恰恰是"反传统派"在论争中反复提及的一个问题。

我以为当下诗坛主要存在四大方面的困境：

一、读者的缺席与未名作者的悲哀。当下诗歌界的阅读情况大致为："大诗人不读诗，小诗人读大诗人的诗，准诗人读很多人的诗，其余的人几乎不看诗。"既然大、小诗人都如此，就很难怪其余的读者不看现在的诗了。与小说、散文相比较，诗歌无疑是具有最高品位的，但就目前的情况而言，我们又不得不承认诗歌的读者已远远少于小说和散文的。诗既不能像小说那样有较强的故事情节，可以迅速地与影视联姻；也不及散文那样清楚明白、娓娓道来，何况目前的一大批诗人还有越写越生涩难懂的趋势！对于读者群落而言，自二十世纪九十年代以来，如何生存是人们普遍关注的问题，奔波的疲惫和激烈的生活竞争使得很多曾经热爱诗歌的读者已经无暇再顾及诗歌；大众传媒和网络铺天盖地地涌来之后，强烈的"视觉效应"不但吸引了许多人的目光，还对纯文学本身发起了强有力的冲击。在这种冲击之下，原本步伐就不够"灵活"的诗歌受到的斥力就显得格外地强大，而这一点也正是批评界在研讨诗歌现状时所普遍提到的外部困境之一。当然，对于那些站在公正立场上多次指出传媒与网络存有许多不合理之处的人，我们是没有任何理由横加指责的。现在的传媒与网络确实存在许多不尽如人意甚至是不健康的地方，但我们必须承认的是：那些既美丽又生动逼真的图像与画片对于大多数人来说，就是要比书写于纸上的诗歌更吸引人！可以肯定地说，在网络技术高度发达的今天，如果哪个青少年朋友没有上过网或是还不会上网，那么他肯定会被同龄人笑为"落伍者"。

目前，爱好诗歌和还在继续写诗的大群体更多的是集中于大学校园。还有很多受过正统高等教育的人对诗歌抱有圣洁的理想，他们默默地坚持写作，自然地，他们也期待有一天能够发表自己的作品，得到更多人的认可。然而，目前诗歌界萧条又为诗歌的发表带来了负面影响。许多大的刊物已经公开声明自己不再发表诗歌作品；而为数不多的刊物虽仍然在发表诗歌，但诗歌整体的不景气和刊物经费的频频"断奶"又使得他们不得不重视名家，轻视未名作者。只要是名家的稿子，即使是三流作品也会获得编辑青睐的情况在今天早已司空见惯了，何况还有那么多的"人情稿"和"关系稿"在等待发表。试问一下，哪个文学刊物的编辑手里没有几个需要"关心"甚至是必须"关心"的对象？据说更为有甚的是，有些刊物的编辑为了节省时间和自己的眼睛对于陌生的来稿是干脆不看的。在这种情况下，未名作者只能陷入一种屡投屡不中的悲哀境地，曾经对诗痴迷许久但最后又不得不在失去希望中"告别诗歌"是大有人在的。而且，这种情况在整个文学界也是非常普遍的，没有人会去体谅你曾经付出的艰辛，也很少有人会去想：如果诗歌界只是靠这几张老面孔支撑还到底能够维持多久？

二、诗歌理论批评的匮乏。对于九十年代以来的诗歌界日益疲软和诗歌创作质量普遍不高的严峻形势，我们的诗歌理论界是负有不可推卸的责任。到目前为止，研究现代汉语新诗的人并不占少数，但我们似乎还没有看到一部像样的现当代诗歌史以及具有完整意义上的诗歌理论批评史。记得前几年诗歌界曾经为了"九十年代诗歌"这个命名发生过激烈的争吵（这也是"民间派"与"知识分子派"之争的焦点之一），然后就是关于所谓"后新诗潮"年代的重新划分，还有类似"下半身写作""八十年代诗歌"之争。"文革"之后的诗歌发展到现在还不到三十年，但我们连发生在身边的这三十的诗歌历史分期还没有弄清楚，可见我们的诗歌理论界有多么的混乱！现在连"新诗有无传统"的论争都出现了。假如"新诗无传统派"的质疑最后获得了认同，那么我们所谓的八九十年代诗歌创作与研究是不是显得很尴尬？我们的新诗从哪里来？我们的所作所为是不是已经变得没有任何价值和意义？当代的诗歌理论研究一直滞后于诗歌创作本身，我们一直就缺少像胡适、闻一多这样的能为诗歌理论建设以及诗歌未来发展做出正确判断的诗论家。许多诗选集选来选去也就是那几首，许多诗歌论文选选来选去也就是那几篇。大量的伪诗、为自己挣名的诗论都可以堂而皇之地进入到选集当中。许多现在已经成为大家的诗人要不是拿生命做赌注（如自杀、意外死亡等）或是采取特殊手段就永远不能浮出历史的地表。但即使是这样，我所知道的一位在新世纪钟声刚刚敲响就去世的山西诗人至今也没有被谁所知道。诗歌理论批评的匮乏对于诗歌创作乃至批评本身都产生了不良的后果，在朦胧诗时代批评的摇旗呐喊曾经为诗歌的繁荣起到了巨大的作用，但最近几年，本该是批评作为主导的时代，可批评却似乎总是与诗人的创作实际相脱离，起不到自己应有的作用，这也就难怪许多诗人和读者已经越来越不相信批评了。

三、诗人的浮躁与急切的功利主义。诗人是诗歌的直接生产者，在诗歌诸多"内部因素"中作用是最大的。如果诗人能够矢志不移地存高远之志，默默与心灵相守，那么，也许再困难的外部条件也不会使诗歌陷入危机。举一个不恰当的例子：当年两万五千里长征的客观条件是多么艰难，但在主观上不断努力的红军不还是取得了最后的胜利？然而，现在的许多诗人是非常浮躁的，他们在诗歌创作上往往带有急切的功利主义。为了能够跟上时代迅速变化的节奏、获取诗坛的显赫地位，为了能够迅速与国际诗坛进行接轨，许多诗人都不惜放弃自己原有的艺术风格，一味地求新求怪，或者干脆不分青红皂白就拼命地向西方进行模仿与拼接。对于来自西方的许多理论和创作实践如后现代主义以及"垮掉派"的诗歌创作，许多所谓的先锋诗人还处于尚未理解的状态下就匆忙地开始了表演，而且还不断向诗坛抛出一些"泡沫词语"。不客气地说，自1986年"两报现代诗群体大展"以来（实际时间应该更早一些），美国后现代主义理论和"垮掉派"代表金丝伯格的作品就一直影响着中国当代的诗歌创作。众多诗人言必后现代和金丝伯格，但却从未思索过这些在美国出现的东西究竟有几分适合中国？对于后现代外表玩世不恭、骨子里却异常痛苦以及金丝伯格发自内心的嚎叫，他们在学得皮毛的同时却并未理解其精神实质。自然地，在这种庸俗化、误读式的理解下，极度散文化、情感弱化、低级趣味化、语言粗鄙化、文字游戏化、极端诡秘化、赤裸裸地描写下半身等现象的出现也就在所难免了。更为有趣的是，在世纪之末，许多诗人还为了名号、权力、表面利益等发生过派系上的争斗。1999年北京"盘峰诗会"是当代诗歌阵营严重分裂的标志，同时也是当代部分有"头脸"诗人品质的彻底暴露，至于是如何暴露的，也许只要我们翻翻"诗会"之后双方的文章和网上某些人的谩骂就可以一清二楚了。

四、极端个人主义的诗歌创作。"个人写作"是九十年代以来诗歌批评界比较流行的一个称谓。本来，对于诗歌描写个人的情感我们无可厚非。古今中外有多少伟大的诗人不都是以抒发自我的情感打动万千读者的吗？但任何一种事物最怕的就是过分失度。在此，笔者简单地将这种过度的写作倾向划分为几个类型：1. 自恋式。自恋式是指自己封闭自己、自己观看自己、自己恋爱自己的一种写作；它的特征是孤芳自赏、顾影自怜，是一种充分表现青春期焦灼的写作。2. 意淫式。意淫是性幻想的同义词，它与自恋在本质上相差无几。但在九十年代后期原本是要引起他人性幻想的意淫写作有了新的发展，即为追求感官刺激所大肆宣扬的拿私处开玩笑的描写和赤裸裸的黄色描写。3. 纯技术主义写作。这种个人写作的最大特点就是在自我的视角或第一人称的导引下，无限制地堆砌语言能指符号，追求语言奇特组接后产生的"陌生"效应。他们造作，为技术而技术，至于诗歌的内容别人看懂还是看不懂等都忽略不计。以上三种类型是当下极端化个人写作的主流，而且效尤者甚众。当然，非难"个人写作"不等于一网打尽，九十年代少数描写个人的诗作还是很不错的。但我们这里谈的主要是"另类"的个人写作，它在让人看后觉得无聊、哗众取宠。对于这样的"先锋诗歌"究竟是进步还是倒退相信读者心里都清楚。在目前现实性小说（尤其是反腐作品）不断被搬上银屏取得一定轰动效应的同时，我们的诗歌不但不吸取经验、为自己的出路和未来着想，却一味沉浸在关注自我、漠视现实尤其是低级的个人描写之中，这不能不让人对诗歌产生绝望的情绪。究竟是时代与读者抛弃诗歌，还是诗歌抛弃时代与读者？为什么在当下人们普遍关注的下岗失业、打工的内容就很少在诗歌里出现？诗人的狭隘和诗歌的狭隘都是造成当下诗歌困境的根源之一。无怪乎许多人一看见今天的一些诗就望而却步，无怪乎许多读者到现在记住的只是《回答》《一代人》这两首少得可怜的诗作。自然，新诗的传统遭到质疑也就可以理解了。对待这样令人绝望的现状，我们还能说些什么？

最后，我要说的是：本文出于种种策略的需要，所以具体例子和人名举得很少，但事实上，对于文中所需之例是"遍地可拾"的。与其过多地指责与打击倒不如直接面对问题和进行切实的反思，还是祝福我们曾经那样热爱过的诗歌走好吧！希望它的复兴在不久之后就会发生！

写于 2004 年 1 月

反思"个人化写作"

"个人化写作"是对九十年代以来中国文学创作主流写作形态的一次命名，即使在忽视女性写作以及九十年代自身就是一个"个体化"的时代，新诗写作中的此类命名也无疑是一个热点现象。然而，正如文学历史的研究总要期待一种沉淀之后，才能看清潜藏于其间的脉络，对于笔者曾一度热衷的诗歌研究而言，尽管，我曾在多篇文章中遵循将九十年代作为一个诗歌"个人化写作"的时代①，但在反复考察历史之后，我不由得在一种"断裂、延续、发展"的观念以及关乎诗歌自身的"功用与审美"的先天属性中，对九十年代"个人化写作"的命名产生了一定程度的质疑——但是，这种质疑绝不是一种带有随意性的妄图超越，这种反思性观念的形成还与近二十年来中国诗歌乃至中国文学本身创作的心态意识、流变趋势以及艺术的内在变迁，存有相当程度的关联。而引发我进行思考的诱因则是罗振亚的《朦胧诗后先锋诗歌研究》的出版，这部书的言说思路，在很大程度上为解脱"个人化写作"的困扰提供了重要的逻辑起点。

一

尽管，在追溯"个人化写作"的理论渊源时，罗振亚也同样以

9

---

① 关于此类文章，可参见笔者文章：《反思中的自由与沉默——论文学史意义上的 90 年代诗歌》，《文艺评论》，2004 年第 5 期；《拆解悬置的历史——关于 90 年代诗歌研究几个热点话题的反思》，《文艺评论》，2006 年第 2 期。

"惯常的思维"提到了"那么为什么在自我表现风行的二十世纪诗歌历史上'个人化写作'从未被提出，而偏偏直到九十年代被王家新、唐晓渡、肖开愚、于坚等人正式倡言后它才翩然莅临？这并非十分难解的谜。九十年代以前，中国社会的'前现代'阶段特征，本质地规定着从朦胧诗、'第三代'诗群体发展到九十年代初的实验诗，只能常常以集团化的形态出现。而进入九十年代后情形则完全不同了，'个人化写作'的发生已成为一种阻挡不住的历史必然"。①但作为一种研究选点的介入，所谓"朦胧诗后先锋诗歌研究"的提法就已然决定了作者要将大致出现在二十世纪八十年代中期以后的诗歌运动作为一个整体，这样，"个人化写作"作为一种知识谱系，在发展的过程中势必会带有一种延续性。而事实上，"个人化写作"以及"个体诗学"的出现，也确然在诸多诗论家笔下呈现如下两种内涵：其一，是历史性的渊源，如王光明所言的"不过是拒绝普遍性定义的写作实践，是相对于国家化、集体化、思潮化的更重视个体感受力和想象力的话语实践。它在某种程度上标志了对意识形态化的'重大题材'和时代共同主题的疏离，突出了诗歌艺术的具体承担方式"②，就是从反思历史和集团化写作的方式，探讨"个人化写作"的发展脉络的。其二，是从诗人个体以及诗歌自我的角度进行探讨的，如唐晓渡曾以"'个人诗歌知识谱系'具有显而易见的自我相关性质。它既是诗人写作的强大经验和文化后援，又是他必须穿越的精神和语言迷障；既是布鲁姆所谓'影响的焦虑'的渊薮，又是抗衡这种焦虑的影响，并不断有所突破的依据"。③因而，"个人化写作"成为一种批评意义上的"显学"当然与九十年代诗歌面临的语境相关，但是，它的历史脉络却必将在"去意识形

① 罗振亚：《朦胧诗后先锋诗歌研究》，中国社会科学出版社，2005 年版，第 163—164 页。

② 王光明：《在非诗的时代展开诗歌：论 90 年代的中国新诗》，《中国社会科学》，2002 年第 2 期。

③ 唐晓渡：《90 年代先锋诗的若干问题》，《唐晓渡诗学论集》，中国社会科学出版社，2001 年版，第 113 页。

态化"和"个人性"的特征中，超出观念意义上的历史界限。

对于发生于八十年代中期的"第三代"诗歌运动（或曰"后朦胧诗""后新诗潮"），罗振亚曾在其著作的第一章之第一节"生命本体的喧哗：'第三代'诗的意味革命"中结合抒情的变异以及反拨历史的前提指出，"'第三代'诗人们不像朦胧诗人那样经历过噩梦般的悲愤年代，对朦胧诗人那种干净坦荡的英雄主义倾向、那种深入骨髓的忧患意识与使命感格格不入。他们不愿做朦胧诗歌唱者'那类的社会人'，他们无意代表时代，也无意代表他人，他们只代表自己"[①]，这样，"第三代诗人"在朦胧诗后中国先锋诗歌阵营中为个人化写作的生成便奠定了某种基础；不但如此，振亚先生还以详细疏理历史的方式提出了"平民意识的觉醒，使'第三代'诗人们从朦胧诗的类型化情思阴影下走出，迅速向人的生命存在状态的顿悟与袒露回归"[②]，这一或许是可以判定"第三代诗歌"正走向所谓"个体诗学"的重要标志，说明"第三代诗歌"是如何在告别集体和崇高甚或精英意识的过程中，进入到一种新的诗学层面。当然，对于"第三代诗歌"，我一直坚持它的后现代性，尽管，这种后现代性在某种意义上是与现代性混同在一起，而且，这种后现代性在呈现诗意碎片的过程中，似乎并不为当时的写作者自身意识到，但无论是为了超越前代，还是彰显个性的意图以及某种急功近利的心态意识，都使"第三代诗歌"从一开始就具有深深的个人性，他们对生活、事态具象细腻入微的书写，不但关注了存在主义式的"此在状态"，同样也在拒绝历史的过程中，成为一种高度的自我。这一点，在振亚先生的书中，虽没有完全得到命名意义上的书写，不过，所谓"消解崇高""告别优雅：圭臬崩溃后的俗美呈现"，却以事实的方式证明了"第三代诗歌"的这种写作意识。

11

---

① 罗振亚：《朦胧诗后先锋诗歌研究》，中国社会科学出版社，2005 年版，第 45 页。

② 罗振亚：《朦胧诗后先锋诗歌研究》，中国社会科学出版社，2005 年版，第 46 页。

如果说因为"个人化写作"的提出，是九十年代诗歌相对于八十年代集体化写作和云散之后的反思而出现的一种诗歌理论命名的话，那么，必须要注意那种对"个人化写作"不过是对八十年代诗歌特别是"第三代诗歌"貌似集体，实则个人式写作的"美学脱身"予以重视。"个人化写作"作为一个可以不断提升的理论术语，虽然在九十年代各式文学写作的评论中被频繁引用，但这种频繁引用却始终无法排斥那种似曾相识的感觉，毕竟诗歌作为一种写作，在任何时代都可以被说为是从属于"个人"的，因而，"个人化写作"的单独出场是针对一种时代语境和相应一种历史语境的产物。

对于将"个人化写作"的知识谱系延伸至八十年代"第三代写作"，一个重要的前提就是，"第三代诗歌"虽集体出场，但却在出场的瞬间便以大批夭折的态势胎死腹中。尽管，从诗歌史的意义上说，1986年的"两报大展"虽然推出如此多的诗歌流派，并最终常常为人追忆的有"他们""非非""莽汉"等群落，但是，抒情主人公常常陷入自我、黑色幽默、解构甚或冷漠的写作方式，却决定了它们近乎多元与难以用整体的方式进行历史的划一：于坚诗歌的生活意识、韩东名篇的解构性、李亚伟式的反讽与嘲弄，甚至还有西川诗意的古典与海子的悬浮的大诗，都使得第三代诗歌在去意识形态的效应中走向了"朦胧诗"的背面。当然，"第三代诗歌"可以为人所诟病的却在于从去意识形态的角度甚至呼号出发，而却宛若使用意识形态的方式重新落入一种"历史的诡计"。不过，追溯这种谱系的历史之后，特别是那些容易被人忽视乃至尘封的脉络之后，我们不难断定如下几点事实：

第一，是对这一时期女性诗歌与诗歌潮流本身融合的忽视。对于"第三代诗歌"而言，虽然所谓"黑色风暴"的女性写作常常被看成是其中重要的支脉，但是，翟永明、唐亚平、伊蕾、海男等的

"个人化写作"却常常在研究的过程中被剥离出来。这样，这种常常被指认为是在相当程度上接受美国自白派诗风的写作，就往往被封闭到一个属于自我的单元——然而，无论是自白派，还是所谓后现代视野中的"女性主义写作"，甚至还有所谓的"躯体写作"，这些拒绝异性到场，或者以变相方式发出愤世嫉俗的写作，都是构成第三代诗歌成为"个人化写作"发端的一种重要前提。

第二，是在八十年代中期的语境下，一个必须要注意的前提，就是所谓"主体性""向内转"的问题成为当时文学批评的一个重要视点。而"主体性""向内转"的一个重要现实指向，就是使"文学是人学"的命题再度得到历史的确认。如果没有上述理论的呼招以及潜在的氛围，或许"第三代诗歌"以及"先锋小说"乃至频繁引发学界争论的"后新时期文学"本身都无法成为一种可以独立的文学现象，并最终在嵌入文学历史的场景下，接续一度为历史中断的现代性和顺势迎接所谓的后现代场景。

至此，关乎"第三代诗歌"与"个人化写作"之间的关联已然得到了一种基本的确证。然而，或许值得提及的是，在振亚先生的著作里，还涉及了另外一种可资凭借的可能，即绪论部分的"亚文化选择：民刊策略与边缘立场"。在著作中，振亚先生曾以"朦胧诗后先锋诗歌的殷实业绩令人仰慕，但回望它的生命来路却又伴随着几多坎坷与酸涩。我们必须正视这样一个残酷的现实：从边缘出发的朦胧诗后先锋诗歌，经历无数次的拼搏厮杀，至今仍没有完全接近中心，获得统领诗坛主潮的风骚和殊荣；并且在生存方式上还远远没有摆脱和主流文化相对的'先锋文学所特有的亚文化特征'"[①]。的确，无论从"先锋"以及"先锋诗歌"本身的前驱意识，还是与其反叛意识所交融的探索性和实验性，都必然决定"先锋"和"先锋诗歌"本身的个人性。而由此可以引申的则是：在"第三代"风起云涌的浪潮中，人们大致可以在"PASS"和"别了，舒婷北

13

---

① 罗振亚：《朦胧诗后先锋诗歌研究》，中国社会科学出版社，2005 年版，第 3 页。

岛"的言论中读出，新一代青年诗人是如何无法理解和接受"朦胧诗"的根本精神，以及那种沉重的政治责任感和道德伦理意识的。"后朦胧诗"者在急于摆脱历史文化记忆和社会政治出现新质的共谋下，从一开始就使其卸下历史的重负，并在采取激进的姿态中显示更为自由的言说空间。在"后朦胧诗"者的诗歌观念中，并非已经彻底解构了乌托邦，只不过，这种乌托邦已从社会历史意义层面的乌托邦滑落到文化、艺术乃至语言上的乌托邦。而由此透露的诗人心态即为期待回归艺术审美、回归个体的言说方式，以及拒斥诗意的政治承担。

　　怀着对政治权力失衡的记忆和横加于写作上的权利形式，"后朦胧诗"的超越意识和诗意理想竟然来得如此强烈与急切。以诗人韩东的言论为代表，除了那句著名的"诗到语言为止"妄图通过清除诗歌语言上过量的非本体性沉积而还原生命诉求，与"朦胧诗"形成相应的对立之外①，他在《三个世俗的角色之后》中，对于多年来中国诗歌所承担的政治的角色、文化的角色、历史的角色的析分，更是以"去政治化""去功利主义"的方式，将诗歌引向了个体意义上的诗学本身。②不过，由于韩东的论述甚至是包括"后朦胧诗"本身的兴起与运转，都与八十年代中期的"叙述转向""方法论热""文化反思热潮"甚或"后现代主义与现代主义混同"的

---

① 如洪子诚在《中国当代文学史》中就认为，这一名言是"旨在反对朦胧诗人所扮演的'历史真理代言人'的角色以及他们强烈的社会意识"。北京大学出版社，1999 年版，第 314 页。

② 如韩东在《三个世俗的角色之后》中，就曾结合北岛的创作这样阐述他对"政治的角色"的理解："可以说整个诗歌运动都暗含着这样的内容和动机。我们的努力成了一种政治行为式个人在一个政治化的社会里安身立命的手段。虽然充满风险，我们还是这样做了。在中国，政治上的成功总比艺术上的成功来得容易。这是我们血液里的经验。……诗歌运动的危险隐藏在历史事件中。我们不可能从跌倒的地方爬起来，并借此一跃，除非我们永不跌倒。我们不再相信屈服过的人生。我们要摆脱作为政治动物的悲剧就必须不再企图借此发迹。"见吴思敬编选：《磁场与魔方》，北京师范大学出版社，1993 年版。

文化语境密切相关，所以，所谓"后朦胧诗"的走向生活、走向语言以及走向诗歌本身，都以某种紧迫感、混同感的方式表现其个人的理想主义心态。而所谓在1986年"两报大展"中瞬间出现的数百家诗歌流派，同样以"集体退场"的方式成为历史，更说明了激情催生的诗人心态以及裹挟的功利意识、历史压抑感在厚重与沉积方面上竟然是如此地匮乏。或许在"后朦胧诗"营造的"理想高于艺术""语言、技巧高于内容"的过度表演中，我们所能体味到的除了一种个人化的叙事之外，再有的就是新诗正在以一种近乎"眼高手低"的书写走向了文化的世俗化情境。

三

但"个人化写作"为何在他者的眼中总是属于九十年代的事物呢？也许，这个问题只有通过一种"对位思考"才能得到解释。本来，如果只是从写作的角度来说，任何诗歌写作都是"个人"的，因此，在九十年代提出所谓的"个人化写作"其实并没有给人带来喜出望外的感觉。事实上，九十年代诗歌中的"个人化写作"之所以成为一个热点，关键就在于九十年代诗歌写作的沉默与八十年代诗歌声势浩大的集体登场，同时，它也反思历史上种种附庸式诗歌写作而最终为九十年代的诗人所普遍接受，因此，它的命名歧义不在于它是诗歌无奈后的写作策略，不在于它能标志独立作家与独立诗人的成长、形成和真正独立于艺术层面上的诗歌知识谱系，而只在于它自身可以跨越历史，进行无限制的拼贴与链接。

在这种前提下，思考"个人化写作"以及一系列相关问题的关键就在于找寻一个"临界点"。如果说"后新时期"以及"亚文化"的身份意识对于诗歌"个人化写作"的意义是不言而喻的，因为，这种场景下的文化身份及其认知方式往往会以解构群体意识和精英启蒙意识的方式，显现其深深的个人性，那么，在回顾八十年代诗歌热闹场景以及九十年代诗歌日趋走向边缘之后，往往会让人发现一条横亘的"断裂感",而这一点,如果可以借用诗人欧阳江河那段近乎经典化的论述,即为——

> 1989 年是个非常特殊的年代,属于那种加了着重号的、可以从事实和时间中脱离出来单独存在的象征性时间。对我们这一代诗人的写作来说,1989 年并非从头开始,但似乎比从头开始还要困难。一个主要的结果是,在我们已经写出和正在写的作品之间产生了一种深刻的中断。诗歌写作的某个阶段已大致结束了。许多作品失效了。……在这种情境中,我们既可以说写作的乌托邦时代已经结束,也可以说它刚刚开始。[①]

透过这段近乎吊诡式的论述,不难想象的是:九十年代诗歌似乎已通过"对立"的方式相应于八十年代展开了它的历史化情境,并滋生出新的"诗歌想象"。不但如此,它似乎又在说明:经历八九十年代过渡阶段的一代中国诗人仍然怀有着深深的历史记忆。唯其如此,我们才能在"首先对所谓'个人写作'进行必要的澄清似乎并不多余。我的意思不是要给它下一个确切的定义,而是要提请注意聚集在这一概念上的若干'踪迹'和'投影'。这样的'踪迹'和'投影'包括:意识形态写作、集体写作、青春期写作、对西方现代诗的仿写(和对整个西方文学、文化的服膺),或许还得加上近些年大行其道的'大众写作'和'市场写作'。所有这些都有助于我们意识到'个人写作'在一个缺少'个人'传统的历史和现实语境中的针对性,及其更多从反面被界定的语义渊源"[②]中,体悟到在所谓九十年代"文化转型"语境和市场化时代诗歌写作的"个人

---

① 欧阳江河:《1989 后国内诗歌写作:本土气质、中年特征和知识分子身份》,收入欧阳江河《站在虚构这边》,生活·读书·新知三联书店,2001 年版,第 49—50 页。
② 唐晓渡:《90 年代先锋诗的若干问题》,《唐晓渡诗学论集》,中国社会科学出版社,2001 年版,第 111—112 页。

性"所抵达的空间及其预设的历史前提。"个人化写作"不但是历史化记忆丧失（至少是反拨历史化）的必然结果，同时，也是诗人妄图通过审美、独立的方式寻找写作权利的必然结果，但是，丧失历史化场景与诗歌主流身份地位的却并不是"个人化"本身造成的，这种无奈并乏力的心态意识还是诗歌、诗人走向边缘之后的必然结果。

当然，对于"个人化写作"及其谱系的延伸，我们也必须要进行一分为二的看待。一方面，"个人化写作"作为诗歌回归自身的一种呼唤，它不断预示着一种生活性以及诗意的沉潜，同时，它也在于一种写作上的多元性和诗歌艺术上的多元性。由于"个人化写作"的场景下，任何一种个体写作都获得了其合法性，所以，写作上的多元就在不必整齐划一的过程中成为一种可能；同样的，在"个人化写作"一旦为诗人群体熟识，并在自我超越的机制下，总结诗歌写作的成败得失时，新的"写作范式"势必要拔地而起。在九十年代，围绕"个人化写作"而出现的"叙事性""亚抒情"或许正是诗艺走向丰富多元的一种趋势，以至于，因为语言使用上的差异以及历史问题的遗留而在世纪末出现的先锋诗坛的裂变，或许也同样可以以这样的一种眼光来看，即这场论争或许正是"个人化写作"及其写作观念差异性碰撞的一种必然结果。

而另一方面，九十年代的"个人化写作"似乎也在表面反拨八十年代诗歌"集体出场"的过程中，在某种程度延续了八十年代诗歌特别是"第三代诗歌"自身存在的历史问题。如果说八十年代有着运动性质的先锋诗歌并未带来与之程度可以相适应的"有分量的作品"的话，那么，在九十年代"个人化写作"走向自我、风景惨淡的情况下，"好诗创作"与"呼唤好诗"正以相辅相成的情态成为诗歌边缘化程度不断加重的一个重要"因子"——"个人化写作"虽导引诗人在关注现实生活的前提下刻绘了细腻的诗歌纹理，但"个人化写作"却在某些时候成为回避时代、回避理想以及拒绝意义的代名词，而且，那种自我经验散漫无度的漂移和过分拒绝意义之后造成的平面化、浅表化，也往往容易使诗歌在成为某种琐事记录后的诗质变轻，而像世纪末出现的极度"身体叙事"则更是以宣泄欲望的方式，表达了诗意完全放逐之后，"个人化写作"本身需要反思的问题。

正如埃利亚斯在《个体的社会》一文中所言的"个体与社会的关系，是某种很独特的东西。它在存在的其他领域里没有一个类比项可寻"。[①]"个人化写作"知识谱系无论从其发生、发展甚至内在的艺术演变中，都存有自身较为独特的特点，同时，也从不掩饰其与社会现实之间的某种张力。而这一点，或许正是它歧义迭出并常常在自我身份的显现中，与"平民写作""亚文化心态意识"等话题裹挟在一起的重要原因。"个人化写作"作为一柄"双刃剑"，虽具有现实历史场景下的合理之处，但也不可避免地存在诗歌妄图反映现实但却往往失之力度的事实。因此，在这种前提下，以适当的意识形态性来规范"个人化写作"或许正是引导其走向坦途的一个必要条件。在基本勾勒出"个人化写作"较为清晰的轨迹之后，我们或许在世纪之初对"底层写作""道德伦理"的探讨中（当然，这些话题也期待一种梳理），已然发现了这种可能。这样，"个人化写作"虽仍不断需要随着时间的推移，进行历史的辨识，但若真能在关注现实的前提下，回归诗意的栖居地，完成真正的"主体生成"，那么，也足以让驻足者聊以自慰了！

写于 2006 年 5 月，收入时有修改

---

① ［德国］诺贝特·埃利亚斯:《个体的社会》，收入《个体的社会》，译林出版社，2003 年版。

身份与权利、表意的策略及其时空生存状态

——重估新世纪初诗歌的"底层写作"等相关命名

谈及写作的身份与权利，总会不由自主地让人联想到所谓文化研究的视野。不过，这样的认知却从一开始就将研究对象置身于更为广阔的时空背景之下，并极易在超越文学界限的同时衍生出许多新的话题。对于即将言说的新世纪初诗歌之"底层写作"等一系列相关流行语汇，必须首先承认的是：笔者曾经在多篇文章中进行过专论与涉及，而且，每一次涉及都会有不同的感同身受。这种起伏的过程，除了源于此现象潮流本身的不断历史化的趋势，同时，还与作为认识主体的内心经验化趋势密不可分。时至今日，新世纪初流行一时的诗歌"底层写作""打工诗歌"直至"诗歌的道德伦理"，似乎已经逐渐从喧嚣走向沉潜，这至少表明：如何采取更为客观冷静的态度深入本质，已被历史推移出"近距离"的镜头。至于最终可以沉积多少，则始终是一个历史和文化的"内容"。

一

我曾经在《诗歌的"想象"与"真实"》一文中以"现象出发"的角度论述"诗歌伦理"的问题；而在更多涉及新世纪初诗歌研究的文章中，则始终以"打工诗歌""底层写作"以及"诗歌道德伦理"问题，作为一个重要的例证。但以今天的眼光来看，这些"简效时评"却有很多盲从的痕迹和孤陋寡闻的倾向。事实上，所谓"底层写作"的不胫而走一直具有某种内在的历史逻辑，正如"底

层写作""打工诗歌""草根性"直至"诗歌道德伦理"的出现同样具有时间上的顺序一样，只是，后者的生发在经历一定时间的酝酿之后，或许显得过于来势汹汹，因此，在尚未来得及梳理一切的前提下，判断与结论的得出总是一件无法确定的事情。

本文在选择"底层写作"作为一个对象的时候，曾重新思考与此相关的几个语汇的自然排序问题。应当说，作为一个广义的文学范畴，"底层写作"是包容"打工诗歌"这一文学现象的；至于由"底层写作""打工诗歌"的创作分支上升为"诗歌道德伦理"则更属于一种"金字塔的攀援"。与此相应和的，是"底层写作""打工文学"与诸多意识形态称谓，比如："人民性""新左翼文学""有产阶级"之间的关联，这使得"底层写作"无论是否着眼于诗歌内外，都从一开始就染上鲜明的政治文化色彩。

即使仅是从世纪之交的历史脉络看待当前的"底层写作"，那么，所谓由"中断方式"产生的二十世纪九十年代诗歌，也极易由于其写实倾向和"日常化叙事"而充满"底层"的味道。市场经济的变革一面使诗歌和诗人的地位滑向边缘，一面也在相当程度上加重了诗歌本身的通俗甚至媚俗的成分。这使趋势的出现，使围绕"底层写作"而进行的话题在开启阶段就带有自身的朦胧与暧昧之处。

显然地，"底层写作"会由于其"写底层"与"底层写"而至少包含作品和作者两方面内容。在一篇名为由域外论者写作的《底层写作—打工文学—新左翼文学》一文中，作者曾依据"叙述主体"的分类标准将当前中国文坛流行的"底层写作"分为"（1）社会中上层小说家、诗人的叙述。'底层'是叙述的对象和题材。有时当'底层'的代言人（或'替代'）。（2）虽出身'底层'，如今已跻身社会中上层的小说家、诗人的叙述。（3）出身'底层'如今依然身居'底层'的写作主体的叙述，如'打工文学'。（4）'无法表述自身'的'底层'"[①]共四个层次。前两个层次很容易由于自身的特

---

① 尾崎文昭：《底层写作—打工文学—新左翼文学》，陈玲玲翻译，后为"左岸文化"网站收录，http：//www.eduww.com。

点而成为某种定型化的群体，但（3）（4）两个层次却保持着模糊的状态和转化的趋势，而向更高的写作身份和地位进行攀升，则构成了他们转化趋势的主要方向和动力。

"底层写作"的表意策略很容易使其和"大众化""关注现实"或"非精英化"这样的词语联系在一起，不过，这种审美策略一旦和文学创作的目的性和功利性联系起来后，则清晰呈现出其概念的不确定性。而与"底层写作"相比，"打工诗歌"则更显一种概念的泛化倾向：对于进入市场化时代的诗人、学者等社会各色人等而言，"打工"的区别其实只在于工作的强度和种类。而考察一个人生存状态的标准也从不在于"打工者"的身份，众所周知，作为一个具有相当数量的群体，生存状态的优劣只根源于穷富差异以及是否是一个有产阶级。

由上述内容审视"诗歌的道德伦理"，其可信度频繁遭遇质疑不但在于道德伦理从来不是评判"文如其人"的重要标准，而且，也从来不能构成约定俗成的社会契约和公共准则。文学发展在进入后现代文化语境之后，盲目地谈论道德伦理本身就是一件容易遭遇各方口实的事情。为此，我们必须要注意后现代语境下的道德伦理会由于个人写作和观念行为而经常呈现的那种"断裂感"以及"叙事伦理学不探究生命感觉的一般法则和人的生活应遵循的基本道德观念，也不制造关于生命感觉的理则，而是讲述个人经历的生命故事，通过个人经历的叙事提出关于生命感觉的问题，营构具体的道德意识和伦理诉求"[1]的提法。或许，"诗歌的道德伦理"仅在于写作者在完成诗篇那一瞬间的心灵真实，但在不同时刻、不同场合出现的它，却极有可能出现彼此相互矛盾的状态，而这一点，使"写作的真实"也只是一个相对的提法。

---

[1]　刘小枫：《沉重的肉身——现代性伦理的叙事纬语》，华夏出版社，2004 年版，第 3 页。

二

为了能够全面考察诗歌"底层写作"及其系列相关话题的发生、发展，我们有必要描述有关内容的历史性进程。据《中国打工诗歌精选》（2007年5月正式出版）"打工诗歌"大事记记录，早在1994年9月，广东省佛山市《外来工》杂志（现《打工族》）就发表了徐非的诗《一位打工妹的征婚启事》，并收到三千多封读者来信；1996年2月，《打工报》在广东省中山市创刊，刊发小说、诗歌、散文等"打工义学"作品，共出刊6期；2001年《打工诗人》在广东惠州创刊；2002年8月，民间诗报《行吟诗人》在广东省东莞市创刊；2004年《打工作家》在广东省东莞市创刊……"打工诗歌""打工文学"等语汇的流行，使在九十年代伊始阶段就呈现的"底层书写"迅速成为可以牵连的线索（对此，我一直深信，事实远比本文叙述的要复杂得多）。而从研究者的跟进角度上讲，2004至2005年围绕"诗歌伦理""草根性"等话题展开的争鸣，又在另一角度推进了这一创作潮流。①

"底层写作""打工诗歌"的引人注目，直至萌生"诗歌道德伦理"，在表意的策略上，至少体现为以下几点：第一，是社会现实性。如果说"个人化写作"是在经历九十年代诗人群体的分化、重组的基础上，最终由一批坚守诗歌阵营的诗人提出的，那么，透过

---

① 关于本文提到的"诗歌伦理"及其涉及的文章，可包括钱文亮：《伦理与诗歌伦理》，《新诗评论》，2005年第2辑；《文艺争鸣》2005年第3期，由主编张未民撰写的编读札记《关于"在生存中写作"》以及编发的一组文章：王小妮：《张联的傍晚》，张清华：《"底层生存写作"与我们时代的诗歌伦理》，柳冬妩：《从乡村到城市的精神胎记——关于"打工诗歌"的白皮书》，蒋述卓：《现实关怀、底层意识与新人文精神——关于"打工文学现象"》；柳冬妩：《在生存中写作："打工诗歌"的精神际遇》，《文艺争鸣》，2005年第6期；刘建军：《当代语境下伦理批评内涵的重新阐释》，《文艺争鸣》，2005年第6期。

那种不断为"诗歌是否滑向边缘"而进行的辩解以及"语词贩卖"式的写作，并未从骨子里改变诗人传统观念意义上的贵族气息。即使"个人化写作"已经不再进行往日的高蹈抒情，转而求助一个个平淡甚至无奈的生活场景，但诗人的眼光更多是按照俯视众生的角度指引写作的。从这个意义上说，"盘峰诗会"之后，中国诗坛一个重要发展趋势即为：发现诗人和诗歌发现的空间迅速增大，这种至少源自艺术同时也是源自反思的趋势，造就了"底层写作""打工诗歌"可以成为世纪初诗歌的"第一亮丽风景"。不但如此，就后者而言，走向广阔的社会现实，重新强调、找回文学反映生活直至批判社会，也构成了在众力比较中，脱颖而出的态势。第二，是"真实"的"镜像"。"底层写作""打工诗歌"从总体上说，是充满生活真实和心灵真实的。然而，更为重要的，却是这种真实在与过去写作的比较中形成的"镜像"。事实上，进入市场化时代之后，生存与竞争的压力往往会使个体生活不自觉地陷入未能免俗的境地。因此，纵使不必采用历史整体性的追溯，"底层写作""打工诗歌"的为数众多和时空广阔，也构成了冲击纯文学脆弱阵地防线的多面锥体。而在"镜像"的映衬之下，往日的曲高和寡、孤芳自赏、躯体欲望等主体认同的个人写作，宛若遭遇雨天冲刷的涨池之水，那种来自生命底层同时又是悲悯人性的写作瞬间使权利的坐标趋于等同。第三，是乌托邦情怀。在"诗歌道德伦理"出现的瞬间，人们似乎嗅到了某种回顾历史后诗歌自我拯救的味道。交织于真实和权利泛化之后的"底层写作""打工诗歌"，从不畏惧与满足已然获取的写作空间，他们以"观看／被看"的姿态在写实主义那里获得了回击后现代碎片生活场景的手段，而达成一种诗歌的"至高律令"，既是这一写作同时也是批评家责任的共同旨归。尽管，以"道德伦理"要求诗歌和诗人从来就是一件不确定的事情，但勉为其难的结果或许就在于心理空间和想象空间的自我营造，这种极具召唤意识的命名，对于那些尚处于"底层"的写作者来说，无疑具有相当真实的诱惑力量。

当然，乌托邦总是由于其虚幻性而难以实现的。在诸多身居底层的"打工者",仍然穿行于写作的暗夜时,那些常常被指认为"领路人"的写手身份和权利正在发生变化。不难想象:通过"打工诗篇"和借助"底层写作"的浪潮,诸多来自底层的诗集编纂者和获奖者,会发生怎样的资产变化。在这里,我必须强调名利的追求在这个时代的合理性,以及努力摆脱底层是合乎情理的生存诉求,然而,在业已成名的前提下,仍然固守身份的"纯粹",则未免显露过犹不及的疲态——无论身份,还是权利,都必须通过实践的完善才能实现自身的效力空间,而在此过程中,身份和权利的关系始终是紧密相连与相辅相成的。

三

在 2007 年底海口召开的"二十一世纪中国现代诗歌第四届研讨会"上,笔者曾公开道出"底层写作""打工诗歌"等系列现象,与新世纪初国家意识形态的倾向性密切相关的论断。然而,这一结论其实已酝酿已久。正如意识形态可以有助于实现乌托邦的梦想(比如:卡尔·曼海姆的著作《意识形态和乌托邦》),权力对心态的抓取一直具有天然的依附倾向。"中央级别的共青团中央主办面向打工青年的嚎叫'第一届勤劳青年鲲鹏文学奖'的'打工文学奖'活动就可算是比较典型的例子。2004 年 6 月开始征集作品,2005 年 1 月,在广州,由著名作家参与审查,评选出小说七篇,报告文学六篇,诗歌九篇,散文八篇。分别授予一、二、三等奖"[①],这段转引同时又是可以在网上搜索到的文字,生动地说明了"关注"与"凝视",可以给文学带来怎样的引导及其写作路向。而在"审美意识形态"的面前,诗歌这一文学的皇冠,也同样无法置身事外。

即使就"底层写作""打工诗歌"自身自说自话,源于主题学

---

① 尾崎文昭:《底层写作—打工文学—新左翼文学》,陈玲玲翻译,后为"左岸文化"网站收录,http://www.eduww.com。

意义和写作者身份意义上的分层、断裂，也极易使其在极度夸张的"发音"中涨破底限。既然染指"底层"与"打工"，那么，"中心"和"非打工"就想当然地成为先验的"对应物"。诗歌的"底层写作"总不免以"降格"的策略，向往日的精英群体索要属于自己的东西，这样，所谓"向下生长的枝条"就不仅仅是为了根系的纵深发展，还包含着纵深发展、潜滋暗长之后的枝繁叶茂。而当权利由个体走向"普泛"之后，"底层"的无限放大和提升正展现了其可能的表意策略、身份和权利以及时空的生存状态。自然，在这一逻辑演绎下，写作者最终身份和权利的变化，也决定了这一系列概念的最终分裂，并直至旁逸出崭新的甚至是异样的声音。

也许，在我们还未彻底深入"底层写作""打工诗歌"和"诗歌道德伦理"的时候，那些可以指认为"伦理写作"的诗人早已经在心态、身份和权利上发生了变化。这不由得让人想起鲍曼在《后现代伦理学》中的一段论述："对于这种伦理困境，仅有一种可以想象的解决途径：我们承认人的自然本性将要为具有普遍约束力的伦理规范提供一个牢固的、充分的基础，但是并非此时存在的'人的本性'，正如它们可以被察觉和被记忆的那样，能够作为这样的一种基础。这是因为，我们现在能够看到和报道的并不能表明'真实的人的本性'。人的本性在目前只是潜在的，是一种尚未产生的可能性，它等待一位助产士来释放它，不经过长期的劳作和剧烈的产痛是不会产生的。人的自然特性是其自身的潜在性，是尚未实现的潜在性——最重要的是，没有理性和理性倡导者的帮助，靠它自身是不能实现的。要使这种潜在的可能性转变成日常生活的现实，首先要做两件事。第一，应当揭露出隐藏在人类身上的道德潜力，必须教会人们发现他们能够遇到但是没有帮助就不能发现的（道德）标准。第二，必须认真规划一种真正赞成和奖赏道德行为的环境以帮助人们遵从这些标准。"[1]鲍曼的话是就一般意义的伦理而进行阐

---

[1] ［英］齐格蒙特·鲍曼：《后现代伦理学》，张成岗译，江苏人民出版社，2003年版，第30页。

述的，但作为一种理论上的契合，鲍曼的伦理论述及其实现途径却说明了"道德伦理"的制约因素。所谓建构于"个体和群体"人性基础上的当代"诗歌伦理"，当然是自我和他者在相互理解、和谐之后的一种状态，在传统的伦理观已经趋于瓦解、失效之后，当代文学伦理必须认同在"反历史的写作伦理"中可以实现的事实。而作为一种外在的限制，我们已经通过种种刊物的办刊方针感受到一种新的制约机制的生成：众多刊物强调文学"干预现实"正是世纪初几年中国文学的一种走向。历史的经验和理论的经验已经证明：文学适当的公共化、意识形态化是正确的。然而，在中国现实语境展开"诗歌伦理"以及将其运用在具体的写作之中，还缺乏平衡生命意识、道德意识与诗歌艺术之间张力的策略，这是一次带有历史化记忆的经验与反思，而从表象的另一端切入反思，或许是特定时代历史无情的嘲讽。

写于 2008 年 4 月

当前诗歌的"现实问题"
——或曰解析"我们时代的诗歌病症"

　　谈及"我们时代的诗歌病症",很容易让人重温近年来诗歌的记忆。所谓"病症",究竟是取广义还是狭义,本身都会影响到对"病症"的具体评价。如果诗歌每一天出现的"事件"都加以如上的视点,那么,我们的"诗歌病症"必然就带有普遍性;如果只是针对其中一个侧面或曰"不肖子孙",那么,在信息化、个人化和泛文化的年代,诗歌的"病症"又必将是一个复杂的纠葛,在逐步深入、剥离的过程中,我们或许会触及一个接一个的范畴。上述态势为我们认识"诗歌病症"提供了历史的限度与可能。但无论怎样,"病症"的滋生、繁衍同样面临着历史化的过程,由此想到"历史将收割一切""时间是公平的"等极具进化论观念的句子,"病症"便在带有贬义的同时难以掩饰其过程性甚或瞬间性。然而,历史的经验告诉我们:对于世纪之交诗坛诸问题的认识,简单的价值判断或许会和盲目的认识一样可怕。有鉴于此,笔者仅以"现实问题"为线索介入当前的诗歌,进而在逻辑展开的同时解析有关诗歌的几种现实性"病症"。

一

　　由当前诗歌回首近年来诗歌发展的趋势,低俗的意象、身体的风暴,已不再成为引人注目的问题。人们对于诗歌描写的忍耐程度俨然为诗歌确立了某种尺度,这使得书写本身因见怪不怪而完成历史限度的超越。但从世纪初关于"诗歌道德伦理""打工诗歌""底层写作"话题的不胫而走，我们依然可以看到诗歌内在的演变轨迹与自我拯救的渴望。当然，上述趋势从接受的角度而言，说成诗歌妄图追赶时代的脚步、确认自己的历史位置也并不过分。诗歌现实性的增强在一定程度上扩大了诗歌的表现空间，同时，也为"个人化写作"增添了原生态生活的亮色，但诗歌是否由此就获得了与社会文化生活对话的机遇呢？从"地震诗歌""奥运写作"的盛极而衰中，人们终于可以体味到紧跟时代依然无法改善诗歌的审美以及意识形态功能。但置身其中，我们却可以看到诗歌的集束性行为、集团化写作在当前时代可能呈现的历史问题。即使不对其进行一一梳理，仅从其构成方式而言，我们也看到了写作背后的利益与欲望驱使。迅速贴近、急速登场构成了诗歌流水作业过程中诸多"泡沫效应"，而在此之后，写作不过是量的叠加和情绪过度而造成的"感伤"。

上述趋势使我们时代的诗歌难免出现一种游戏倾向，但最终超越一般"游戏说"限度的却是诗人与评论者的自我炒作。就当前诗歌的发展来看，某些占据一定有利"位置"的小诗人、小评论家，因其所处城市、拥有资源等等，不断通过各种媒介宣传。值得注意的是，这类行为往往超越一般意义上的雅俗共赏。除了为自己戴上几多"光环"之外，如何进行自我标榜与吹捧，更是其行为虚假、无限放大的"表征"，至于隐藏其行为背后的，则是对名利的渴望甚至焦虑。本来，以价值的实现获得更好生存的机遇，同样可以作为我们时代诗歌的重要价值取向之一，它与出于人情世故而常常未能免俗的批评以及所谓"润笔费用"并不发生强力冲突。但"天下诗人"的理想一旦不再出于诗歌真实和艺术性的有效感知，便使关于诗歌的自我表现成为自我兜售与自我加冕。这种不断见诸网络和笔者视野所及的编辑部投稿过程中的行为，实际上反映的是源于诗歌创作与批评的不自信与自我厚度。它的出场当然可以使某些利益暂时汇集到个人的名下，但从当前的视野着眼于未来，它却必然会造成诗歌导向与当事人自我的多重伤害。可以肯定的是，在这些业已进入"圈子"的"从业人员"的引领下，效尤者、哗众者必将推波诗坛的浮泛之风，随之而来的则是来自诸多方面的不满之声。即使不将问题和责任落实于具体名字之下，上述过程也因为其失真而构成了与诗歌道德的抵触之势：这种涨破写作伦理底限并可以大行其道的态势，既反映了我们时代诗歌写作及其评价体系的不健全，同时，也反映了诗歌"从业人员"的个人素质。是诗人、诗评家名号轻易就可获取，还是观念与认识上缺乏基本的审美与良知？其客观存在本身就反映了当前诗歌存在的"现实问题"。

二

如果出场的焦虑本身呈现的是一种特定的心态，那么，从诗歌空间延展的角度来看，这一现象则反映了诗歌资本的重组与近年来其生产资料的配置方式。自九十年代以来诗歌随着文学整体一并纳入到市场体系之后，诗歌的商品化及其相关问题俨然已成为一个可以左右诗歌的"环节"。随着网络诗歌、民刊出版的繁荣和正式诗歌期刊发行数量的萎缩，如何保持最后的"阵地"俨然成为一个新的历史课题。从近年来传统正式期刊纷纷兴办下半月刊及其不断嬗变的状态来看，诗歌的发表方式越来越受制于经济因素已成为事实。当然，诗歌生产、运作方式的改变以及正式期刊、下半月刊、以书代刊、年度选本甚至民刊、网络选刊百舸争流的局面，就我们时代的诗歌本身来说，并无所谓坏处而言，因为只要是对诗歌发展带来促进作用的事情，都可以作为诗歌生长的有益方面。但值得指出的是，应当如何更为合理面对这一态势。诗歌受制于经济因素从长远角度上看，首先取决于经济因素注入的规模和持久程度，毕竟，诗歌本身不是一个经济实体或是盈利的商品品牌，它的这一特性会在相当程度上削弱其读者市场"竞争力"；其次，诗歌经济化的运作模式会使诗歌资本日益形成"圈子化""垄断化"的趋势。本来，在纯文学普遍遭遇"冷风景"的年代，"小众化""圈子化"无疑是其最后的避风港，但由于编辑者、出版者等诸多客观限制的

29

存在，经济化后的诗歌会在很大程度上缩小诗歌生产和发表的"瓶颈"，进而形成新的诗歌版图和权利占有。

显然，诗歌版图与权利的集中不是我们时代的诗歌病症，但却在日益集中的过程中构成当前诗歌的"现实问题"：除了诗歌本身和诗歌艺术可以在上述机制下分离之外，诗歌在空间分布和传媒资源占有中也会产生新的历史问题。结合笔者一度关注的诗歌地理问题来看，空间分布和传媒资源的配置极有可能产生一个"区域"存在哪些诗歌发表阵地和哪些诗人数量的认识逻辑，这一从长远角度看来面临解决与淘汰变化的问题，对于当前诗歌来说，会产生诗歌地理的不均衡、"非我族类"的"双刃剑"、权利碰撞过程的争鸣与交锋、诗坛新质注入及其构成元素更新缓慢、诗歌离一般读者越来越远、诗人成长不再取决艺术而是取决于运气等等一系列相关问题。

当前诗歌的"现实问题"为我们警醒、避免某种态势提供了可供参考的"途径"。诗歌的"现实问题"无疑是和诗歌本身一样，是一个常写、常读而常新的话题。如果可以全面考虑其主客观因素，那么，所谓"现实问题"还必将包括诗人、批评家的个性以及自我心态层面。而作为多种张力结合的文学样式，命名的有效性以及创作和批评之间的脱节现象，也始终是困扰我们时代诗歌的症结问题之一，只不过，围绕这一内容而展开的研讨，应当属于另外一篇文章的事情了。

写于 2010 年 3 月

当代口语诗歌过度叙述论析

新诗的历史发展至今，其语言应用能力及表现能力已获得长足的进步。以本文所要探究的对象为例，"口语诗歌"或曰"口语写作"无疑是八十年代中期以来当代新诗发展过程中最为活跃的一种现象。然而，随之而来的则是"口语"作为一种语言资源，在不断使用的过程中呈现的若干问题：去修辞化，叙事泛化，诗质直白、透明……上述问题错综复杂，需要从不同角度条分缕析，这里所言的"当代口语诗歌的过度叙述"只是其中一个方面。

一

如果从渊源和走势的角度看待口语诗歌，那么，中国历代诗歌的发展都没有离开过口语或者说民间语言资源。现代诗歌的出现本身就是一场口语化的行为。当然，作为独立的概念，口语诗歌逐步为人们认可并上升为一个研究课题，显然是八十年代中期之后的事情。伴随着声势浩大的"第三代诗歌"运动，口语越来越为众多先锋诗人所青睐。历史地看，口语诗歌可以通过日常语言的使用，建构诗歌与生活的有机联系，并告别此前当代诗歌写作的高蹈、抒情直至说教倾向（这种倾向在部分"朦胧诗"创作那里依然存在）；不仅如此，就当代中国社会的历史进程来看，口语诗歌的出现同样适应了现代化过程中生活物质化的发展趋势，并"自然"折射出诗人已不再俯视芸芸众生、同样是凡夫俗子的生存状态。此外，则是口语诗歌的勃兴，并未影响当代诗歌追逐世界文学艺术潮流的脚步，这一点只要回顾"第三代诗歌"与后现代精神契合时那些被常

31

常提及的作品及流派，便不再存有什么理解上的难度。

　　口语虽然在八十年代中期逐渐渗透于当代诗歌写作，但其引起广泛的注意直至成为一个重要的现象，却是在九十年代特别是那场标志着世纪之交先锋诗坛分裂的"盘峰诗会"论战之后。而诗人于坚以"诗歌之舌的硬与软"，区分当代诗歌两类"语言向度"，并着重强调"口语写作实际上复苏的是以普通话为中心的当代汉语的与传统相联结的世俗方向，它软化了由于过于强调意识形态和形而上思维而变得坚硬好斗和越来越不适于表现日常人生的现时性、当下性、庸常、柔软、具体、琐屑的现代汉语，恢复了汉语与事物和常识的关系。口语写作丰富了汉语的质感，使它重新具有幽默、轻松、人间化和能指事物的成分"，①则以鲜明的立场确立了口语诗歌写作的"历史合法性"，并在一定程度上预示了这场论战的不可避免。

　　回顾口语诗歌的成长史，不难看到它是近三十年来中国当代诗歌写作中最显著的现象之一。口语诗歌频繁出场，成为当代诗歌表达的重要方式，大致可以从如下几个方面加以辨析：首先，口语诗歌之"口语"是作为书面语的对应物甚至是对立面出现的，口语本身的民间立场、内涵庞杂以及生动活泼的特性，往往使其在与书面语的"对话"中更易获得主动，博取诗歌语言的使用权利。其次，"第三代诗歌"在口语诗歌写作上取得的成功，对于口语诗歌在九十年代的大行其道产生了重要影响。无论是第三代诗人创作上的垂范，还是世纪末诗歌论争可以占据诗坛的焦点，口语诗歌都可以在"第三代诗歌"或曰"二十世纪六十年代出生诗人群"处于诗坛中坚力量的背景下持续繁衍，至于更为年轻的一代诗人又由于天然的近距离很难不受到前者的影响，从而形成新一轮的"历史遮蔽"。再次，从传播、发展和研究的角度上看，网络传播形成的共时性影响、九十年代诗歌"叙事性"理论的深化，以及新世纪以来"打工诗歌""底层写作"等都对口语诗歌的发展产生了促进作用。何况，

---

① 于坚：《诗歌之舌的硬与软：关于当代诗歌的两类语言向度》，《诗探索》，1998 年第 1 辑。

口语诗歌又能见证九十年代以来诗歌丧失公共主题、地位边缘化的现实。因此，口语诗歌汇聚成浩浩荡荡、此起彼伏的创作潮流，并不让人感到意外。

口语在当代诗歌中的大面积使用，自然会形成一种语言泛化的态势。也许不必提及"效仿"这个动词，口语比重的大幅度攀升甚至形成"后口语"[①]现象，显然与我们时代的诗歌观念、诗人的自我意识密不可分。口语诗歌适应了当代生活瞬息万变、零散化、世俗化的趋势，同时，也适应了各层次写作者介入诗歌的实际运作方式并易于触及生活的各个层面。口语诗歌是在其不断走向繁荣的过程中呈现出过度叙述的倾向，从这个意义上说，口语诗歌存在的问题并不在于口语自身，它是一个具体实践过程中必然面对的问题，同样也是一个期待接受艺术和历史检验的话题。

二

即使仅就表象而言，口语诗歌的过度叙述也至少可以从以下几方面加以解析：

（一）**生活的简单记录与艺术的非加工。**由于第三代诗人的倡导、身体力行和九十年代以后各种诗歌刊物向口语的"客观倾斜"，口语诗歌给很多写作者的印象就是关于生活的简单记录或者无差别、无变化的摹写。口语诗歌不再表现生活的可能性与可变性，只是关于生活照相式的、流水账式的记录，自然不需要融入更多的艺术元素。在这一前提下，口语诗歌只是悬浮在简单的语言层次，并未接触诗歌的本质和进入生活的深处。也许，有人会从诗歌"叙事性"理论倡导的及物性那里为口语诗歌关于生活的简单记录予以辩驳，但正如多年来诗界一直为诗歌与散文的分野、"分行的自由

---

① 关于"后口语"写作，可参见罗振亚：《朦胧诗后先锋诗歌研究》，中国社会科学出版社，2005年版，第210—217页。

体是否为诗"争论不休，任何一种关于诗歌语言、形式等话题的探讨，都不能离开诗歌范畴本身。结合大量诗歌文本可知：当代口语诗歌的日常化、及物性、生动鲜活等，在更多情况下只是停留在"口语"而非"诗歌"上，而聚焦于口语上的口语诗歌自然是在分裂口语和诗歌的过程中，远离了口语诗歌的初衷。

（二）语言的散漫与非节制。口语诗歌由于追求语言的俗化，并具有自然、率性的解构倾向，所以，其本身就具有天然的日常化特征。过度叙述的口语诗歌往往在延展过程中过于注重词语的连接、语义的连贯，而在不同程度上遗失了诗歌自身应有的凝练性、跳跃性甚至陌生化的效果。不仅如此，口语诗歌语言的散漫还与口语诗歌强调叙事及其完整性的追求有关。一面是语言的散漫和增殖，一面是为了全景式地表现创作主体对生活或具体事件的理解，口语诗歌走向语言使用上的非节制已不可避免。值得引申的是，口语诗歌在过度叙述时呈现出的语言散漫、非节制，事实上还涉及了九十年代以来诗歌写作过程中特有的"综合倾向"：除了各文体写作的综合趋势之外，文化、生活和思维、方法的综合也会对诗歌写作产生潜移默化的影响。实际上，在口语诗歌有意成为和书面语写作分庭抗礼的前提之下，诗歌的写作、阅读以及传统教科书上诗歌的概念等都已发生了前所未有的变化。而这，也正是研究界对于诸如于坚的《0档案》式的作品常常感觉难以介入与解析的重要原因。

（三）意象的低俗与色情。这种现象在部分"下半身写作"和网络诗歌创作中曾一度出现过。鉴于诗歌判定的标准、尺度会涉及诸多方面，所以，意象的低俗和色情更多是涨破了诗歌的道德维度和降低了诗歌的审美艺术品位。但从更为广阔的视野来看，它又折射出社会公共文化标准的松动以及个体欲念的宣泄无度。也许，在具体意象使用中，低俗与色情包含着通过猎奇、冒险抵达探索层次的预想，但叙述的失度与重复却最终使其承担了哗众取宠的角色。出于对诗歌质感理解的偏颇，意象的低俗和色情再次折射出中国诗人在协调写作与现实过程中的眼高手低与软弱无力。口语诗歌的这方面表现及其相应经验的传达，已触及诗歌的生存美学和道德伦理，它应当成为一个值得关注的问题并需要在另一论域中有针对性地展开。

（四）口水诗的泛滥。以"梨花体事件"为例，口语诗歌已在漫不经心的过度叙述中成为了"口水诗"。"口水诗"依然具有诗的形制，但由于其浅白、无聊，过量堆积语言的能指链而造成意义的缺失。然而，令人感到意外的是，"梨花体事件"的当事人并未觉得这样的写作存有什么不足，通过网络的粘贴上传、自我夸耀直至相互论争，我们可以感受到当代口语诗歌已由浅薄无聊转为懵懂无知。只要读者可以翻阅当下正在生产的诗，就不难发现"口水诗"绝非是偶然现象，它不时充斥于诗行之中并成为网络诗歌的重要组成部分，证明了当下诗歌的存在状态及生态环境。

无论是生活的简单记录、语言的散漫与非节制，还是意象的低俗与色情、口水诗的泛滥，口语诗歌的过度叙述都在艺术和意义下滑中，以强调和重复制造了一轮又一轮的语言暴力。这一倾向使口语诗歌远离了对峙于书面语、为诗歌写作注入活力的最初设想，又在沉湎其中时陷入了茫然失措、难以自拔的困境。

三

事实上，口语诗歌是一种颇具难度的写作。无论从诗歌作为审美的艺术形式，还是就阅读、传播的方式来看，口语诗歌都不能停留在顾名思义的简单层面上。口语诗歌既不同于文学创作中的审丑现象，又因为诗歌的自我限制而不同于通俗文学的大众文化意识。口语诗歌只是当代诗歌发展、语言使用的一个方面，而不是诗歌写作的全部；口语写作可以和"知识分子写作"并行且展开适度的融合，但其前提依据从不是"口语/书面语""民间写作/翻译体写作"之间的话语权争夺，而是写出的是否为诗并不断向诗歌的本质行进。口语的使用，其实是对诗人的艺术腕力和诗歌的艺术性提出了更高的要求，上述主客观前提在一定程度上使理想的口语诗很难大面积出现。

尽管，白话诗歌从诞生到发展无时无刻不受到西方文化资源和本土地域文化（如方言和各种民间形式）的影响，而八十年代中期以来的当代诗歌又明显以叛逆的姿态汲取了西方后现代的解构性思维和反讽意识，并在部分诗人那里看到了"垮掉派"与"自白派"的影响及痕迹。但正如现实生活不是诗歌本身一样，诗歌叙述风格、修辞艺术的革新与语言、形式的使用归根结底仍是两个范畴的问题。当下口语诗歌在理解表现生活、先锋与后现代叙述、"拒绝隐喻"时都存在着某些顾此失彼的现象，因而，口语诗歌的过度叙述在其简单化的表象背后便隐含着一个创作观念和方法论的课题。

如果从任何一种创作方法都能写出伟大作品的角度加以理解，那么，口语诗歌本身也应当包含艺术化的过程。是凸显生活的写实，还是浪漫的抒情，抑或是现代派的象征？口语诗歌在其具体书写的同时应当有一种现代性的思维。即使将口语定位于世俗化、通俗化的语言层次，口语本身也有层次的高低之分和具体语言环境的特殊意义。由此回想韩东《有关大雁塔》《你见过大海》，于坚《尚义街六号》，伊沙《结结巴巴》在当时的有效表达及其相对于当时语言环境的特定表达，口语写作自然也应当遵循因地制宜、与时俱进的逻辑。口语不是一成不变的，口语正不断通过自身的净化体现口语的纯粹，而突破近乎与生俱来的美学悖论不仅是口语还是包括诗歌在内一切口语写作的理想与目的。

应当自觉建立一种关于口语的诗的"思维术"，应当自觉从语言、技艺、文化、道德等方面不断提升诗歌创作，尤其在口语大幅度使用并呈现出过度叙述的背景下。当然，正如口语诗歌的出现是各种合力的结果，口语诗歌的艺术净化也需要来自语言、诗人及观念的多方改变，并最终反映出当代诗歌写作的整体进步。是"诗到语言为止"，还是"诗从语言开始"？是"诗歌的口语"还是"口语的诗歌"？口语诗歌的过度叙述既预示了当代诗歌的困境，同时也蕴含着种种发展的可能，这个明显带有双刃剑倾向的问题当然可以交给未来的历史，但在当下，其首先需要面对的是此刻活生生的现实！

写于 2014 年 7 月

"小情绪"的简约、泛化及其他
——当前新诗发展的困境与难题

中国新诗发展至今，已有百年历史。就其目前的发展状况而言，新诗已进入写作者多、产量高、传播快的历史阶段。考虑到网络新媒体为诗歌生产、消费提供了前所未有的便利条件，上述阶段或曰状态还会在相当长的时间内持续下去，并在某种意义上使新诗呈现出前所未有的"繁荣"。然而，如果我们以一种客观、冷静的态度考察当前诗歌的创作及其发展趋势，则不难发现在表面"繁荣"的背后，一直有很多错综复杂的问题以扭结的方式影响着新诗的发展，而本文从"小情绪"的简约、泛化为出发点逐步介入、述析，正是要呈现当前新诗发展的困境与难题。

一、"小情绪"的简约与泛化

如果说新世纪初十年的诗歌还可以通过"底层写作""打工诗歌""诗人代际划分"等勾勒出当代诗歌发展的某种流向，那么，从近年来诗歌发展态势来看，人们似乎很难通过合适的归纳加以描述。即使排除过度使用命名、概念会造成叙述上模糊甚至苍白无力，当前诗歌写作本身存在的问题恐怕也是重要因素之一。成名的诗人很快就呈现出自我重复、后劲不足的现象早已屡见不鲜，但更为严重的是，绝大多数诗人都开始了书写一种短暂的感受、一种自我的情绪——像一个小小的容器，像整日生活在高层楼房中足不出户、对很多事情都提不起兴趣的一群人，没有热情、激动与感动，这种写作似乎注定就无法进行大面积的铺陈，因为思想、意识以及情绪仅仅是轻微的浮动，所以，诗歌本身也只能做到戛然而止。在这种流行的创作形式中，不能说没有生活，只能说写作者本人将生活本身进行了窄化的理解。小格局、小规模，进而在模式化的叙述中千篇一律，"小情绪"的简约与泛化堪称当前诗歌的基本面貌。

"小情绪"的简约与泛化，很容易让人首先联想到"大时代"中的"小自我"。客观地看，进入二十世纪九十年代之后的诗歌确实在阅读和接受上遭受了冲击，诗歌无法转型进而以顺应的姿态与时代同步，同样也由于自身特点等原因减弱了与时代对话的能力，以上都使当代诗歌经历了惨淡经营的阶段。不过，从新世纪初十年"底层写作""打工诗歌"不胫而走，"地震诗歌""奥运诗歌"等依然可以唤起共同的主题，从各地诗歌活动、评奖活动此起彼伏以及网络诗歌的生产态势来看，诗歌写作者的数量还是相当可观的，诗歌也可以通过自身的调整反映时代、实现自我的能动意识，更何况，还有那么多爱好者愿意为诗歌发展做出贡献，因此，当代诗歌发展的关键问题是在于找到一条切实可行的途径。在这种前提下，"小情绪"的简约与泛化显然跟不上大时代的节奏；"小情绪"的长期泛化自然也无法为当代诗歌的发展注入新的活力，并极容易在适得其反的同时使写作沦为表现自我欲望、生活游戏和人生嬉戏。模式化、容量小、高产量但整体质量没有提升，使当前诗歌以近乎"千座土丘"的姿态进入了一个低速生长期，而许多关于诗歌写作方面的问题也随即而生，纵横交织在一起，形成了连锁式的反应。

长诗在几年前经历短暂的繁荣之后已经沉寂下来——也许，这本身就不是长诗的年代！也许，通过长诗来对应"小情绪"并不那么恰如其分？！不过，通过长诗，我只想说历史感的匮乏已成为近些年来诗歌的通病。没有将生活开掘得更深或者说干脆没有找到生活的质感，没有将真正的生命体验融入诗中进而以剖析的方式表达出来。事实上，诗歌可以有效对话时代的方式和形式一直有很多，然而，一旦我们悬浮于生活之上、肆意飞翔，一旦诗歌自觉或不自觉地将自己放轻之后，余下的只能是只言片语般的体验。更何况，处理现实问题、摆脱业已形成的创作模式原本就不是当代诗人的强项，于是，"小情绪"写作就成为这个时代诗歌的普遍写照并成为一种流行的"病症"。

二、"口语诗歌"的内与外

"口语诗歌"或曰"口语写作""口语叙述"显然是当前诗歌写作的主要表现方式，具有压倒性的优势。尽管，在有些时候，人们也可以在公开发表的诗作和个人诗集中看到古典式书写，但在口语诗歌盛行的今天，这些本可以成为诗歌创作途径的方式却显示出前所未有的"溃败态势"。辨析口语诗歌实绩与问题的文章其实已出现很多，这其中还包括笔者参与的讨论。①然而，在诗歌写作者大多看轻批评者意见的今天，这种声音似乎并未对前者的写作产生多大影响。

若是从渊源和走势上看待"口语诗歌"，那么，中国历代诗歌的发展都没有离开过口语或者说民间语言资源。现代诗歌的出现本身就是一场口语化的行为。然而，作为一个独立的概念，"口语诗歌"逐步为人们认可并上升为一个研究课题，却是八十年代中期之后的事情。伴随着声势浩大的"第三代诗歌"运动，口语越来越为众多先锋诗人所青睐，并在标志世纪之交先锋诗坛分裂的"盘峰诗会"论战后大有成为当代诗歌写作两大语言资源与写作方式之一。时至今日，口语在经历十余年的发展、积淀与传承后，俨然已获得了某种"历史的权利"：口语在当代诗歌中不仅大面积使用，而且还由此形成了一种语言泛化的态势。"口语诗歌"适应当代生活瞬息万变、零散化、世俗化的趋势，同时，也适应各层次写作者介入诗歌的实际运作方式并易于表现生活的各个层面。当然，在"口语诗歌"不断走向繁荣的过程中，其过度叙述的问题也逐渐暴露出

---

① 主要指笔者文章：《当代口语诗歌过度叙述批判》，《湛江师范学院学报》，2014年第4期。同期还刊发了向天渊的《口语诗的情色书写批判》、张德明的《口语写作中的去修辞化批判》，共计三篇文章。

来。"生活的简单记录与艺术的非加工""语言的散漫与非节制""意象的低俗与色情""口水诗的泛滥"①，都可作为"口语诗歌"过度叙述的问题。

口语写作当然是诗歌写作的重要方式，但其不应当成为唯一的方式。"口语诗歌"的大行其道不是淹没其他形式写作的理由，而口语的独尊也必将造成当前诗歌写作整体上的视域狭窄和探索空间的萎缩。实践层面的"口语诗歌"与当代社会生活整体定位有关，同时也与诗人的思维、对诗歌的理解有关，与大诗人的引领及诗歌潮流的导向有关，而小诗人或曰准诗人即使有古典式、智性化的探索，却由于自身名气的问题无法左右诗坛时局，是以，口语诗歌只能蔓延下去……事实上，与传统诗歌写作相比，口语在相对于诗歌时是一种难度更大的写作方式：由口语引发的去修辞化、叙事泛化以及诗质的直白、透明，在很大程度上与人们对于诗歌的理解形成了冲突的状态；口语写作稍有不慎就会成为日记体、流水账，进而使新诗重新落入仅能通过"分行自由体"证明自己的陷阱，同样地，"口语诗歌"的一枝独秀也影响到了当前诗歌的文化格局、品位与层次。

"口语诗歌"是当前诗歌发展的另一重难题，它在自我不断繁衍和重复中使当前诗歌陷入了另一种困境。口语诗歌的过度叙述在艺术和意义下滑中，以强调和重复制造了一轮又一轮的语言暴力。这一倾向使口语诗歌远离了对峙于书面语、保持诗歌审美艺术品格和为诗歌写作注入活力的最初设想，又在沉湎其中时陷入了挥霍无度、难以自拔的状态。在我看来，针对当前"口语诗歌"的写作态势，应当在重复至连诗人本身都感到乏味的阶段后，意识到需要自觉建立一种关于口语的"诗的思维术"，应当自觉从语言、技艺、文化、道德等方面不断提升诗歌创作的艺术性及其表现空间、交流意识，尤其在口语大幅度使用并呈现出过度叙述的背景下。当然，

---

① 见笔者文章：《当代口语诗歌过度叙述批判》，《湛江师范学院学报》，2014 年第 4 期。

正如口语诗歌的出现是各种合力的结果，口语诗歌的艺术净化也需要来自语言、诗人及诗歌观念的多方改变，并最终和其他形式的写作一道共同促进当代诗歌写作的整体进步。

三、"传记式"批评的意义

所谓"传记式"批评不是为当代诗人写传记，也不是将传记研究方法强加于诗歌批评，"传记式"批评的提出主要针对当前诗歌批评现象而言。曾几何时，诗歌批评作为文学批评之一部，长期遵循"知人论世"的模式。然而，就近些年诗歌批评的情况来看，批评文字本身与诗歌、诗人的分离已成为屡见不鲜的现象。许多批评者在找到一个术语之后就可以画地为牢进行阐释，而更多关于诗歌现象的分析也仅出自于批评者的主观臆断。在此前提下，批评本身的不及物以及自我重复就成为影响当前诗歌批评的主要问题，当然，就结果而言，它也影响到诗歌与批评之间应有的良性互动的效果。

"传记式"批评首先要求批评者对于诗人及其作品有很大程度的了解。没有对一个诗人的了解，很难进入其诗歌内部，也很难把握其写作的心态以及诗歌具体词语和意象的使用。当前诗歌批评在某些情况下，就是通过几首诗对一个诗人的创作进行评判——这里，必须要指出的是，诗歌批评由于自身的特点，往往在具体呈现时偏向整体性或曰总体性描述。然而，问题也常常就出在这里：如果评论者对于所评之人、所评之诗并不十分了解或是缺少全面、立体的把握，那么，他得出的某些结论往往是望文生义的。不深入了解一个诗人甚至连其作品创作的时间先后都不知晓，评论者很可能会对被评者的创作道路知之不详，进而会对后者写作道路的起承转合无法做出准确的评价。

"传记式"批评需要花费大量时间反复阅读，仔细品味诗作的精妙之处。同时，也需要评论者在阅读的过程中，实现批评的主客体融合和自我提升之道。然而，在批评同样处于消费时代、迅速生产的语境下，诗评者常常无暇更多阅读评论对象的全部诗作便匆匆上阵。是以，当下批评的两个"基本态势"就逐渐显露出来：其一，是批评的不及物，高高悬浮于作品之上；其二，是批评本身的模式化、自我重复。也许，对于一个长期从事批评的人，只要学会几个套路、融入几个理论术语进行"酷评"就可以了。但这种批评显然对批评本身、诗歌导向以及诗学建设没有太多的价值。

应当说，批评需要一种针对性和有效性，这一结论对于当前诗歌尤为重要。本来，"小情绪""口语过度"就需要批评的提醒甚至"棒喝"，但批评本身的无效性只能使批评与创作在相互分离中各行其是。在上述背景下，人们很难看到那种有建议性的、指导意义的批评。也许，当前诗歌创作早已无法在重返别林斯基年代的过程中邂逅批评大师，进而指点江山、激扬文字，但作为一种符合现实的理想，真正的个性化批评还是诗歌界所期待的。为此，我强调批评本身的知人论世，进而在接续传统的过程中，脚踏实地、从基础做起，并在不断加深批评者自身修养的过程中，实现一种富有个人性的"传记式批评"。

四、"接受"的思考及其他

阅读网络诗歌、考察直至参与各地此起彼伏的诗歌活动及评奖活动，我们也许很容易对诗歌边缘化的判断产生质疑。不过，从另一面审视，如果网络诗歌只有产量而无读者问津、只是少数几个人的评点；如果诗歌活动及评奖活动总是反复出现熟悉的面孔，那么，这种表面繁荣、犹如出现热潮的现象势必会在理性思考的过程中大打折扣。应当说，诗歌由于文体的限制在传播媒体多样化的时代确实走向了边缘：边缘的冷清和寂寞有助于诗人反思写作本身，同时也极有可能在持续发展过程中成为一种圈子化行为。因此，结合当前诗歌的实际情况，从未来发展的角度上说，当前诗歌应当对于诗歌传播和接受进行适度的思考。诗歌虽无法像小说那样可以与影视联姻，实现传播和接受上的"转变"，但诗歌却可以通过阅读形式的适当改变弥补自身的不足。诗歌阅读问题就具体展开时可从如下两方面着手：第一，是阅读形式问题。我曾看过地铁诗歌的形式，也曾在地铁站门口看到过著名诗人为本站的题字；我曾探讨过新诗与歌词之间关系，也曾听到有人将新诗谱曲后以歌的形式演唱。在我看来，上述种种形式有助于大家了解诗歌、认识诗歌，其潜移默化中产生的效果甚至会超过迅速更替的网络诗歌。第二，应当注重诗歌教育问题。诗歌教育主要是指小学、中学语文教学中的新诗讲授，这一点其实是新诗的未来，因为它包含着无限广阔的、可能会在未来进入诗歌阵营的潜在读者群和写作者群。新诗基础教育问题自九十年代末就一直成为一个课题，然而，近二十年过去了，仍没有明显的进展，这个关乎篇目设置、课堂教学实际以及讲授者本人素养的复杂问题，在具体解决时显然是困难重重。而由此可以引申的儿童诗写作及出版的课题、古今中外优秀诗人作品出版与接受问题，都会影响到诗歌的传播、接受与发展，不仅如此，诗歌教育水准提升、诗歌阅读与传播的良性氛围、诗歌精品阅读与艺术标准的印象式确立，都会促进诗歌的接受。上述问题虽面向诗歌的未来，却时刻联系着诗歌的现实。

如果说接受本身也可以作为一种交流，那么，"交流视域"下的当前诗歌的问题还包括写作越来越呈现出某种圈子化、地域化的倾向。圈子化是诗歌边缘化后的一种表征；地域化是看待某一地区诗人的重要标准。这两种倾向不宜用简单的对与错或是好与坏的标准加以判断，因为在其背后还潜含正式诗歌刊物的发表量、民刊和网络诗歌的勃兴以及诗歌活动过程中的人际交往等一系列问题。但圈子化与地域化同样隐含着封闭性、个性化不足等问题是显而易见的，为此，对其极有可能存在问题的一面加以警惕是有必要的。

总之，上述问题虽各自独立，但在各自展开的过程中又相互作用，盘根错节地扭结在一起，或是成为诗坛积累多年的难题，或是表现了诗坛习气化甚至江湖化的一面，而作为一种后果，则是压制了大量有潜力的年轻诗人及其探索之路并缩减了当代诗歌的发展空间。在我看来，这些问题的解决绝非一朝一夕，它既需要诗人写作上的自律，也需要读者接受能力的提升，还需要诗歌环境的整体改观，而为此，我们所要做的工作还有很多很多。

写于 2017 年 5 月

漶漫的规则与界限
——当前诗歌游戏情绪的探源

新诗写作进入当下语境，以"游戏""娱乐"来概括其状态，或然已是一个不争的事实。当然，这种"游戏""娱乐"已不再仅仅是对艺术至上的唯美主义予以标举。作为一种可以泛化甚至具有传染效应的情绪，"游戏""娱乐"也似乎应和了当年英国学者斯宾塞的"过剩精力"的说法：当代诗人已经很少通过关注山峰、落日以及自我冥想，来完成心灵的创作，倒是"诗人心理"造就了本不科学的"游戏说"成为现实的可能，为此，在兼顾现象的同时，本文选择了情绪探源作为逻辑起点。

一、"规范的散失"

当代诗歌进入所谓"新世纪初文学"之后，任何一种写作或者表演都成为可以接受的行为。在"个人化""日常化""后现代"已经成为耳熟能详的名词之后，"身体叙事"以及玩乐心理都成为支撑当下诗歌写作的一股支流。作为特定时期应当呈现的写作场景，当下诗歌早已在写作和批评规范上，遭遇双重标准的迷失。当然，值得指出的是，"身体叙事"以及玩乐心理作为一种有限度的探索，事实上，从不能抹杀其可有的先锋性及其道德伦理意义，正如头脑智慧从不是诗歌写作的唯一取向。不过，"身体叙事"必须要与低烈度的色情写作区别开来。在漫天而来的躯体意象背后，必须要有深刻的灵魂体验为肉体赋予生命的活力。对于世纪末先锋诗坛论争之后，裂变而生的躯体描写及其漶漫的情绪，一个大致客观的定位则是：即使

45

是有"观念"的行为也最终成为各种正式刊物拒绝的"叛逆者",这似乎仍然在印证中国诗人历来摆脱不了眼高手低的诟病,于是,在一面是过度表演,一面是拒绝平庸的尺度面前,我或然只能以一个落后的词语,即后现代时期的当代诗歌写作来命名这种"规范的散失"。

毫无疑问,后现代是一个诗歌可以成为聚讼纷纭甚至充斥意淫状态的时代。在这一时期,任何一种写作都可以堂而皇之地登上历史的舞台,进而形成泥沙俱下的态势。后现代本身解构一切的倾向,使得诗歌本身的高雅成分日益为他者充当,这为日常生活以及通俗性、大众性步入诗歌的殿堂,营造了前所未有的契机。由此观照自九十年代以来中国当代新诗的发展轨迹,所谓诗歌退守边缘乃至"新诗死亡论",并非仅仅以"文化转型"和"诗人无为"的论断而可以一言以蔽之。在这些充满欲望、游戏情绪的写作背后,后现代时期的诗歌景观会为任何一种表演找到依据——这本就是一个显露真实生存面貌和自我意识的时代,在往日高蹈的激情终于降落到现实土壤上之后,宽容乃至沉默不语或许是批评家唯一可以使用的"底限式武器",否则,就是从文体兼容或是诗歌的文化倾向来言说问题。这一切,都说明中国诗人那种业已本质化了的"诗歌规范"正遭遇前所未有的"散失"。

诗歌的游戏情绪会以不自觉的方式在这里产生,直至成为一种自觉。除了那些已经成为极端化的范例之外,众多与诗形如陌路的行为最终都会成为写作甚或炒作意义上的殊途同归。如果按照先哲所言的"世界文学"及其文化视阈,即使"游戏"对于后现代已经十余年的当代诗歌也并不过分:大众文化的兴起本就为"写作"争得了广泛的权利;各种图像式媒介的繁荣也势必会对诗歌特别是其"纯文学本质"产生前所未有的冲击;代际划分也使当代诗歌走向了新的群落,"70后"特别是"80后"成长的轨迹已经决定生命的表达要呈现另外一种方式,而玩乐和游戏、娱乐也从不是放弃责任,只是,诗歌规范及其责任究竟怎样构成自我的生命底限?而漶漫的情绪作为诗歌游戏说的外在表现,它的不断蔓延甚至是众说纷纭,都说明当下诗歌和诗人自身的理解维度。

二、网络诗歌的游戏意识

如果说"规范的散失"是后现代写作场景下的个人化写作的必然结果，那么，网络诗歌则从大众文化心理上进一步验证了这一命题。网络诗歌是后工业时代的产物，同时，也是最能反映后现代知识逻辑的写作现象之一。时至今日，网络诗歌的蓬勃发展已远远超过一般想象界限，然而，真正通过网络的行为方式成为人们熟识的诗人却寥寥无几，这种铺天盖地却在事实上并未真正形成"气候"的现象，不得不让人们从另外的层面去予以反思。

一般来说，写作以及寻求最后的发表总可以是无可厚非的过程，这对于那些初入诗坛的写作者以及当下的文化语境似乎尤显重要。不过，在官方诗歌刊物以及发表空间日益萎缩的前提下，传统投稿的发表方式往往成为"未名作者的悲哀"。与此同时，是否发表就可以成为一个诗人？在诗歌爱好者、准诗人、小诗人、大诗人等诸多名词的区分下，可以称其为"诗人"的随意性，正以潜在的目的影响着众多写作者。但正如一个有天分和潜质的诗人也常常会由于各种原因不能实至名归一样，在纯文学不断陷入困境的今天，要淹没一个诗人并非仅仅由于诗歌外部的环境，还在于诗歌自身的诸如发表、出版的潜在逻辑及其运行机制。

网络诗歌的出现对于许多写作者来说无外乎是为了获得一种自我满足，而网络诗歌的出现与蓬勃发展，在很大程度上还基于一种大众性的消遣心理以及符合大众文化心理，它在结果上确然体现了一种话语权利的回归。但无论怎样，以一种狭隘的眼光来看，网络诗歌都难免存在着他者观看以及最终寻求正式刊物"招安"的文化心理，这样，在随意粘贴、随意阅读和不成熟的逻辑下，网络诗歌及其引发的游戏、娱乐情绪也就在所难免。

目前网络诗歌的总体不成熟与"粗俗者"居多，常常遭到了许多精英批评家和传统诗人不屑一顾的现象已经不再新鲜。网络诗歌

"发表"的随意性以及"无厘头"逻辑充分展现其游戏和娱乐的逻辑，而且，网络诗歌的评价尺度、任意赞颂和无度贬损，都为诗歌之高雅艺术注入新的文化因子。尽管，在客观实际的角度上，网络诗歌的出现却并未与纸面时代的"诗歌是少数人艺术"相抵牾，至少，网络诗歌的存在使诗歌写作拥有了为数众多的"从事群体"，而真正意义上的大众文化与高雅文化从来就不是两种事物，它们只是同一事物的两个层次。不过，即便如此，一个诗人的网络写作与纸面写作常常造就"双面人"的游戏规则，这既反映了正式刊物和网络发表标准之间的差异，同样，还与一种职称审评式的成果鉴定有关。网络诗歌的虚拟机制、匿名机制，在消解真实感的同时为当下诗歌写作带来了诗歌本身的戏拟甚至造假的行为，使部分诗人的写作陷入了娱乐的怪圈。自从人文价值精神和往日的诗性体验被拆解之后，随心所欲的描写、情绪化的宣泄、粗俗的谩骂甚至是晦淫作品也可以直接进入各式网络写作之中。作为一种可以近乎"无我"的狂欢平台，网络诗歌虽然在逐步汰变的过程中，为诗歌带来从未有过的历史性机遇，但其营造的娱乐性心理也同样是一柄"双刃剑"，它的平面化、浅表化特征，以及传播迅捷的特点，无疑是一种文化消费意识作祟的结果。而逐步将纸面时代著名诗人的作品制成"经典的网络版式"，只是反思这种现状的当下途径之一。在更多的写作时空中，孤芳自赏式和帮派习气以及自我标榜、炒作，仍然以强烈的自我在网络版上高居不下，这种现实和潜在的力量已经深深地影响到了当下诗歌的创作及其游戏规则。

三、"自我"的心理及其现实呈现

当下诗歌的浮躁情绪、游戏趋向，虽可以迅速炮制热点，但透过种种虚假的表象之后，诗歌争鸣在更多时候只是白驹过隙甚至伪命题的现象屡见不鲜。应当说，诗歌刊物数量和纸面发表的空间减少，并不一定是诗歌质量全面下降的原因。在更多的前提下，诗歌质量的下降与混乱、浮躁的争名逐利心理密不可分。回首新诗传统仍然可以成为一个研讨的问题，归其原因，与百年新诗时至今日仍建树匮乏不无干系。"后新潮诗"、九十年代诗歌作为一个历史的过程，虽然成就了诸多青年诗人的大行其道，但诗人的浮躁与急切的功利主义、极端个人主义的诗歌创作、盲目地向西方对接和取悦糟粕，都堪称当下诗歌难以摆脱的种种困境。事实上，哗众取宠、片面求怪的写作始终无法成为写作的正途。自第三代诗歌以来诸多写作迅速成为诗坛泡沫、过眼云烟，都证明了严肃与庄重，才是维系写作长久的重要前提。

当下诗歌的游戏心理、娱乐情绪从不是单一成分使然的结果，在种种因素的合力与共谋之下，所谓"游戏""娱乐"最终体现的本质是一种"自我"的心理。作为往往源自中心地带制造出来的"热点话题"，常常不外乎是包装之后的冷饭重炒或是毫不相干之话题的强行扭结。以 2006 年所谓的"诗歌道德伦理和底层写作""梨花体现象""灭诗行为"等为例："诗歌道德伦理"作为一种写作伦理，其实是与"底层写作""中产阶级"有别的两个现象，伦理作为一种责任感只有在指向"底层"时才会产生批评视阈的意义，但从写作者的眼光来看，"底层与打工诗歌"往往并不与批评者常常居高临下的眼光一样；而"梨花体现象"则无外乎一种心理现象，它在正反双方的网上争鸣中一览无遗，但归根结底，却不过是当下诗歌虚假繁荣背后，对究竟何为好诗及其标准的麻木不仁；至于"灭诗行为"则更多是增加了博客的点击率，而在实际上与新诗发展毫无相干。

至此，在诗歌应有的空间指向中不难发现：当下诗歌的游戏、娱乐，也是一种权利意识下的分边游戏。从广义讲一切有悖于诗歌固有层次的行为都可以称之为游戏，具体而现实的名利意识造就了游戏化行为。造势虽然吸引了暂时驻足的目光，但究其根本，却更多是一些不以为意的符号累积。它潜藏在更多为此而甘愿冒险的诗人心里并可以形成裸体狂奔的传染倾向。而在此之外，或许诗坛的不公平则在于，那些沉默的大多数诗人依然沉默，而维系先锋刊物和年度选本经典性的，依旧是几朵一成不变的明日黄花，但这样的态势，究竟可以持续多久呢？

四、历史与现实的拯救

当下诗歌表面繁荣，其实匮乏优秀作品和引路之先锋已是由来已久，而诗坛溕漫的情绪与诗人自我写作伦理规则的丧失，又在正反两面与其相得益彰，互为表里。对于包括诗歌在内的文学现象而言，后现代在中国作为一种历史的误读，并非缺乏后工业时代的技术基础，而是缺乏思维回旋的余地，像二十世纪三十年代的现代派一样，当下诗歌的作者不但常常具有高深的学养和信息的渠道，而且，也从不缺乏思维的敏锐和实验精神，但作为一种文化传统的历史存留，彻底游戏人生往往会在具体的实践过程中陷入到自我质疑的境地。从"第三代诗歌"一面标榜解构、一面期待建立语言乌托邦的悖论式情境，到九十年代诗歌后现代精神的内敛，直至更为细致地走向个人生活和裸露的生命体验，后现代的文化背景造成了当下诗歌语言和型构的分解和裂变。进入新世纪初诗歌时代之后，当下诗歌的自我流转虽超越历史的底限，但其出乎其外，却又在情理之中。对于读者而言，当下诗歌晦涩艰深、不知所云甚或这就是诗歌的疑惑，早已司空见惯，而诗人究竟有几许观念是诗歌自身的演绎，或许，只有诗人本人才能知道。

SARS 中一场集体的明星朗诵诗歌，或许给人带来了许多诗歌的盼望，至少，这种诗歌表演又使诗歌最终还原了自己的历史之乡。对于喧闹了多年的世纪诗歌而言，批评的指向和诗歌话题的倡导，比如：诗歌伦理和底层写作，应当说，与一种潜在的文艺指向有关。对此，即使研讨的话题存有如此多纰漏之处，但究其所指，却让人们在游戏、娱乐之外，嗅到了历史和现实拯救的气味。

"适度的政治化"即适度的规范化能够造成诗歌的良性发展，无论从历史还是现实都是毋庸置疑的一件事情。既然"溕漫的规则和界限"已成事实，游戏和娱乐已经不可避免，那么，置身于游戏、娱乐的另一端也必然有其合理性和必然性。对于当下诗歌乃至未来的诗歌而言，我始终坚信：传统文化的潜在影响，无论大小诗人与生俱来的精英意识、自我意识，都会使诗人在未能免俗之余，期待建构自己的乌托邦幻境，这是中国诗人的宿命，即使游戏人生的诗人也不过往往以对抗、造势肇始，再以回归诗境为旨归。因此，"历史和现实的拯救"虽不属于诗歌游戏情绪的探源之列，却是诗歌游戏探源的必然结果。正如对于当下诗歌而言，诗歌的游戏和娱乐精神早已超出各种辞典上"游戏、娱乐"的涵义，它更多的应当是一种游戏化的气质以及不知不觉间暴露的人生态度！

写于 2018 年 2 月

"新时代"诗人主体的自我建构
——兼及写作的道德伦理问题

随着中国社会步入"新时代",诗歌作为文学的一个分支同样进入了一个新的历史阶段,进而产生了"新时代诗歌"的命名。"新时代诗歌"响应时代的呼唤,凸显写作新质,自视为研究者带来诸多新的阐释角度。鉴于一些研究者已从整体和具体写作方面进行了一些卓有成效的探索,本文拟从诗人主体自我建构的角度进入,进而丰富"新时代诗歌"的研究。

一

谈及"新时代"诗人的自我建构,我们必须首先明确的是:此时"自我建构"的主体在整体上是成年的、心智基本成熟的诗歌写作者。他们大都有过初高等教育的经历,对语言文字和诗歌文体本身有着较为深刻的理解力和驾驭能力,同时对于社会语境、公民应有的行为规范以及诗歌作品的艺术价值、审美追求也有比较明确的判断力。此时诗人的自我建构仍需如认知心理学派所言的那样,要不断通过学习、认知进而顺应、平衡及协调自己与环境的关系,但这个不断持续建构的自我却不是未成年的儿童。作为既是公民又是文艺工作者的群体,诗人有履行义务的责任,也需要遵守以善恶为评价的,依靠人们内心信念、社会舆论和传统习惯来维系的道德规范。在实现自我的过程中,诗人的自我建构呈现出持续发展、不断调整的状态,而就实践意义上说,自我建构其实也可以理解为一种有意识的"历史建构"。

诗人作为敏感的文艺者群体，应当清醒地意识到"新时代"为其提供了前所未有的写作机遇以及赋予他的使命，进而在有感于时代精神和主题的同时成为时代的歌者，这是"新时代诗人"自我建构的必经之途。任何一个时代有生命力、创造力及至成为伟大的、经典的作品，都是和这个时代的现实生活紧密结合在一起的。"新时代"的诗人应当走出狭窄的自我世界，在书写时代的过程中凸显自己的个性。由此回想自二十世纪九十年代中后期一度出现的诗歌"边缘化""冷风景"的说法，时过境迁，我们可以看到所谓"边缘化""冷风景"其实是当代社会发展过程中文化生产和消费多元化的必然结果；但与之相应地，诗人们是否在主观上意识到这种必然进而通过积极调整自己的写作策略，与时代、社会、现实进行有效的对话，则同样是一个值得思考的话题。结合世纪之交一些诗歌现象可知：许多诗人或是以自我封闭的姿态片面理解了"个人化写作"，悬置了诗歌应有的公共意识，或是以"身体""欲望"的书写走向了另一个"自我"、降低了诗歌应有的道德层次，但诗歌的"边缘化"是否就意味着自我的必然边缘化和没有边界的自我放逐和自我放纵？如果上述质疑在相当程度上是可以成立的，那么，部分诗人没有很好地实现与社会、时代交流过程中的自我建构，显然可以作为问题的重要关节点之一。事实上，从新世纪以来各地诗会、诗歌活动、诗歌评奖的风起云涌，诗歌刊物竞相浮世，我们完全可以得出当代诗歌具有雄厚基础的结论。当代诗人完全可以凭此一展身手、实现自己的诗歌理想和远大抱负，只不过，他们需要的是一个时代的契机、一个崭新的社会公共主题和与之同步进行的思路的转变。

结合以上所述，我们不难理解："新时代"不仅为当代诗人提供了新的社会文化语境，而且也为当代诗人提供了新的写作空间。当代诗人作为"新时代"的在场者、见证者和同行者，不应当无视于时代的变革与吁求。"新时代"期待诗人的书写、记录与歌咏，同时也需要诗人弘扬时代精神、传承优秀文化。为此诗人有必要转变自己往日的思维和观念，既有鲜明的时代意识，又有积极的参与意识；既能呈现"新时代"的丰富内涵和日新月异的变化，也能在深度开掘现实生活的同时，把握其本质。当然，如果上述过程本身就可以作为诗人自我建构的一个重要方面，那么，为了能够更好地完成建构，诗人还需理性、客观地面对业已成为观念的精英化意识：诗人可以是精神贵族、文化精英，但并不具备身份和地位上的优越意识。无论从当代诗歌的发展实际还是生存本身来说，诗人都需要先解决基本生活问题之后才能更好地进行写作。强调这样的前提有助于诗人贴近生活、了解写作应承担的责任以及如何面向阅读与接受的实际效果，以身临其境的姿态真实而详尽地记录、呈现生命体验，而不至于沉湎、回避，无所适从，或是向壁虚构直至凌空蹈虚。

二

"新时代诗歌"就其具体写作而言，应当能够迅速及时地展现"新时代"的生活图景和社会文化景观，应当能以全方位、立体式的视野描绘"新时代"波澜壮阔的历史进程和未来的美好图景，还可以纵横历史、笔涉中外，尽显"新时代"的精神理念和时代气息。这个正在进行的双向互动过程很难从主题内容上一一讲述，但从诗人的立场、态度和不断形成的创作观念上却可以总体把握，并成为"新时代"诗人主体自我建构的一个重要方面。

首先，"新时代"诗人应当意识到自己已经进入一个新的历史阶段，其写作应当符合时代精神、书写"新时代"的主题。一个时代有一个时代的文学，明确自己所处的时代及社会文化主题，不仅有助于诗人创作理想的实现，而且还会符合当代诗歌的鉴赏标准和批评标准并以此持续获得新的写作资源。"新时代"诗人必须明确"新时代"的内涵，对当代中国社会主题有准确的判断与把握。从"一带一路"、科技进步、太空探索的国家主题，到日常生活的细微变化，"新时代"诗人应当力争使自己的写作见证伟大的时代，并在抵达时代高度的同时，展示"新时代"人民的精神面貌、生活诉求和美好愿景。

其次，"新时代"诗人应当建立正确的写作观，使自己的作品具有正能量，以积极向上、昂扬奋进的姿态感染读者。"新时代"作为中国社会发展的一个新的历史阶段，承前启后、继往开来，符合社会发展规律。"新时代"呼唤每一个中国人以坚定自信的姿态，积极投身于有中国特色社会主义建设的洪流之中。在此背景下，诗歌应当符合时代的主潮，在展现时代主旋律的同时，表现诗人的参与意识及意识的能动性。"新时代"诗人需要树立远大的理想，坚持以人民为中心的创作方向、以人为本，通过自己独特的发现写出鼓舞人前进的诗篇，以艺术的语言文字展现"新时代"社会文化和生活的真、善、美。

再次，"新时代"诗人应具有丰富的"历史想象力"。已故的诗歌批评家陈超曾为"现代汉语诗歌重获并保持真正的历史承载力和艺术上的先锋品质"而写下《重铸诗歌的"历史想象力"》一文。在其笔下，"历史想象力"一词包含的内容虽涉及范围广阔且有具体的指向，但在其"要求诗人具有历史意识和当下关怀，对生存、个体生命、文化之间真正临界点和真正困境的语言有深度理解和自觉挖掘意识，能够将诗性的幻想和具体生存的真实性作扭结一体的游走，处理时代生活血肉之躯上的噬心主题"[1]这一点上，却适用于二十世纪九十年代以来当代诗人主体的自我建构。当代诗歌之所以在近二十年间常常被人指责为处理现实能力不强、批判现实功能弱化，一个重要原因即为"历史想象力"的匮乏。"新时代"呼唤诗人及时而迅速的书写，其实是对当代诗人"历史想象力"提出了更高的要求。"新时代"的诗人不仅能全面、准确地书写正在进行的生活、展现人文关怀，而且还需要以一种"新时代"的精神理念讲述历史、以古鉴今及至遥想未来。和中华民族悠久历史、灿烂文明和伟大复兴相结合的"历史想象力"，可以在激活诗人创造力的同时促进当代诗歌的写作。

---

[1] 陈超：《重铸诗歌的"历史想象力"》，《文艺研究》，2006 年第 3 期。

最后，"新时代"诗人应当确立自己的写作底限，拒绝平庸之作特别是非诗、伪诗。在网络成为当代诗歌的重要载体之后，游戏化、娱乐化、快餐化诗歌确实在网络诗歌写作中占有相当的比重和份额。从新世纪以来围绕诸如"××体"写作而产生的种种争议，其实不难看出当代诗歌在进入网络时代之后存在着许多问题甚至是弊端。在诗人自我标榜，相互吹捧、谩骂甚至是人身攻击成为网络流行现象之后，当事人和围观者常常忘记或很少反思诗人本应当是趣味高雅的文化人身份。而平庸之作特别是非诗、伪诗以及垃圾诗，更是成为"二十一世纪诗歌形象重构的障碍"[①]。正因为如此，在强调"新时代"诗人主体自我建构应有的三方面之后，笔者将确立自己的写作底限作为"下限"。"新时代"诗人确立自己的写作底限，拒绝平庸之作特别是非诗、伪诗，不仅有利于当代诗歌的发展，而且还有助于诗人与时代之间的"对话关系"，并不时提醒人们应常常思考"诗人""诗歌"这些古老命名的基本内涵和应有之义。

三

"新时代"诗人主体的自我建构同样表现在诗艺探索和审美追求之上。

习近平总书记在文艺工作座谈会上的讲话中曾指出："我们要结合新的时代条件传承和弘扬中华优秀传统文化，传承和弘扬中华美学精神。中华美学讲求托物言志、寓理于情，讲求言简意赅、凝练节制，讲求形神兼备、意境深远，强调知、情、意、行相统一。我们要坚守中华文化立场、传承中华文化基因，展现中华审美风范。"习总书记这段讲话落实于当代诗歌写作之上，可从继承和发扬诗歌优秀传统的同时，实现资源与写作的创造性转化和创新性发

[①] 罗振亚：《非诗伪诗垃圾诗，别再折腾了——谈 21 世纪诗歌形象重构的障碍》，《光明日报》，2017 年 2 月 13 日。

展，写出符合"新时代"精神和当代读者阅读习惯和审美趣味的诗篇，建构新的诗歌美学形态等多方面加以深入解读。

回顾当代诗歌走过的道路，由于在客观上长期受到某些经验的限制，诗歌在某种程度上已被简单理解为"分行的自由体"，并在具体书写时演变为只要"分行"就可以是"诗"。事实上，对于一首诗的判断，既要考察诗人如何完成，也要考察读者的接受效果。"诗"之所以为诗，绝不是仅由外在的形式如分行、语词的组接以及网络时代的"习惯性回车"等决定的，而是由内容、形式、情感以及感知等多方面合力共构的。片面地局限于形式的经验，已使当代诗歌大面积丧失了原初的灵动、跳跃，进而沦为枯燥乏味、毫无节制的日常生活"流水账"和"日记体"，而关乎艺术的、时代的、生存的、有传承和有生命力的诗歌美学形态却迟迟没有建立起来。

为此，"新时代"诗人应当在不断加深自身学养的同时，对以往诗歌艺术有较为深刻的反思精神和自省意识，摆脱狭窄的、纤弱的特别是自赏的、颓废的创作风格，以兼容、宽博的开放式的姿态，更为生动、具体、深入地表现"新时代"。"新时代"诗人应当在接续、吸纳、丰富诗歌优秀传统的同时，开创属于这个时代的美学风格、拓展新的艺术格局。"新时代"诗人的作品需要实践并实现和社会公共生活的有机融合，通过文学的想象展示其强大的整合能力、延续性和能产性，获取一种"诗性的正义"[1]，将"历史和时代生存的重大命题最大限度地诗化"，使作品可以"成为影响当代人精神的力量"[2]。

鉴于"新时代"诗歌要忠实地记录、迅速地反映新的社会景观和文化生活，所以，其在风格艺术上可以视为一种"参与的美学""公共的美学"。"新时代"诗歌在抒情主人公塑造上以新的形象特别是先进人物、英雄人物为主，在风格追求上力求一种崇高

---

[1] "诗性的正义"的说法，主要受玛莎·努斯鲍姆的著作《诗性正义：文学想象与公共生活》（丁晓东译，北京大学出版社，2010年版）的启发，特此注明。

[2] 陈超：《重铸诗歌的"历史想象力"》，《文艺研究》，2006年第3期。

美，很容易使人联想到它与现实主义和浪漫主义创作方法的天然接近。这一点就诗歌写作逻辑来看，并无任何问题。但结合二十世纪八十年代以来业已形成的诗歌艺术经验和当代生活实际情况来看，"新时代"诗歌需要在与时代共同进步的同时，创作方法多元并整合。在此过程中，且不论以今天的眼光看，现实主义、浪漫主义、现代主义这些基本的创作方法在具体展开时多么曲折、复杂，也不论上述某一种方法随着时代的变迁而产生所谓的陈旧、过时之感，仅就诗艺探索和审美追求的角度来看，"新时代"诗歌也应当在具体书写的过程中，保持风格艺术的多样性：以现实主义式的精神和浪漫主义式的情怀艺术地观照生活、表现生活，辩证吸取古今中外一切优秀诗歌技法，拓展诗歌的表现力和表现空间。上述问题的关键仍旧是如何处理"写什么"和"怎么写"之间的辩证关系：与时代同步，不断探索表现社会变革和生活变化的写作途径，"新时代"诗人应当建立更为多元立体的艺术观，而"新时代"诗歌也应当保持多样化的姿态，显现一种"融合的美学"风格。

如果说建构"新时代"诗歌美学是总结现代诗歌历史、回应时代呼唤的重要实践，那么，在此过程中，"新时代"诗人还应具有未来意识和世界性眼光。与"新时代文学"结伴同行的"新时代诗歌"应当能够参与世界文学的价值建构。"新时代"诗人应当立足于新的起点，以新的时代标准、精神高度和艺术理念书写文明和历史，以厚重、庄严、典范之作彰显文化自信、中国形象和中国智慧，进而以可持续交流、对话的方式，成为世界文学的重要组成部分。

四

由"新时代"诗人主体自我建构加以延伸，很容易会涉及新世纪以来文学研究的一个未竟的话题，此即为文学创作的道德伦理。结合新世纪以来中国文学发展的实际可知：文学道德伦理的话题及争鸣，一直以不同状态存在着。2002 年 10 月，由《人民文学》在河南许昌举办的首届论坛就曾围绕"文学最高目标是道德伦理还是艺术品质"展开讨论；2005 年，由"打工诗歌""底层写作"引发的诗歌道德伦理问题也曾一度成为热点，此后又有学者进行文学道德批评的研究……在学科分工越来越精确、细密的当代，将"道德伦理"这一原本属于哲学及社会学的范畴和看似并不相关的文学创作、文艺研究放置在一起加以讨论，显然是有感而发，也因此具有十分鲜明的现实文化语境色彩。即使仅就诗歌而言，因快餐化、浅表化、无意义的书写而产生的"垃圾诗""口水诗"流行；情色书写、意象粗鄙；网络批评过程中无限度的炫耀与吹捧、无限制的谩骂与攻击，都足以说明当代诗歌已出现了道德沦丧的现象与问题。

　　文学的道德伦理认知古已有之，只是进入当代之后，人们接受历史的经验教训之后，担心过多谈及审美艺术之外的东西会增加文学的负担，才使道德伦理让位于艺术品质，成为一个"潜在的话题"。实际上，理解文学的道德伦理问题或曰文学应有道德伦理意识从不是困难的事情。当我们提倡文学应具备真、善、美的品格和人文关怀时，就包含着创作与接受过程中的道德伦理。只不过此时人们往往并不将已然有机结合的道德伦理和审美艺术、技艺追求人为地分开，具体区分究竟哪些内容或何种价值可以归属于道德层次或是艺术层次，何况人们已习惯将人品和文品分开的思维方式。因此，当文学接受悄然转化为追求效果、博人视线的时候，并没有更多的批评者甘愿背负机械、教条、刻板之名，质疑文学的道德伦理意识正逐渐匮乏。

　　有鉴于此，在"新时代"为当代诗歌确立新起点的背景下，笔者重提诗歌的道德伦理问题，并将其作为诗人主体自我建构过程中的重要环节。强调诗歌的道德伦理不是为当代诗歌制定没有过多实践价值的至高律令和所谓的行为准则，而是期待当代诗人在充分意识到这一问题的同时，更为充分地完成并实现关乎主体的自我建构，并将其具体停留在诗人观念、主体创作和阅读接受层面，区分若干层次。其一，是关于诗人的心灵真实和艺术真诚。诗歌历来是高雅的文学，具有极高的艺术品格，因而对写作者要求也相对较高。诗人在具体写作之前，应当充分理解什么是诗；应当怀有高尚的诗歌理想，既讲求真情实感，又需艺术地表现，进而完成一件严肃、高雅的艺术品创造过程。心灵真实和艺术真诚是诗歌道德伦理的第一步，没有这一层"真"，诗歌本身应有的真、善、美都无从谈起。其二，是诗歌本身的责任感。诗歌应当具有人文关怀的品格，应当有面对现实、关心时事的能力和当代精神，而不是落后于时代或是远离时代。在这一点上，白居易所言的"文章合为时而著，歌诗合为事而作"一直具有深远的理论意义和实践价值。相当长一段时间内的当代诗歌之所以思想贫瘠、精神贫血，其根本原因在于诗人缺乏责任感和使命感，忽视了与当代生活密切相关的社会时事和生活大事，无法通过自己的写作为时代提供必要的思想和精神向度。比较而言，"新时代"呼唤有担当的诗歌，召唤诗人参与、记录时代的浪潮，这种堪称责任感、使命感的赋予，有助于诗歌道德伦理层次的自觉提升，同时也有助于诗人主体的自我建构。其三，是诗歌传播、接受过程中的道德伦理意识。诗歌作品完成、进入阅读环节后，其真、善、美品格得以实现，其艺术品格高低优劣的评判权交给读者。可以想象并确定的是，优秀的诗歌作品会因立意高远、思想深刻、主题进步而给予读者思想的启迪、情绪的感染、心灵的净化和灵魂的震撼，进而产生阅读上的审美愉悦，实现艺术与道德共融后的善与美。而与之相反地，那些平庸、粗劣、趣味低级的作品是无法产生同样的阅读效果的，它们只会让读者轻视、质疑并最终远离诗歌。

上述三个环节在实现的过程中虽顺序有先后，但就接受效果来看，三者可以是同时进行、同时完成的。出于心灵真实和艺术真诚的诗歌作品，既能烛照诗人自我的灵魂世界，同时又能在读者那里获得共鸣。重视诗歌的道德伦理，可以使诗人更好地漫步于书斋与社会，使诗歌作品适应于这个时代，并在拒绝简单、平庸的同时，提高诗歌的艺术品位，回应"诗人"身份、"诗歌"写作门槛过低的质疑。

综上所述，"新时代"诗人应当把握历史的契机，在反思当代诗歌道路的同时实现并完善主体的自我建构，从观念、写作、技法、理想以及诗歌本体等方面的总结与提升中迎接这个伟大的时代。唯其如此，"新时代"诗人才能真正成为时代的歌者，才能在书写、歌咏"新时代"的同时，实现自我和诗歌的双重超越！

写于 2019 年 7 月

第二辑

学案式批评与二十世纪
九十年代以来中国新诗

"先锋诗歌"的历史探源
——兼论二十世纪八十年代以来的先锋诗歌批评

"先锋诗歌",是二十世纪九十年代以来中国当代诗歌批评中最具活力的概念之一。结合已有的批评与研究实践可知:笼统而言的"先锋诗歌"主要是对那种具有探索精神、实验性并可以推动、引领当代诗歌向前发展之创作实践的命名与评价;而具体的"先锋诗歌"则主要是对二十世纪八十年代以来的诗歌主潮提供了整体性的描述,进而形成了"朦胧诗""第三代诗歌"(也称作"后朦胧诗")至九十年代以来"个人写作"的诗歌史整体叙述框架。上述两种基本义虽可以从理论上对"先锋诗歌"进行了批评性概念和诗歌史概念的区分,但就具体实践来看,二者常常是混合在一起、交替使用的。存在于"先锋诗歌"批评与研究实践过程中的这种现象,一方面反映了中国当代先锋诗歌出现时间短、需要反复通过命名与实例结合的方式确证自我的内在逻辑,另一方面则反映了"先锋"一词本身的魅力和引人入胜。就近年来批评实践可知:"先锋诗歌"反复出现、聚讼纷纭,越来越呈现所指模糊、泛化的态势,无论就客观层面还是主观层面,都需要我们对其进行追本溯源,并在明确其生成、演变的过程中深入理解中国当代语境下的"先锋诗歌"及其系列相关话题。

一

自"先锋诗歌"成为当代诗坛流行术语之后,人们似乎已越来越不关注其如何诞生的过程,而更多将精力用于概念本身的使用上。应当说,对中国当代"先锋诗歌"发生史的人为"漠视"或是

"不言而喻"式的理解，是造成"先锋诗歌"语义丛生、内涵时常处于游移状态的重要原因。显然地，只有清楚地了解"先锋诗歌"的历史、梳理其具体的发展脉络，才能更为确切地把握"先锋诗歌"的内涵及其特殊性。为此，我们有必要结合已有的研究回顾历史。在《中国当代先锋文学思潮论》中，张清华曾在"以'先锋'指代某种文学现象显然与对西方现代主义文学的某种比附不无关系""但事实上这一词语也是中国当代文学运动中很自然地生长出的'本土性'的概念""尤其在诗歌界的使用，则基本上是基于'先锋'这一词语的汉语语义和本土语境而言的"的前提下指出——

> 事实上，早在 1981 年徐敬亚在他的学年论文《崛起的诗群》中就相当自觉地使用了"先锋"一词来描述"朦胧诗"的特征，指出"他们的主题基调与目前整个文坛最先锋的艺术是基本吻合的"。这里"先锋"显然是当前文学的"前沿"或"开路者"之意。兹后至迟在 1984 年，"先锋"一词作为一种方向和旗帜就已出现在诗歌中，这首诗是骆一禾的《先锋》，这里"先锋"之意显然也不是出于对西方现代派诗歌的比附，而是对中国当代诗歌自身使命的体认。1988 年前后，"先锋诗歌"一词开始较多地为创作界和评论者所使用，徐敬亚在他的另一篇文章《圭臬之死——朦胧诗后》中将北岛、顾城、江河、杨炼、舒婷、梁小斌称为"引发全局的六位先锋诗人"，朱大可在他的《燃烧的迷津——缅怀先锋诗歌运动》一文中亦将朦胧诗传统正式"追认"为"先锋诗歌"。兹后，"第三代"的写作者也开始以"先锋诗人"自称。这样，"先锋诗歌"实际上便成了从朦胧诗到第三代的新潮诗歌的一个总称。①

---

① 张清华:《中国当代先锋文学思潮论》，江苏文艺出版社，1997 年版，第 2—3 页。原文部分是该书的"引言"，后张清华以《从启蒙主义到存在主义——当代中国先锋文学思潮论》为题，将该文发表于《中国社会科学》1997 年第 6 期。发表时与"引言"部分具体文字略有细微的不同，本文在注释时考虑到该书于 1997 年 6 月出版，论文发表为是年年底，因而按照出版时间的先后——注明。

与张清华有所区别的是，钱文亮考察"先锋诗歌"的诞生史时认为："'先锋诗歌'这一概念最早出现于 1985 年四川西南师范大学等校创办的《大学生诗报》，几乎与二十世纪八十年代中期兴起的青年诗歌运动同时。其最初生成就源自这一场诗歌运动参与者的自我命名与自我指称——为了与当时日益'经典化'、权威化的'朦胧诗'相'决裂'。从这一点看，'先锋诗歌'最初就是特指'朦胧诗'之后所出现的中国青年诗歌运动。"在钱文中，作者还提到了由残星、义海编选的，于 1990 年花城出版社出版的《先锋派诗》及其"小引"中对"先锋诗"是"许多个具前卫意识的诗歌流派、诗人的一个笼统性称谓"的理解。同样地，钱文亮也提到了朱大可的文章："八十年代最早在文章中使用'先锋诗歌'并使之成为一个富有阐释力的概念的，是朱大可的《燃烧的迷津——缅怀先锋诗歌运动》。这篇纵览七十年代以后的现代前卫诗歌现象并将它们统统命名为'先锋诗歌运动'的文章……到底还是考虑到当代中国历史文化语境的特殊性，在坚持特定诗歌理念的诗歌立场的同时，保持了先锋诗歌概念的历史性。种种迹象表明，朱大可的这篇文章对'先锋诗歌'概念在九十年代的流行具有直接的启动作用。"[①]以上两段对于中国当代先锋诗歌发生期的描述，虽在具体细节上略有出入，但若将两者综合起来，再加上曹纪祖发表于 1990 年第 6 期《当代文坛》的带有批评性的文章《"先锋诗歌"的历史疑问》，则总体上呈现了"先锋诗歌"一词的诞生过程及其基本特征。首先，"先锋诗歌"的概念在八十年代后期的诗歌批评中虽已开始使用，但作为一种共识，其大面积使用则是九十年代之后的事情了。这一点，从以上援引的两段论述内容及其出现的时间都能说得通。值得补充的是，朱大可的《燃烧的迷津——缅怀先锋诗歌运动》一文发表于 1989 年第 4 期《上海文论》（其具体写作时间显然更早），是八十

67

---

① 钱文亮：《"先锋"的变迁与在当下诗歌写作中的意义》，《江汉大学学报》，2005 年第 4 期。

年代直接以"先锋诗歌"为主题词的关于中国当代先锋诗歌批评的文章，但其结集出版、开始产生直接性影响却要等到九十年代初期之后①。上述情况，都反映了批评与研究产生的实际效果常常会与言说对象之间具有的"时间差"或曰固有的"滞后性"，而关于"先锋诗歌"的命名及指认同样也概莫能外。其次，"先锋诗歌"概念从一开始就呈现出诗歌批评和诗歌史研究相结合的特点并具有鲜明的当下特征。无论是出于批评家紧跟当代诗歌现象的惯性思维，还是有意对此前历史的疏离，"先锋诗歌"在展示其先锋性时都将视点聚焦于时代本身，并初步呈现了"朦胧诗"——"第三代诗歌"的历史格局。不仅如此，"先锋诗歌"的倡导者们还注意到了批评对象本身的复杂性与多义性。在《燃烧的迷津》中，朱大可就曾认为"一个我所看到的先锋运动的核心，其中至少包含了三种彼此不同的类型：抒情诗人、强力诗人和玄学诗人"，而其围绕"三种彼此不同的类型"加以举证的诗人则分别来自四川的"第三代诗人"如"莽汉""非非主义""新传统主义"②等。除此之外，则是他对"仅仅是通向先锋实体或中心的陡峭台阶"的四种派别之一的"市民派"诗歌创作的警惕："市民意识形态的胜利，以及种族意识形态所显示的某种力量，构成对先锋诗歌运动的真正威胁，它们强大而隐秘，像尘埃一样无所不在，同时拥有亲切凡近的表情。另一方面，在激情、信念和想象力尽悉湮灭的时刻，只有猥琐的日常经验和语言'尴尬'地剩下，然而它们居然成为构筑市民诗歌的新颖材料，被惊奇的批评家所误读，疑为一个先锋诗学时代的降临。"③这些都表明"先锋诗歌"自其诞生之日起，就是一个复杂、充满斥力的构成。"先锋诗歌"由于涵盖时间短且本身处于迅速更迭的状态，客

① 朱大可曾于 1991 年 11 月在上海学林出版社出版了由王元化题字、谢冕作序的《燃烧的迷津》一书。该书收录了 5 篇谈论当代诗歌的论文，其中包括《燃烧的迷津》一文。鉴于作者以一篇文章的名字为书命名及考虑到文章出现于 1989 年下半年，所以，其实际影响理当要归结到 90 年代初期。

② 朱大可：《燃烧的迷津》，学林出版社，1991 年版，第 60 页。

③ 朱大可：《燃烧的迷津》，学林出版社，1991 年版，第 57—58 页。

观上使其在以整体性思路命名的同时必然陷入一种言说上的混杂，这种倾向在"朦胧诗"至"第三代诗歌"的历史发展过程中显得异常明显。不仅如此，对于"先锋诗歌"具体个案如"第三代诗歌"阵营中的诸多流派的众说纷纭，则更说明"先锋诗歌"的指认是一个个体的、相对的过程。第三，"先锋诗歌"的"先锋"在这一时期主要使用的是汉语的基本义即泛指"探索""前卫""先导"，这一可称之为"顾名思义"的命名及理解方式，反映了"先锋诗歌"还未进入学理化层面。"先锋诗歌"需要也只能以肯定的指认确证自身，这使其在面对当代诗歌时必然指向那种产生时代影响的诗歌主潮，而很少考察诗歌主潮的生成方式、运行逻辑、前后艺术是否一致以及内在的个性差异。"先锋诗歌"是个时代概念同时也是一个集体的、演进的概念，它由于诞生时间短还没有找到确切的理论支撑，因此只能在一面承认"变构"①的同时，一面探寻并强调诗歌语言和艺术上的共同性，而这些都生动呈现了"先锋诗歌"的当代性和本土化特征。

按照钱文亮的看法，"在语言策略花样翻新的二十世纪八十年代中后期，这样一种狭义的'先锋诗歌'概念并没有在诗坛流行。事实上，作为对当时青年诗歌运动的命名和指称，……王家新、唐晓渡等使用的'实验诗'的概念更为青年诗人们所认同"②。"实验诗"一词就当时来看主要来自于唐晓渡和王家新编选的《中国当代实验诗选》，而它可以作为"先锋诗歌"之代名词的主要原因是"实验"本身带有"探索""求新"之义进而反映了"先锋"的本质属性之一。"'实验诗'的产生从一开始就既不是出于对西方现代诗的模仿，也不是出于一般借鉴意义上的'横的移植'（尽管这两种现

---

① 关于"变构"之说法，本文主要参考了唐晓渡的文章《"朦胧诗"之后：二次变构和"第三代诗"》，该文原为"八十年代文学新潮丛书"之诗歌卷《灯芯绒幸福的舞蹈》（北京师范大学出版社，1992）的"序言"，后收于《唐晓渡诗学论集》，中国社会科学出版社，2001年版，第74—80页。

② 钱文亮：《"先锋"的变迁与在当下诗歌写作中的意义》，《江汉大学学报》，2005年第4期。

象都不同程度地存在），其最深刻的根源始终存在于内部，存在于立足现实生存而寻求精神上的自我超越（或揭示）的孜孜不倦的努力之中。"① "实验诗"将"以北岛为代表的一代青年诗人""公正地认为是开先河者"，选编了众多后来被划为"第三代诗歌"阵营中的诗人诗作，而其"真义"则在于"一方面，它极大地突出了个人在创作中不可替代的独特地位；另一方面，由于始终置身于上述活生生的动态存在中，个人创作的独特性将不断在诗的本体意义上受到审视和评判……任何自我封闭以及随之而来的模式化倾向都将意味着诗的泯灭和诗人的灭亡"。② "实验诗"始于处于不断变化状态中的独特的主体存在，证之于诗人个体的创造性和实践性，生动地反映了八十年代人们对于后来称之为"先锋诗歌"式的创作的认知程度及至认知限度——如果从更为广阔的时代语境看待"实验诗"与"先锋诗歌"的关系，那么，经历思想启蒙洗礼的八十年代文学同样也经历了艺术上的启蒙。在"朦胧诗""第三代诗歌""东方意识流""寻根派""现代派""实验戏剧""叙述圈套"以及大量西方文论话语相继涌入和浮现的过程中，我们不难看出八十年代文学对于超越、创新和"让文学回归文学自身"的渴望，对于主体觉醒、摆脱沉重历史负载的强烈吁求，在文学浪潮迅速更迭、百舸争流的背景下，还有什么能比"实验"二字能够更好地为文学实践进行整体性描述呢？只不过，"实验诗"虽可以部分担当八十年代人们对于"先锋诗歌"的理解，却无法承担"先锋诗歌"的全部内涵，这一切都表明：对于当时"先锋诗歌"及其相关语汇的指认，更多仅停留在字面义或是某一方面，而并未落实到真正的诗学层面。

70

---

① 唐晓渡、王家新编选：《中国当代实验诗选》序，春风文艺出版社，1987年版，第2页。

② 唐晓渡、王家新编选：《中国当代实验诗选》序，春风文艺出版社，1987年版，第1、4页。

为了能够更为全面地阐述"先锋诗歌"在九十年代获取的历史资源，笔者选择从"先锋小说"等相关命名与"先锋诗歌"可能存在的关系角度入手，进而呈现文学批评和理论研究对"先锋诗歌"的促进作用。谈及当代的"先锋诗歌"，很容易让人联想到"先锋小说""先锋戏剧""先锋电影"以及更为笼统的"先锋文学"等诸多与"先锋"有关的命名。从前文所述可知：当代诗歌批评中"先锋"一词出现的时间要明显早于当代小说意义上的"先锋"，但对于一般读者而言，对"先锋小说"的熟知程度和"先锋小说"的影响力却远远高于"先锋诗歌"，这一有悖于事实的现象除了源于小说的文体优势、更易拥有读者以及可以改编为电影、产生更为广泛的影响之外，"先锋小说"的概念获得普遍认可的时间早于"先锋诗歌"也是一个重要的原因。"先锋小说"或曰"先锋派"的出场并由此产生影响、获得认同，可以追溯至1987年初《人民文学》推出了一批有实验倾向的小说。是年底，《收获》杂志又以"先锋实验小说"的名义推出了一系列实验小说，"先锋小说"或"先锋派"的命名由此崛起并迅速在批评家的指引下将此前的马原、洪峰、残雪等纳入其中，形成一个阵营。其后，朱伟编的《中国先锋小说》（花城出版社，1990）、"先锋长篇小说丛书"（花城出版社，1993）和"新世界经典文库·先锋小说系列"（新世界出版社，1994）的出版以及陈晓明选编的《中国先锋小说精选》（甘肃人民出版社，1993）等，都使"先锋小说"成为一个共识性的概念。"先锋小说"晚于当代诗歌批评中的"先锋"字眼却早于"先锋诗歌"概念的认知过程，表明两者之间可能存有的文化语境意义上的复杂关系：随着写作上新质的不断涌现和批评的回应和跟进，"先锋"因其内涵更为广阔、表述更为形象而开始登场并迅速成为一个流行话语、获得普遍的认同；随即，它可以冠名于任何一种文体之上并隐含着命名权和发明权的争夺，而此时，西方先锋派理论的译介和本土融入又为其提供了强有力的"物质基础"。

随着改革开放之后，西方文艺理论不断通过译介的形式涌入国门，"先锋派"系列理论也逐渐为当代理论界所了解并逐步应用于中西方文论批评之中。早于 1984 年初，袁可嘉就在其《欧美现代派文学概述》开篇处概括"现代派（又称先锋派或现代主义）"[①]。同年 6 月，由王忠琪等译的《法国作家论文学》一书作为"现代外国文艺理论译丛"之一种由生活·读书·新知三联书店出版，内收有欧仁·尤奈斯库的《论先锋派》一文。此后，何新在《文艺研究》1986 年第 1 期发表了《"先锋"艺术与近、现代西方文化精神的转移——现代派、超现代派艺术研究之一》一文，后收于他于 1987 年 8 月人民文学出版社出版的《艺术现象的符号——文化学阐释》一书。上述文章在八十至九十年代关于当代中国先锋文学的批评中虽未过多地直接征引，但就其结果来看，这些文章尤其是介绍性文字的基本思路已与后来研究中国当代先锋文学的总体观点相同，此即为"先锋小说"和"先锋诗歌"就是具有现代派和后现代派倾向的小说和诗歌创作。对于九十年代初期关于本土文学现象的"先锋批评"，笔者将其归纳为：一方面，这些集中于"先锋小说"的批评推进了西方现代主义、后现代主义批评及方法与中国当代文学的结合，涌现了陈晓明、南帆、谢有顺等一批青年批评家；另一方面，则是在"缅怀""误区""低落"以及"不再令人兴奋"的论断中，深化了学界对于"先锋小说"特别是"先锋派"本身的认识。在这一时期，任职于英国伦敦大学东方学院的赵毅衡关于"先锋文学"的几篇文章如《先锋派在中国的必要性》《小议先锋小说》《读陈染，兼论先锋小说第二波》以及《禅与当代先锋戏剧》《纯诗，不纯批评，学院特权：先锋诗歌史的几条悖论》与《先锋文学：文

① 袁可嘉：《欧美现代派文学概述》，何望贤编选：《西方现代派文学问题论争集》（上），人民文学出版社，1984 年版，第 2 页。

化转型期的纯文学》等①，因其中西合璧、理论与实际相结合而颇富见地。在《先锋派在中国的必要性》和《小议先锋小说》中，赵毅衡不仅指出了先锋文学的"特征"，提出了判别先锋的"四个标准"，即"（1）实验性（2）'不好懂'的新创形式（3）'与流行的占主导地位，体制化，被大众接受的艺术方式针锋相对。'……先锋派的最后一个判别标准是：它有能力为艺术发展开辟新的前景的可能性"。②而在《小议先锋小说》中，赵毅衡则充分注意了先锋文学的艺术性、精神气质、时代性和可变性的品格，"因此，定义先锋文学，必然要从两个方面着手：作品本身的某些品质，以及文学所处文化环境"。并在此基础上分析了"先锋文学"应有的四点品质，即"原创力"意义上的"不倦地实验以求创新"；接受难度意义上的"老是破坏读者已经熟悉的阅读习惯，永远在突破程式"；"社会学特点"上的非大众化、不流行；"文化学特征"上的非主流、边缘性。文章还分析了"媚俗"带给先锋文学的"危机"③，等等，这些都使其成为当时少见的立足于东西方文化背景、融西方先锋派理论于中国当代先锋文学批评的重要理论家。上述批评文章持续出现、影响面广④，以及专题性刊物《今日先锋》的创刊（1994），标志着中国的先锋派文学研究和当代先锋派文学批评开始走向繁荣和成熟。

通过分析"先锋小说"与"先锋诗歌"的关系，探讨西方现

---

① 这几篇文章的出处为：《先锋派在中国的必要性》，《花城》，1993 年第 5 期；《小议先锋小说》，《文学自由谈》，1994 年第 1 期；《读陈染，兼论先锋小说第二波》，《文艺争鸣》，1993 年第 3 期；《禅与当代先锋戏剧》，收入《豌豆三笑》，上海教育出版社，1998 年版，文末标注写作时间为"1993 年"。《纯诗，不纯批评，学院特权：先锋诗歌史的几条悖论》与《先锋文学：文化转型期的纯文学》，都收入《礼教下延之后——中国文化批判诸问题》，上海文艺出版社，2001 年版，文末分别标注写作时间为"1990 年"和"1991 年"。
② 赵毅衡：《先锋派在中国的必要性》，《花城》，1993 年第 5 期。
③ 赵毅衡：《小议先锋小说》，《文学自由谈》，1994 年第 1 期。
④ "影响面广"，主要指《先锋派在中国的必要性》发表后，为《新华文摘》1994 年第 3 期转载；《小议先锋小说》发表后，作为六卷本的《新世纪经典文库·先锋小说系列》之"序"，于新世界出版社1994 年 10 月出版，等等。

代派、先锋派文论对当代中国先锋文学批评的影响和本土融合，我们大致可以看到"先锋诗歌"的另一种历史资源，此即为现代派创作和现代主义文论（当然也包括后现代的）和逐渐引起人们关注的先锋派理论，以及它们在中国当代文学批评中的融合、转化与历史的汇通。现代派与先锋派、现代主义文论和先锋派理论究竟有何异同？这个复杂的话题在对"先锋诗歌"进行历史探源的过程中得到了具体而特殊的证明。其一，从理论上说，"现代派"（此时为笼统的说法，既包括具体的现代派也包括广义的现代主义）和"先锋派"是既相区别又联系紧密的一对概念，两者之间同中有异、异中有同。众所周知，"先锋"原是一个军事术语，后取其"进步"的比喻义被空想社会主义者引入至政治领域，再引入文学艺术领域。至十九世纪末期，文学艺术上的"先锋派"开始有意识地摆脱"先锋"的政治含义。"及至我们这个世纪的第二个十年，先锋派作为一个艺术概念已经变得足够宽泛，它不再是指某一种新流派，而是指所有的新流派，对过去的拒斥和对新事物的崇拜决定了这些新流派的美学纲领。"[1]此时，"先锋派"其实已演变为一个时间意义和精神层面上的概念，它以"先进""前卫"和"实验"的姿态引领文学艺术潮流。"从逻辑上讲，每一种文学或艺术风格都应该有它的先锋派，因为认为先锋派艺术家走在他们时代的前面，准备去征服新的表现形式以供大多数其他艺术家使用，这是再自然不过的事情。"[2]先锋派是每一个时代文学主潮的引领者和变革者，就广义来看，它是文学史发展的重要动力、拥有永不停歇的探索精神，因此只能作为时间概念和历史概念。先锋派在现代社会获得了惊人的艺术表现力，这是因为现代社会为其提供了前所未有的历史机遇。此时，先锋派是现代性的一副重要的面孔并因此在强调"派别"时常常和现代派混为一谈。不仅如此，先锋派和现代派就其自身发展而言，还

---

① ［美］马泰·卡林内斯库:《现代性的五副面孔》，顾爱彬、李瑞华译，商务印书馆，2002年版，第126页。

② ［美］马泰·卡林内斯库:《现代性的五副面孔》，顾爱彬、李瑞华译，商务印书馆，2002年版，第128页。

具有相同的逻辑，即两者都同样拥有创新性思维，都注重创新、反叛并否定传统、追求艺术自主、拒绝媚俗。但先锋派和现代派的区别也是显而易见的，先锋派可以笼统地说成是现代派，但此时它指向的是整部现代主义文学艺术发展史特别是其演变的动力。"作为现代派的前卫，先锋奠定了现代派借以进入新领域的基点，正是在这个新领域中，现代派才能顺应自身的发展。先锋指向未来，一旦被现在所融会，它就失去了自身的价值，成为现代主义的组成部分。实际上，先锋总是处于危险的境地，威胁着自身的安全。"①先锋派也可以指具体的现代派（如表现主义、超现实主义、未来主义和相对于现代派的后现代派等），但此时它仅强调每一个现代派的初始阶段和对之前传统以及业已体制化了的现代派创作的反叛。

"历史上的先锋派运动否定了那对自律艺术具有决定意义的因素：艺术与生活实践的分离、个性化生产以及区别于前者的个性化接受。先锋派要废除自律艺术，从而将艺术与生活实践结合起来。"②彼得·比格尔在《先锋派理论》中的这段话若用于先锋派和现代派的区别，可以进一步解读为"现代主义也许可以被理解为一种对传统写作技巧的攻击，而先锋派则只能被理解为为着改变艺术流通体制而作的攻击。因此，现代主义者与先锋派艺术家的社会作用是根本不同的"。③现代派在反叛之余要实现自身的体制化和经典化，而先锋派的叛逆是为了实现一种反体制化和反经典化的追求。先锋派与现代派复杂而辩证的关系，也在很大程度上决定了它的认知难度以及关于它的历史描述从来都是一种事后行为，即欧仁·尤奈斯库所言的"它应当是一种风格，是先知，是一种变化的方向……这种

---

① ［美］弗雷德里克·R.卡尔：《现代与现代主义——艺术家的主权1885—1925》，陈永国、傅景川译，中国人民大学出版社，2010年版，第14页。

② 彼得·比格尔：《先锋派理论》，高建平译，商务印书馆，2005年版，第125—126页。

③ 约亨·舒尔特－扎塞：《现代主义理论还是先锋派理论——〈先锋派理论〉英译本序言》，高建平译，商务印书馆，2005年版，第11—12页。

『先锋诗歌』的历史探源

75

变化终将被接受，并且真正地改变一切。这就是说，从总的方面来说，只有在先锋派取得成功以后，只有在先锋派的作家和艺术家有人跟随以后，只有在这些作家和艺术家创造出一种占支配地位的学派、一种能够被接受的文化风格并且能征服一个时代的时候，先锋派才有可能事后被承认。所以，只有在一种先锋派已经不复存在，只有在它已经变成后锋派的时候，只有在它已被'大部队'的其他部分赶上甚至超过的时候，人们才可能意识到曾经有过先锋派"①。

其二，从实际上说，中国当代文学中的先锋派由于缺少自身的历史、积淀匮乏，"对西方的先锋派的接受又不是建立在系统的介绍和理解的基础上的，而更多是在一种直觉的感悟上"。②是以，在难以区别、似是而非的过程中，只能选择与"先锋派"有更多相似之处的"现代派"和"后现代派"的诗歌作为"先锋诗歌"，而"其结果就是，中国当代先锋诗歌是现代主义与先锋派，甚至后现代主义互相混杂、交织后所生成的一种新的诗歌样式。这就决定了要谈论中国当代的先锋诗歌，只能沿着一个大致'约指'的方向来谈，不能完全用西方的先锋派来要求中国当代的先锋诗歌和先锋派理论"③。中国先锋诗歌批评可以借用西方的先锋派理论，但此"先锋"非彼"先锋"则充分说明了语境化后"先锋"本身的中国化特质："先锋"几乎从诞生之日起就是一个令人渴慕、预示进步意义的概念，它常常在内涵、范围和艺术精神等方面上呈现历史的"误读"，但又具有现实的合理性和实践上的有效性。"我觉得中国诗歌所谓的先锋派意义应该确立在现代主义的范围内来谈。这是我们关注先锋派诗歌的原因。因为我们之所以关注先锋派诗歌，是要通过它关注中国诗歌的现代化进程。"④诗人宋琳在八十年代末的一次关于当

① 欧仁·尤奈斯库:《论先锋派》，王忠琪等译:《法国作家论文学》，生活·读书·新知三联书店，1984年版，第568页。
② 姜玉琴:《当代先锋诗歌研究》，复旦大学出版社，2013年版，第10页。
③ 姜玉琴:《当代先锋诗歌研究》，复旦大学出版社，2013年版，第25页。
④ 朱大可、宋琳、何乐群:《三个说话者和一个听众——关于诗坛现状的对话》，《当代作家评论》，1988年第5期。

前诗歌现状的对话，生动地反映了从现代主义角度确立先锋派诗歌的合理性与可行性。但先锋派毕竟不是现代派，也许在短期内将两者混为一谈是必要的，但随着人们对于先锋派理论的日渐熟识，当代诗歌主潮为人们提供了越来越长的历史跨度，"先锋诗歌"要重构自己的历史已成客观上的必然。相对于此前的诗歌历史，"朦胧诗"自是"先锋诗歌"；相对于"朦胧诗"，"第三代诗歌"也可说成是"先锋诗歌"，但具体至"第三代诗歌"中的某个诗人和某一"流派"的诗人，"先锋诗歌"是否还能实现其应有之义本身就有许多可以存疑之处。海子和"海上诗群"都是人们在谈论"第三代诗歌"时常常要提到的重要个案，但就其创作实际情况来看，"先锋诗人"和"先锋诗歌"的冠名显然都无法做到名副其实。除此之外，则是在将"朦胧诗"至"第三代诗歌"作为"先锋诗歌"主潮的过程中，另外一些不断探索、始终保持个体独立艺术追求的诗人会被有意或无意地排斥在"先锋"的阵营以外，而这样的事实显然也不利于"先锋诗歌"的批评与研究。

对西方先锋派理论的汲取和转化，使当代"先锋诗歌"的指认与批评实践时常游移于抽象和具体、潮流和个案之间，"先锋诗歌"的内涵所指也由此不断呈现出"简单"与"繁复"的徘徊状态。幸运的是，九十年代的"先锋诗歌"批评经由陈超、唐晓渡、张清华、陈仲义、吴思敬、罗振亚等研究者的实践，已使"先锋诗歌"的概念得到了广泛的认可，而"先锋诗歌"批评中常常呈现的理论与实际相结合的特点，则表明"先锋诗歌"在不断追逐当代诗歌前卫浪潮的同时，已获得了相应的理论资源。

三

"先锋"作为一个流动的、可变的概念以及认知上的"后锋"逻辑，客观上决定当我们命名其为"先锋"时，他或他们实际上已是"昨日先锋"。具体的先锋作家相对于"目前""当下"这些时间表述，往往会因为主体限度、年龄增长、趣味转变而呈现出探索精神和实验性的减弱，从而或是回归传统、成为经典化了的作家，或是中止写作、将昔日的实践化成曾经的记忆。中国当代先锋诗歌阵营在进入九十年代之后的分化在很大程度上就反映了这一事实。当然，先锋诗歌在九十年代之后身份暧昧或曰当代诗歌在九十年代之后先锋意识的弱化（至少是他者认知意义上的），最主要的原因还是先锋诗歌需要同时面对来自于外部现实和诗歌内部的双重压力。先锋诗歌显然需要保留一块可以继续实验、探索的领地，但在讲究生存、务实和诗歌艺术已风光不再的九十年代，这样一个小小的祈求同时也堪称一次大胆的拯救，谈何容易！为此，在批评界的"先锋"之声或是缓慢登场，或尚处于画地为牢的过程中，诗人通过自我命名的方式为难以割舍的诗歌和其内在的理想追求寻找相应的寄居地，便成为"先锋诗歌"的另一种资源。

当代诗人在九十年代亲自投身于当代诗歌批评，就表面上看与批评失效、诗人不相信批评家和读者有关，但从深层来看，却源于诗人本身对时代、写作和诗歌理论批评乃至诗歌史建构的主体焦虑。如果说九十年代社会文化转型、市场化兴起和商业化浪潮的冲击，已使当代诗歌在发表、出版和阅读、传播等方面发生了显著的变化，那么，"边缘化"之后的诗歌就必须在面对丧失往日文学中心地位的过程中调整自己的写作策略。九十年代诗歌无法像八十年代诗歌那样引领当代文学主潮，与现实平等对话，实现社会批判功能，事实上是使诗歌本身产生了身份与认同上的危机。九十年代诗歌如何在市场经济时代"俯身前行"、在"中断"之后完成自我的"转变"，显然是由诗人们最先感受到且需要给予迫切回答的时代命题。而此时诗人的身份常常是集写作者、批评者和学者于一身的现象，也在客观上决定了诗人可以直接出面，通过表述自己的观点，缓释时代焦虑。与外部环境变化产生的影响相比，九十年代诗人参与当代诗歌批评的建构进而为"先锋诗歌"提供资源，在更多情况下是源于写作和命名本身的焦虑。"八九十年代诗人在时间上的焦虑，使他们产生强烈的'文学史意识'，又诱发他们参与诗歌史建构的急迫心理。"①九十年代许多诗人期待通过自我命名获得稳定的历史评价（至少是自我心灵意义上的），进而通过制造崭新的批评话语表达自己对于诗歌未来发展的理解和把握。"中断""中年写作""个人写作""叙事性""知识分子写作""民间写作"等概念，虽常常因其借助传统文化资源给人似曾相识之感，但如果反复品读，则不难发现其中隐含着告别与反思历史之余强烈的拓新意识。历史地看，上述概念都因其在部分程度上符合探索精神而具有先锋的品格，但由于指向性和侧重点不同，以"个人写作"为代表的命名及其相关话题大致可以作为一种重要的表述方式，承担九十年代写作和批评意义上"先锋诗歌"的基本内涵。

当诗人欧阳江河开始在自己诗学理论文章《1989后国内诗歌写作：本土气质、中年特征与知识分子身份》中探讨个人与写作之间的关系，其后又有诗人王家新在《夜莺在它自己的时代——关于当代诗学》等一系列文章中将"个人写作"提升为一个诗学"关键词"的时候，他们或许都没有想到"个人写作"及其相关概念如"个人性""个人化写作"等最终会演变成"九十年代以来先锋诗歌的权威命名"，以至于诗人们和研究者们都"习惯用这个名字来指称、总结那一段先锋诗歌的创作特征"；"个人写作"也随即成为描述"九十年代先锋诗歌的权威理论标识"。②然而，正如可以被同样划入到"个人写作"阵营的诗人孙文波指出的那样："当初提出'个人写作'的诗人也并不是不知道它是临时性的诗学说法。诗歌写作，谁又不是一个人在写呢？"③"个人写作"可以放之四海、过于笼统，使其只有在结合具体语境和内涵所指时才具有相应的合理性和有效性。首先，结合王家新等人的论述，我们不难看出："个

---

① 洪子诚、刘登翰：《中国当代新诗史（修订版）》，北京大学出版社，2005年版，第249页。

② 姜玉琴：《当代先锋诗歌研究》，复旦大学出版社，2013年版，第37—38页。

③ 孙文波：《我理解的90年代：个人写作、叙事及其他》，《诗探索》，1999年第2辑。

人写作"出场的现实性和主观上的真实性。在一次名为《夜莺在它自己的时代——关于当代诗学》的访谈中，王家新曾直言——

> 个人写作并不等于风格写作或个性写作……个人写作是在特定的历史语境中提出来的。这个历史语境就是多少年来这种或那种意识形态对我们的塑造，更远地看，还有几千年以来的文化因袭。……词在具体的使用中才有意义，抽取了"个人写作"的历史背景及上下文，它就什么也不是。
>
> 那么，在这样一个历史语境中提出"个人写作"也就有了意义，其意义在于自觉地摆脱、消解多少年来规范性意识形态对中国作家、诗人的支配和制约，摆脱对于"独自去成为"的恐惧，最终达到能以个人的方式来承担人类的命运和文学本身的要求。……
>
> 此外还应看到，"个人写作"已不仅是一种理论上的设想。80年代末尤其是90年代以来，中国当代诗歌就其最具实力与探索意识的那部分而言，其实已进入到一个个人写作的时代。无视这种转变，批评就会失效。[1]

"个人写作"因其回顾历史、指向未来而具有强烈的反思色彩和写作责任、伦理意义上的担当；"个人写作"因其强调当代诗歌的个人性与差异性而具有生动的现实性甚或一种写作意义上的对抗性。除此之外，"个人写作"还因其指代中国当代诗歌中"最具实力与探索意识"的那部分而描绘了九十年代"先锋诗歌"的现状。"个人写作"是当代诗歌在九十年代发生转变的结果，就"先锋诗歌"的流向来看，同样可以作为反思"第三代诗歌"集体出场和所谓"青春期写作"的经验所得。[2]

---

[1] 王家新:《夜莺在它自己的时代——关于当代诗学》,《诗探索》,1996年第1辑。

[2] 这些观点,具体可参见唐晓渡:《九十年代文学潮流大系·先锋诗歌卷》序,北京师范大学出版社,1999年版,第7—9页。后以《90年代先锋诗的若干问题》为题,收入《唐晓渡诗学论集》,中国社会科学出版社,2001年版。

其次，"个人写作"及其相关话语的出场就其目的而言，主要是为九十年代诗歌的技术与技艺探寻出路。无论是欧阳江河强调"中年写作"时的"重复""差异"[1]，还是王家新将"个人写作"作为一个"时代"，强调它是在一种"'为结束过去而工作'的自觉努力中形成的""反讽意识""喜剧精神"以及"诗性叙述"[2]，还有后来更为明确的熔多种手法于一炉的"叙事性"等等，"个人写作"都在强调个体独立写作的过程中思考着当前诗歌写作技术与技艺上的问题。像"中年写作"预示着一种写作上的持续积累和诗人心态及技艺上的成熟，"个人写作"追求诗歌的深刻性、综合的能力与写作本身的独立性。它"坚持把个人置于时代语境和广阔的文化视野中来处理"，"坚持以一种非个人化的并且是富于想象力的方式来处理个人经验"[3]。它是九十年代诗歌成为"冷风景"、先锋诗人在"边缘处"冷静思考诗歌出路的结果，并在演变中成为许多代表性诗人眼中可以"提高到诗学的高度"[4]的理论话语。

最后，"个人写作"最终要落实到重新思考写作与当代生活的关系的问题上。这一话题由于在先锋诗人和研究者笔下多有论述，此处仅以已故的批评家、诗人陈超的观点为例。早在 1992 年 6 月，陈超就在其《深入当代》一文中指出：当代先锋诗歌所有困境中"最为显豁"同时也是"最基本的困境"，是"如何在自觉于诗歌的本体依据、保持个人乌托邦自由幻想的同时，完成诗歌对当代题材的处理，对当代噬心主题的介入和揭示"。"先锋诗歌要有勇气和力量直接地、刻不容缓地指向并深入时代。这样做是危险的，但不这样

① 欧阳江河：《1989 年后国内诗歌写作：本土气质、中年特征与知识分子身份》，欧阳江河：《站在虚构这边》，生活·读书·新知三联书店，2001 年版，第 56—59 页。
② 王家新：《夜莺在它自己的时代——关于当代诗学》，《诗探索》，1996 年第 1 辑。
③ 王家新、孙文波编：《中国诗歌九十年代备忘录》，人民文学出版社，2000 年版，第 397 页。
④ 孙文波：《我理解的 90 年代：个人写作、叙事及其他》，《诗探索》，1999 年第 2 辑。

做却更为危险。先锋诗歌要创造和发现当代汉语的全部复杂性"①。陈超以实践的方式指出了当代先锋诗歌面临的难题与解决的出路，至今读来仍富有启示意义。尽管，他并没有更明显地使用"个人写作"的概念，但在其要求对"当代噬心主题的介入和揭示"的过程中，我们不难发现他的观点与"个人写作"之间的一致性：对写作本身的自觉和自我想象力的持续扩展，直接而有力地"深入当代"，即使九十年代先锋诗歌超越了八十年代同类诗歌潮流中存有的大量的高蹈而浪漫的抒情，又在尽展诗歌"巨大综合能力"和影响"当代人精神的力量"的同时，深入当代日常生活，并可以和"个人写作"及其相关话语如"叙事性""及物性"等相呼应。总之，结合陈超的观点，我们可以看到：如何建构当代诗歌与当代生活的关系进而展现当代诗歌的时代性和表现力，是先锋诗歌在实践中可持续发展的重要途径。

"个人写作"虽可以作为"先锋诗歌"在九十年代的另一种描述，但"个人写作"的针对性和生成时的"临时性"却决定它在外部理解时易于令人望文生义，而在内部理解时则易于歧义丛生、各自为战。"个人写作"虽要求诗人们以个人性、差异性超越以往的诗歌历史，但可以纳入至"个人写作"阵营的诗人在九十年代是否都进行了真正意义上的"个人写作"，本来就是无法确切衡量的一个问题。"个人写作"既要面对"朦胧诗""第三代诗歌"留下的诗歌"遗产"，进而完成一次符合时代精神的转化及至"断裂"，又要在表现自我过程中重塑一个九十年代的"自我"，其实是要求大部分经历过八十年代"第三代诗歌"浪潮的"先锋诗人"，通过诗歌历史记忆和写作经验记忆的缩减甚至部分丧失的方式完成一次关于自我的"裂变"。显然，在此过程中，诗人的宣言或理论主张并不能等同于写作实践本身，而盲目追求新奇、标新立异、晦涩难懂也并不是"先锋"的全部。当"第三代诗人"甚至更早一些诗人共同

① 陈超：《深入当代》，吴思敬编选：《磁场与魔方——新潮诗论卷》，北京师范大学出版社，1993年版，第326—328页。

绘制了九十年代"个人写作"的诗歌图谱时，我们会发现"个人写作"好似外表推广某种共同标准、实则凸显区域个性的"全球化"一词，而不同观念、不同写作方式的"个人写作"也就这样在强力推动过程中，呈现了八十年代"朦胧诗"至"第三代诗歌"之先锋诗歌浪潮的差异性与矛盾性。对于世纪末围绕"知识分子写作与民间写作"和"翻译体与口语体"而产生的"先锋诗歌"阵营的分裂（即"盘峰诗会"引发的系列论争），究其根源，恰恰与诗歌先锋性、语言传统、本土性的不同理解有关，而因某个诗歌选本、某篇文章和所谓意气之争引发的论争"导火线"不过只是外在的表象而已。

通过以上三方面的论述，我们大致了解了命名与批评意义上"先锋诗歌"的主要历史资源。需要补充的是，在主要资源之外，还有一些具体的个案现象值得关注。如以习惯被列入到先锋诗人群落的于坚为例，他的"如果'先锋'一词被理解为'在前面'的，'创新''未来的''现代化''威尼斯双年展''伍尔弗夫人的沙龙'之类，那么我不是。在中国它就是此类东西。我理解的先锋是没有具体的方向的，它仅仅服从于写作者对存在的基本感受。所谓先锋派的方向也可以是后退的，朝向过去的，守旧的，如果这个时代已经当然地把未来和前进视为'先锋派'唯一的方向的话"[1]论述就很值得思考。如以批评家为例，那么诗人批评家陈超的许多关于先锋诗歌的文章如《重铸诗歌的"历史想象力"》《先锋诗歌 20 年：想象力维度的转换——以诗歌的"个人化历史想象力"为中心》[2]等，同样值得重视与深入地思考。而越来越多个案现象可以参与到"先锋诗歌"的探索中来，只能说明中国当代"先锋诗歌"有多副面孔，需要在不断语境化、历史化的过程中具体问题具体分析，并将命名

---

① 于坚：《答谢有顺问》，《拒绝隐喻·于坚集卷 5》，云南人民出版社，2004 年版，第 202 页。

② 这些文章具体出处为：《重铸诗歌的"历史想象力"》，《文艺研究》，2006 年第 3 期；《先锋诗歌 20 年：想象力维度的转换——以诗歌的"个人化历史想象力"为中心》，收入陈超诗论集《个人化历史想象力的生成》，北京大学出版社，2014 年版。

和创作实证紧密地联系在一起。

新世纪以来，随着消费文化已逐渐影响到人们日常生活的方方面面，命名与批评意义上的"先锋诗歌"似乎越来越成为一个空洞的所指，而往日的被列入"先锋诗歌"阵营的诗人也确然逐渐显露出"后锋"的状态。在这一语境下，如果我们只是将代表这个时代诗歌主潮的诗歌理解为"先锋诗歌"，"先锋"极有可能在重返写实与"底层"的过程中失去其基本义进而沦为一个能指符号，"先锋已死""伪先锋"等声音也由此得到印证。那么，如何理解此时的"先锋诗歌"并思索其未来的发展前提？在我看来，由于消费时代的文化语境和认识"先锋"的时间差，近年来的先锋诗歌已很难从当下主潮的角度加以确认。近年来"先锋诗歌"正日益成为青年一代登临诗坛的"口号"和行为方式，潜含着他们的艺术观以及登场的渴望，先锋诗歌越来越期待一种具体化和个人化的指认，并因此对批评者本身的诗歌观念、素养与胆识提出更高的要求。从艺术上考察，"先锋诗歌"不会停止，因为它植根于每一个诗人内心永不停止的先锋精神和面对诗歌时的文化使命感和责任感。"先锋诗歌"需要时间和历史的契机，只不过，在具体实现的过程中，"先锋诗人"要承受并突破如下悲剧性的处境：既反对现有的艺术成规和伪艺术的生产这一对立关系，又要经历非经典化时代艺术探索方向可能迷失的精神焦虑与内心痛苦。而对时代机遇的敏感把握，同样是其突破瓶颈、实现先锋实践的重要途径。

总之，通过对"先锋诗歌"的历史探源，我们大致可以获得如下几点启示：

一、中国当代文学语境中的"先锋诗歌"是一个时代性和可变性的概念。它在告别历史和适应时代的过程中应运而生，八十年代的文学状态和西方现代派、先锋派创作和理论都对其产生、成为一个批评概念有着重要的作用。"先锋诗歌"的出现推进了中国当代诗歌的现代化进程并丰富了当代诗歌的批评实践。

二、"先锋诗歌"在命名和实践过程中存有"缝隙"，"先锋诗歌"需要潮流演进支撑其批评与指认，这既符合"先锋诗歌"在认知上的时间差，同时又真实地反映了中国当代"先锋诗歌"的现实。中国当代"先锋诗歌"具有十分显著的潮流性、集体性特征，它因此显得笼统、杂糅、易于混淆并缺少个性化的批评。

三、应当强调"先锋诗歌"的发生史，不宜脱离具体语境孤立地谈论和追溯"先锋"进而使其泛化。应当警惕消费时代"媚俗"和哗众取宠行为对"先锋"实践的置换，"先锋"不是"媚俗"和哗众取宠，但在消费时代这些却极有可能成为人们的认识"先锋"的盲点。

四、适度区分现代派与先锋派的概念，适度廓清批评与指认意义上所言之"先锋诗歌"的内涵与外延，将"先锋诗歌"落实为一个及物的概念，在历史化的过程中建构属于中国当代的"先锋诗歌"批评。

"先锋诗歌"命名的诞生将促进先锋诗人观念的建立与自觉，而观念的建立和自觉是先锋诗歌写作不断发展、走向成熟的主要标志。为此，我们有必要不断回溯先锋诗歌的历史，并在考察其具体资源和创作实际的过程中逐步实现先锋诗歌批评与研究的理论化。

写于 2017 年 7 月

"席慕蓉现象"述析

在有关二十世纪八十至九十年代诗歌史的写作过程中，历来有两个曾经传诵一时、热闹非凡的现象遭到人为的"忽视"，此即为"席慕蓉现象"和"汪国真现象"。一般而言，两个现象无法进入正统意义的诗歌史，是因为它们过于通俗，无法与诗歌的高雅置于一个层面。但在另一方面，席慕蓉和汪国真的诗歌在八十年代末期至九十年代初期的出版数量、拥有的读者数量以及"热播"程度又是令人吃惊的，二者最终从诗歌出版、传播发展到"现象"肯定也绝非偶然。对于上述来自诗歌史写作和当时诗歌传播实际之间大致可以称之为"截然相反"的历史呈现，我们以为：其内在的问题不能仅依据现象本身以及外在的评价，而是应当透过现象，考察潜藏于背后的时代、社会、文化、接受心理以及当代诗歌艺术转型等多方面因素及其"合力"。在此过程中，我们还应当对每一个现象进行具体化、特殊化的处理，而后才能再现尘封已久的历史。

一、前史与引入："席慕蓉现象"的生成

为了能够全面揭示"席慕蓉现象"的来龙去脉，我们有必要对之前席慕蓉的成长与创作之路进行简单的介绍。席慕蓉，1943 年 10 月 15 日生于重庆，蒙古族，蒙古全名为穆伦·席连勃（意为"大江河"，慕蓉是穆伦的译音）。1949 年随家迁至香港，1954 年迁至台湾。"少年时第一次试着写诗，是在读了'古诗十九首'之后"[①]。十三

[①] 席慕蓉：《生命因诗而苏醒——新版序》，《七里香》，作家出版社，2010 年版，第 4 页。

岁时开始在日记本上写诗，并在校刊上发表作品。十四岁入台北师范艺术科，正式开始学习绘画，大学阶段也以绘画为专业，后常年耕耘于这一领域。对于其间自由、随意的诗歌创作，席慕蓉将其视为从事主业绘画之余"抽身的一种方法"，"从来没有刻意地去做过些什么努力"[①]。席慕蓉的诗歌作品于二十世纪八十年代在台湾产生反响。首先评价其诗作的是有过同学经历的小说家七等生。在《席慕蓉的世界——一位蒙古女性的画与诗》一文中，七等生以"诗歌为画而谱""画依诗作而绘，应无别分""因画有诗助，可明晰意旨，诗有画补，更能观明景致"为前提和线索，以"诗画融合"的形式分析席慕蓉诗的"歌""思""线"[②]，让当时台湾读者初步了解到席慕蓉的诗歌创作。1980 年 7 月，席慕蓉的长诗《我母、我母》在《幼狮文艺》发表。1981 年，她相继发表在《联合副刊》《中国时报》《中华日报》《台湾日报》《中华文艺》等报刊上的诗作，以不同于当时诗歌主流创作的方式，为台湾诗坛注入了一股新的艺术风格。同年 7 月，大地出版社适时出版了席慕蓉第一本诗集《七里香》。《七里香》由著名作家张晓风作序，收录了席慕蓉二十世纪七十至八十年代创作的 63 首诗歌，出版后立即轰动了整个台湾，一年之内竟然连版 7 次，至 1986 年共印行 35 版，"截止到 1998 年，《七里香》共印行了 54 版之多"，创下了当代新诗集的销售新纪录。席慕蓉的名字，一时家喻户晓，从此蜚声诗坛。1983 年 2 月，大地出版社推出席慕蓉第二本诗集《无怨的青春》（与《七里香》之间还有尔雅出版社有限公司于 1982 年 3 月出版的两部散文集《成长的痕迹》《画出心中的彩虹》，同样为席慕蓉创作与传播"助力"），延续《七里香》的"好口碑"，《无怨的青春》"一经推出就遭到读者的哄抢，

87

---

① 席慕蓉:《一条河流的梦》，《七里香》后记，原文写于 1981 年 6 月，收入席慕蓉诗集《七里香》，台湾大地出版社，1981 年版。本文依据席慕蓉《七里香》，作家出版社，2010 年版，第 112 页。
② 七等生:《席慕蓉的世界——一位蒙古女性的画与诗》，原载 1979 年 12 月 18 至 19 日《联合报·副刊》。本文依据席慕蓉《七里香》，作家出版社，2010 年版，第 117—137 页。

至 1999 年创造了 57 版 6 刷的佳绩"①。至 1985 年，她连续出版了六本诗文集（另外两本为洪范书店于 1983 年 10 月出版的散文集《有一首歌》、尔雅出版社于 1985 年 10 月出版的散文集《写给幸福》，其间还与人合著有小品文集《三弦》、散文集《同心集》等），每一本都受到广大读者的喜爱。同年，台湾南北两大书店"南一"（台南）、"金石堂"（台北）发表的全年畅销书排行榜中，她当时出的六本书全部上榜，其中有三本名列前十名之内。1985 年在台湾也因此被称为"席慕蓉年"。②

关于席慕蓉诗歌在台湾产生的影响，还可以结合席慕蓉的访谈得以证实③，而像"在著作权法森严的台湾亦出现了《七里香》的盗印本；一家化妆品公司的广告直接引用了《无怨的青春》的标题甚至封面图片；诗歌《新娘》更是被广告公司配上新娘照片，制成某结婚礼服的宣传海报；卡片公司则看中了诗集中的文字，席慕蓉的诗歌不经本人同意就被制成卡片进行销售；'七里香'也被某餐厅老板看上被用作了餐厅名，在桃园更有建筑公司盖了座'七里香'小区，还在报刊上做广告大力宣传"④的记录，更从侧面反映了席慕蓉诗歌在当时的影响力。席慕蓉诗歌在读者中产生的强烈反响，自是引发评论界的关注。除前文提到的七等生、张晓风之外，台湾诗人萧萧更是在评论中结合现代台湾诗歌演变后指出："一九七一年，

---

① 此处的引文及与之前引文内《七里香》的出版统计，均参考马璐的《1980 年代的"席慕蓉现象"研究》，西南大学硕士毕业论文，2018 年 5 月，第 31 页。

② 陈素琰：《不敢为梦终成梦——席慕蓉的艺术魅力》，原载《台湾地区文学透视》，陕西人民出版社，1991 年版。本文依据席慕蓉：《迷途诗册》，作家出版社，2010 年版，第 104 页。

③ 夏祖丽：《一条河流的梦——席慕蓉访问记》，苏墡基主编：《我爱·我思·我写——台湾当代作家访问记》，时事出版社，1988 年版，第 53 页。在"访问记"中，还有席慕蓉散文出版后产生的反响，限于篇幅，此处不一一赘述。值得指出的是，引文中的"大地"为台湾的大地出版社，而《无怨的青春》是席慕蓉的第二本诗集。

④ 马璐：《1980 年代的"席慕蓉现象"研究》，西南大学硕士毕业论文，2018 年 5 月，第 31—32 页。

新生的一代成长了，民主自由的空气启迪了诗人的心智，'中国的、现实的、乡土的'呼声，传唱诗坛……在这样阵阵不同的洋流里，独有一股清芬，逐渐弥漫空中，她不影响诗坛上的任何流向，诗坛上的任何水流也无法影响她的清澈，她静静流着，清芬可挹——她就是席慕蓉。"①席慕蓉诗歌在台湾产生的轰动效果自是引起了大陆诗界的关注。按照对席慕蓉诗歌大陆传播热起到重要作用的编辑、诗论家、作家杨光治的记录，席慕蓉诗歌的大陆传播大致包括如下一些经过和盛况——

1986年12月1日的《羊城晚报》，登载了大陆地区首篇评介席诗的文章——笔者所撰的《流泪记下的微笑和含笑记下的悲伤》，同时选发了席诗的六首短诗，马上引起读者强烈的兴趣；跟着，席氏的三本诗集（《七里香》《无怨的青春》《时光九篇》）由花城出版社以简体字印行。它们迅速赢得了众多读者的喜爱，初版都很快销售一空，要求邮购的函件从全国各地纷至沓来，至今未曾终止。

辽宁省一位女大学生由于买不到《七里香》，就借别人的来抄。从序、目录到正文、后记，一字不漏；连书中的图画也认认真真地描摹下来。桂林市一位十九岁的、身患绝症的姑娘，渴望有《七里香》和《无怨的青春》伴随她度过最后的岁月……

"席慕蓉热"在读者中掀起了，"热"得连向来唯利"视"图的书摊主也对它们投以青睐。于是乎，这几本由花城出版社印行的薄薄的抒情诗集创下了同类图书的出版、发行纪录，使不少诗人、编辑啧啧叹奇——

《七里香》：1987年2月出版，至今连印了十五次，共五十多万册；

---

① 萧萧：《青春无怨　新诗无怨》，原文载1983年7月《文艺》月刊第169期。本文依据席慕蓉：《无怨的青春》，作家出版社，2010年版，第132—133页。

《无怨的青春》：1987年9月出版，至今也连印了十五次，共五十多万册；

《时光九篇》：1989年5月出版，至今连印了五次，共十六万册。

别的出版社也"闻风而动"，印数也不少。其"衍生本"——由海南人民出版社出版的《席慕蓉抒情诗赏析》（杨光治、樱子选析），两个月印行二次，达八万余册。有的出版社还经营了"席慕蓉诗歌明信片"之类，也同样赢得了很多读者。

这几本诗集的印数，比某些港台言情、武侠小说还要多，这是使人难以置信的事实。在"纯文学"备受冷落的今天，"席慕蓉现象"神奇地出现了！[①]

综合以上所述可知："席慕蓉现象"作为一个过程，包含着"前史"和"引入"两个主要阶段。就其生成过程来看，"席慕蓉现象"包括诗歌、散文以及绘画等多方面，可进行广义的理解，而诗歌意义上的"席慕蓉现象"是其中一个方面且是最为重要的方面，因为其在"席慕蓉现象"传播的过程中发挥主要作用。对于大陆读者而言，"席慕蓉现象"同样从诗歌开启，主要指席慕蓉诗歌在大陆传播过程中引起的热销、热读以及引起的连锁反应。大陆的"席慕蓉现象"受台湾同一"现象"的影响，在时间上晚于后者，使"席慕蓉现象"不仅有内在的阶段性和连续性，同时也拥有了更为广阔的视野。"席慕蓉现象"是一股遍及海峡两岸的诗歌热潮，它虽同样是一次"事后命名"，但与后来的、常常被并置在一起的"汪国真现象"在内涵上有很大的不同。正因为如此，在多年之后，诸如"二十世纪八十年代，台湾女诗人席慕蓉的诗作，犹如一幅幅色调和谐、清丽柔美、灵动飘逸而又深刻隽永的人生图景，深深地印在

---

① 杨光治：《神奇的"席慕蓉现象"及其启示》，1989年10月写于广州，原载《诗歌报》总第124期及《文化参考报》1989年第12期，后收入《席慕蓉抒情诗合集》，花城出版社，1991年版，第2—3页。

了海峡两岸读者的心中。她'无意诗而诗成'令众多诗人侧目，诗集空前畅销，在海峡两岸掀起了'席慕蓉旋风'，诗坛将此现象称为'席慕蓉现象'"①的归纳，才显得更为具体、生动、准确！

二、杨光治的眼光与推动

对比后来兴起的"汪国真现象"，"席慕蓉现象"的出现首先应当归结于当年在大陆流行的港台文学热潮。随着改革开放使港台文学逐渐为大陆读者所熟知，金庸、古龙、梁羽生、琼瑶、三毛等人的创作都曾在二十世纪八十年代的大陆读者群中产生过重要影响，并由此形成一种阅读上的"港台效应"。"港台效应"使很多读者特别是青少年读者迷恋港台的武侠小说、言情小说并逐渐波及到其他表现形式。结合后来"席慕蓉现象"的出现，不难看出：是席慕蓉的作品填补了这股浪潮中一直处于空缺状态的诗歌门类。而像汪国真刚刚走红之际，"北京的小书摊在台湾女作家席慕蓉的诗歌散文集风靡一阵后，又被一个新的名字取代。这个名字叫：汪国真。说实话，开始我还以为汪国真是位港台同胞"②的看法，则从侧面印证了"港台效应"对广大读者具有怎样强大的"心理预设"！

当然，面对那么多的港台诗人及其作品，究竟选择谁进行推介还需要一种眼光。为此，我们在回顾"席慕蓉现象"形成的过程中，不能不提到诗歌评论家、编辑家杨光治。杨光治（1938—

---

① 赵炜：《"席慕蓉现象"析论》，《河南科技大学学报》，2007年第4期。关于"席慕蓉现象"论述的文章当然还有很多，如前文提到的陈素琰的文章《不敢为梦终成梦——席慕蓉的艺术魅力》；马璐的硕士论文《1980年代的"席慕蓉现象"研究》，此外，还包括笔者在《阐释的笔记：30年来中国新诗的发展（1978—2010）》中的专章论述《文学市场化时代的兴起与诗歌史上被忽视的"现象"》，辽宁大学出版社，2011年版，等等。

② 周彦文：《对"汪国真文化现象"的思考》，贺雄飞、周彦文编著：《年轻的潇洒——与汪国真对白》，国际文化出版公司，1991年版，第10页。

2018），广西灵山人。1957年开始发表作品，1981年进入出版社工作，1999年退休。长期致力于诗歌研究、评论及古典诗词的普及工作。在其任编辑工作期间，编选古今中外大量诗歌读本。从古诗词、外国诗歌、台湾诗歌、朦胧诗到新潮诗，其选本一次又一次地掀起前所未有的诗歌阅读热潮，有的诗集甚至销售二百多万册。他还与人合著有《诗歌美学辞典》《中华诗歌精粹》等8种；编选有《过目难忘·诗歌》等3种。还从事散文、杂文、随笔创作，已出版散文集《蝴蝶之恋》和杂文集《不吐不快》《从席慕蓉、汪国真到洛湃》等等……《南方都市报》称杨光治开拓了一个"诗的黄金时代"；他从1981年至1999年创造了"18年畅销诗"3000万册空前而奇异的历史。[①]

鉴于席慕蓉诗歌走俏的年代，出版社自负盈亏的观念还未大面积铺开，所以，"席慕蓉现象"形成的另一个重要原因，就在于如何与"港台效应"有效结合的主观判断。这一"判断"的形成就外部环境来看，与杨光治所处的广州有着得天独厚的便利条件（如与港台的近距离、相对宽松自由）有关，但更为重要的是，它最终要取决于杨光治对诗歌的理解、艺术的把握和进入市场的可能。在多年后一篇回忆性的文章中，杨光治曾更为详细地记录了他推动所谓"热潮诗"和"偶然发现"席慕蓉的过程——

　　上世纪八十年代中期至九十年代中期，我国出现了一次前所未有的诗歌阅读热潮：席慕蓉、汪国真、洛湃的诗作受到青少年的热烈欢迎……这些印行数大大打破了个人诗集的纪录，震动了文学界和出版界，被公认为"诗歌的奇迹"。与这一奇迹有关的笔者，将这三位诗人的作品称为"热潮诗"。

　　……

---

① 关于杨光治的介绍，本文主要参考了"百度杨光治"，https://baike.baidu.com/item/杨光治/8627940？fr=aladdin

这股热潮始于台湾女诗人席慕蓉的诗集《七里香》。

我接触《七里香》纯属偶然——1986年夏，舍妹从香港回广州探亲，临行前到书店买娱乐性刊物在火车上消遣，发现了此书，想到我是编诗歌和写诗评的，就随手买下。我读后感到，这本诗集没有什么政治倾向，只是真切地抒写了人情、乡情、爱情等最有普遍性而又最可贵的人生情味，容易激发共鸣，而且结构清晰、语言明净，这正符合广大读者的阅读需求，因此冒着风险（当时海峡两岸未开展文化交流，对席氏的情况并不了解）上报选题并着手编发，还撰写了《流泪记下的微笑和含笑记下的悲伤》一文，连同席氏的六首短诗投给当时在全国很有影响的《羊城晚报》。该文在当年12月1日见报后，反应热烈，收到数十封读者来信要求购买。次年2月，《七里香》出版，产生轰动效应。有些青少年朋友视席诗为"梦的寄托"……①

也许，从历史和诗歌的角度来看，杨光治发现席慕蓉带有一种偶然性，但就席慕蓉的诗歌一经推出便大获成功的结果来看，这种偶然却隐含着"必然"。由此考察杨光治编选、出版诗歌特别是当代诗歌的履历，他显然是一个求新、求变、不断追逐诗歌潮头的成功的编辑家。正如据百度统计可知，杨光治策划出版的《中国现代朦胧诗赏析》销售量超17万册;《台港朦胧诗赏析》，超11万册;席慕蓉的《七里香》《无怨的青春》《时光九篇》《江山有待》《席慕蓉抒情诗合集》，累计超245万册;《温馨的爱——席慕蓉抒情诗文赏析》，超30万册;还有汪国真的《年轻的风》,21万1千册;洛湃的《浪子情怀》,12万3千册;《野诗谈趣》,8万册;《绝妙好词》,8万5千册……几乎每编选一本诗集都会取得成功，杨光治的眼光、视野

---

① 杨光治:《"热潮诗"亲历记》,《粤海风》,2015年第3期。其中，引文第一段结尾一句即"与这一奇迹有关的笔者，将这三位诗人的作品称为'热潮诗'"，在发表过程中"三位诗人的"后面多一个"的"字，应是衍文，引用时去掉。

和能力由此可见一斑。

　　尽管，杨光治每次编选的诗集就销售量来说都堪称畅销书、拥有"天文数字"，但其最成功的策划显然是席慕蓉的诗歌。从其最早评介席慕蓉的诗歌作品、将其介绍给大陆读者，到于花城出版社连续推出席慕蓉最有影响的三本诗集《七里香》《无怨的青春》《时光九篇》及《席慕蓉抒情诗合集》，杨光治一直对可能受到读者欢迎的诗有着自己独特而敏锐的判断。从其评价席慕蓉的诗歌，即——

　　　　她的诗，没有贯注什么"反理性""反情绪""反思维"的"生命意识"，也不是"反文化""反语言"的"先锋"作品。

　　　　她的诗，不像"极端丰满的黑洞"那样令人感到神秘莫测，也不是"青春全方位的喧哗骚动"那样使人热血沸腾。

　　　　她的诗，只像她的名字（她是蒙古人，原名穆伦·席连勃，意即大江河）那样，是一条江河，泛着清丽的旋律，闪着悦目的波光，带着对爱的追求、年华的惆怅和沉重的乡愁等最可贵的人生情味，自然地流动，流到读者的心中，漾荡着众多的心弦而产生共振、共鸣。这些情味是"我"的，然而又不仅仅是"我"的。

　　　　在表现手法方面，她没有花费精力去一味追慕西方现代派，没有苦心地堆砌繁复的意象，没有费劲去营造谲怪得骇人的句子，和炮制令人目眩的时空交错，也没有着力去追求"民歌味"和"古典味"，一切似乎只是信手拈来，娓娓道来。……

　　　　……

　　　　她，是一位真正的诗人，是以诗的语言来写诗的诗人。①

---

　　①　杨光治：《神奇的"席慕蓉现象"及其启示》，《席慕蓉抒情诗合集》，花城出版社，1991 年版，第 3—4 页。

我们可以看出杨光治对二十世纪八十年代以来中国当代诗歌的发展脉络十分熟悉。应当说，正是由于熟悉"朦胧诗""新诗潮"的历史流向及艺术特质，采取回避、不重复的策略，才使杨光治在选择与对比中"发现"了席慕蓉。他一面强调席慕蓉"纯文学"作家的身份、凸显其艺术上前所未有的风格；一面利用"港台效应"第一个占领诗歌的"处女地"，不仅取得了巨大的成功，还顺势带出了所谓大陆诗歌界的"席慕蓉现象"。

　　席慕蓉诗歌在大陆引起轰动，自然也引起批评界的关注。仅以杨光治为例，除上文提到的文章外，他还相继发表了《席慕蓉抒情诗赏析》（《理论与创作》，1990 年第 3 期）、《〈悲喜剧〉赏析（外一首）》（《理论与创作》，1993 年第 4 期）等文章，着重结合作品分析席慕蓉诗歌的特色；沙鸥以《有感于"席慕蓉现象"》（《当代文坛》，1990 年第 5 期），在分析席慕蓉诗歌热读原因之余，反思了当代诗歌创作……此后，以席慕蓉诗歌或"席慕蓉现象"为选题的学术论文和学位论文，不时出现并逐步呈现深入的态势，至于在台湾当代文学特别是当代诗歌研究中，席慕蓉更是绕不开的一位重要作家。这一切都表明：席慕蓉的诗歌是有生命力和吸引力的，"席慕蓉现象"也由此得以实现一种内在的延续。

三、席慕蓉诗歌的艺术性及独特性

　　"席慕蓉现象"的生成与发展，归根结底离不开其诗歌的艺术性及其独特性，这一点就"席慕蓉现象"在海峡两岸均引起轰动来说，尤为值得关注。对于席慕蓉诗歌在八十年代初期的台湾掀起热潮，萧萧的观点即使在今天读来仍颇具启示意义——

　　　　当我细读《无怨的青春》之后，我想应该将这册诗集置放于三十多年来在台湾的现代诗史之流里衡量，她的出现与成功，都不应该是偶然。

甚至于可以说，她是现代诗里最容易被发现的"堂奥"，一般诗人却忽略了。或许真是诗家的不幸、诗坛的不幸！

抒情，无疑是中国诗的主流。现代诗在徐志摩之后，"抒情"反而成为诗人的禁忌，特别是一九四九年以后的台湾诗界……

席慕蓉不管现代诗人的禁忌，她写青春、写爱，而且，迂回而入年轻的激动里——这是现代诗人禁忌中的禁忌，包括中年一代的女诗人。席慕蓉仿佛不知道这些，她写了，读者激动了！

……

提到"圆"的观念，这正是中国天人合一、物我两忘的哲学思想引申到文学境界上的表现……青春无怨，因为，席慕蓉的诗也有"圆"的观念……

其次，三十多年来，现代诗坛的另一个谣言是"现代诗不押韵"，诗人们认为：好不容易从格律的桎梏里挣脱出来，何苦又掉进另一个新的束缚？……

……席慕蓉却一向如此安排她的诗，让她们有段、有行、有逗，抑扬顿挫，形成声色俱美的有情世界。

……

最后再提一件现代诗人的忌讳，而席慕蓉却在诗中特意铺展的事，那就是现代诗人迷信诗中不该存留本事，重要的是抒陈诗人的感觉，情节故事应该滤除。

……很多读者告诉我，他们在席慕蓉的诗中遇见害羞的自己。

……我常以为中国文学是"人的文学"、是"情的文学"、是"字的文学"、是"圆的文学"，席慕蓉的诗深具这四种特色，是值得一探究竟的现代诗堂奥。①

---

① 萧萧：《青春无怨　新诗无怨》，原文载 1983 年 7 月《文艺》月刊第
　　169 期。本文依据席慕蓉：《无怨的青春》，作家出版社，2010 年版，
　　第 133—141 页。

与席慕蓉诗歌在台湾受到欢迎相比，"席慕蓉现象"稍后于大陆出现同样可以从当代诗歌的演变中找到规律。这一点，在上文提及的杨光治的《神奇的"席慕蓉现象"及其启示》中已有交代，而更为明确的判断则是多年后的回顾与总结："在大陆，诗歌经历了新诗运动、现代诗的冲击乃至朦胧诗，读者已产生审美疲劳，而席慕蓉的诗清新柔美，写出了人性中共同向往的真、善、美，给疲惫的心提供了一个精神支点，满足了读者的审美需求。"[1]对比诗坛已有的浪潮，席慕蓉的诗歌因其独特的成长经历和"回归古典"而为现代诗歌创作开辟了一片新的天地，而像萧萧在和其探讨"写诗的历程"之后指出的——

> 大学时代，席慕蓉已会作诗填词，古典诗歌的含蓄精神、婉约性格、温柔气质，自然从她的诗中透露出来，不过，她运用的是现代白话，语言的舒散感觉又比古典诗词更让人易于亲近。同时，她不曾浸染于现代诗挣扎蜕化的历程，她的语言不似一般现代诗那样高亢、奇绝。蒙古塞外的豪迈之风很适合现代诗，却未曾重现在她的语字间，清流一般的语言则成为她的一个主要面貌。[2]

则在很大程度上说明席慕蓉诗歌在甫一出场就获得成功的秘密。

与席慕蓉为当代诗歌提供创作上的新质相比，席慕蓉诗歌就具体创作来说，也多有吸引读者之处。回归古典的席慕蓉虽在自己的创作中回避重大主题，但就其诗歌世界构成而言，其表现的内容仍是多样的。"爱情、人情（包括人生哲理）、乡情，始终是她歌唱的主旋律。这些'情'，经过精巧的构思，艺术地凝聚于诗行里。"[3]名篇《一棵开花的树》写出为了"在我最美丽的时刻"遇见"你"，

97

---

[1] 赵炜:《"席慕蓉现象"析论》,《河南科技大学学报》, 2007 年第 4 期。

[2] 萧萧:《青春无怨　新诗无怨》, 席慕蓉:《无怨的青春》, 作家出版社, 2010 年版, 第 133 页。

[3] 杨光治:《神奇的"席慕蓉现象"及其启示》,《席慕蓉抒情诗合集》, 花城出版社, 1991 年版, 第 5—6 页。

"我已在佛前求了五百年／求它让我们结一段尘缘"；"佛于是把我化作一棵树／长在你必经的路旁／阳光下慎重地开满了花／朵朵都是我前世的盼望"。被借用为电视连续剧名字的《十六岁的花季》借助"十六岁的花季只开一次"，追忆往昔，写尽爱的沧桑："爱原是一种酒／饮了就化作思念／而在陌生的城市里／我夜夜举杯／遥向着十六岁的那一年"。还有《千年的愿望》《如歌的行板》对人生的感怀，还有《乡愁》《出塞曲》《长城谣》《狂风沙》对乡情的书写……对于"诗的成因"，席慕蓉解释为："日落之后我才开始／不断地回想／回想在所有溪流旁的／淡淡的阳光和／淡淡的花香"（《诗的成因》）；对于"诗的价值"，席慕蓉则写道："我如金匠日夜捶击敲打／只为把痛苦延展成／薄如蝉翼的金饰／／不知道这样努力地／把忧伤的来源转化成／光泽细柔的词句／是不是也有一种／美丽的价值"（《诗的价值》）；如果诗是一件"艺术品"，那么，它的源泉在席慕蓉这里则是——"是一件不朽的记忆／一件不肯让它消逝的努力／一件想挽回什么的欲望／／是一件流着泪记下的微笑／或者是一件／含笑记下的悲伤"（《艺术品》）……席慕蓉的诗，有着浓郁的抒情气质，这使其与读者对于诗歌的一般印象保持着契合关系。与此同时，席慕蓉的诗，来自生活的经历和生命的感悟，以情动人，这又使其容易在读者那里唤起共鸣。

最后，席慕蓉的诗歌淡雅灵动、温柔亲切、真挚感人，加之女性特有的语言方式，都使其诗歌在阅读过程中可以产生一种亲近感、易于接受。她的诗，发自内心，不事雕琢；她的诗喜欢使用重复、假设、设问的句式，节奏和谐、韵律优美，易于拉近诗歌与读者之间的距离。萧萧认为她的诗充溢着三十多年现代诗坛罕有的"情""韵""事"，"清新、讶异，仿佛遇到知己的那种感觉"[①]；陈素琰从女性特点角度指出"初次接触她的作品，人们往往为她的女性柔情所动心。但深知席慕蓉的纯情之作后，会发现

---

① 萧萧:《青春无怨　新诗无怨》，席慕蓉:《无怨的青春》，作家出版社，2010 年版，第 140—141 页。

她特殊的艺术魅力，这就是她不仅具有女性的柔婉，而且柔婉中时时透露出某种悲哀"，[1]正可以作为我们认识席慕蓉诗歌的重要参照！

四、结语：未尽的"现象"和一个"开端"

除诗歌外，席慕蓉的散文在大陆同样掀起过热潮。她还是一位重要的词作家，由其作词的《父亲的草原母亲的河》《故乡的歌》等均产生了广泛的影响。结合八十至九十年代当代诗歌演变轨迹来看，我们可以将席慕蓉的诗歌作为当代流行诗和通俗诗的"开端"，至于其理由则在于席慕蓉和后来的汪国真一样，诗集发行量大，诗歌读者群局限于青少年，再者就是始终没有被正式的、学院派所著诗歌史记录过，而像杨光治的杂文集《从席慕蓉、汪国真到洛湃》更是将席慕蓉与汪国真、洛湃联系在一起，形成了一个可以称之为流行诗歌的序列。不过，这样的结论如果全面考察"席慕蓉现象"之外，则不难发现有很多可以商榷之处。一则是"席慕蓉现象"就其生成方式来说，与后来的"汪国真现象"有很大的不同，在进入大陆之前，席慕蓉在台湾已有诗名并获得了较为广泛的认可；二则是席慕蓉诗歌在大陆热读之际，接受观念意义上的图书"市场化"还未全面展开，这使得席慕蓉诗歌更侧重"港台效应"和相对于已有的诗歌创作及其自身艺术的独特性。再者，从席慕蓉一直受到大陆读者的欢迎，受聘于南开大学、内蒙古大学等多家大学为名誉（或客座）教授，其诗作和创作实绩多次入选港台诗歌选本、多次为台湾文学史所评价等情况，而"汪国真现象"则很快遭受质疑，洛湃诗歌并未获得成功，我们也大致可以得出"席慕蓉现象"也与后者有很大的不同。对此，我们不妨将"席慕蓉现象"作为八十至

---

① 陈素琰：《不敢为梦终成梦——席慕蓉的艺术魅力》，席慕蓉：《迷途诗册》，作家出版社，2010年版，第121页。

九十年代诗歌发展的一个"开端"、当代诗歌写作的一个自我扬弃过程中的"新路向"——这是一个未尽的"现象",值得我们去思考与探究。

写于 2020 年 2 月

"汪国真现象"与当代诗歌的传播和接受

　　无论我们基于怎样的评判立场，仅从诗集发行量来看，汪国真显然创造了当代诗歌的"神话"并由此成为家喻户晓的诗人。与之相反，是汪国真成名后出版的多部当代诗歌史和为数众多的学院派研究者对其创作避而不谈。这种呈现于传播、接受和研究之间的"裂隙"自是有很多问题值得思考。为此，我们有必要设定以下两个前提：其一，以"汪国真现象"一词涵盖汪国真的创作史、传播史及相关内容，开启论述；其二，选择传播和接受这一有关汪国真诗歌最为重要的线索，进入"汪国真现象"的内部，进而在还原当年场景的过程中揭示其复杂的历史构成。

一、从手抄传播到"汪国真现象"

　　当 1985 年汪国真下定决心专门从事诗歌创作时，他肯定并未想到数年之后会掀起关于自己的诗歌热潮。如果说于 1984 年第 10 期的《年轻人》杂志发表的《我微笑着走向生活》，后由 1985 年第 3 期《青年文摘》和第 8 期《青年博览》转载，是汪国真第一首在读者群中产生反响的诗，那么，于 1988 年第 2 期在《追求》杂志上刊发的组诗《年轻的思绪》，后由是年第 10 期《青年文摘》转载并将其中的《热爱生命》作为当期的卷首语，则为"汪国真现象"的形成奠定了坚实的基础。汪国真的诗开始以"手抄本"的形式在北京中学生中流传并逐渐波及各地。结合汪国真于 1990 年推出的第一、第二部诗集的出版过程可知：最初的"手抄"传播对于"汪国真现象"的形成有着至关重要的作用。汪国真的第一本诗集《年轻的潮——汪国真抒情诗选》，其出版的"契机"是因为北京太平桥中学的一位英语老师在上课期间发现同学们没有认真听讲，而是在下面偷偷传抄汪国真的诗。这位老师回家后将这件事告诉了在学苑出版社编辑部任主任的丈夫孟光。孟光在调查后发现"喜欢汪国真诗的青年读者大有人在，他们一直想买汪国真的诗集却买不到"。于是，便有了学苑出版社"希望以最高的稿酬、最快的速度和最好的装帧来出版汪国真的诗集"[1]的计划。《年轻的潮》于1990年6月出版，首印2万册，很快售罄，同年8月、11月连续两次加印，印数达7万册。该诗集在是年7月4日被《新闻出版报》列为十大畅销书之一。第二部诗集《年轻的思绪——汪国真抒情诗抄》于1990年8月在文化艺术出版社出版，首印4万册，再次打破数年来国内个人诗集的首印纪录。该诗集于1991年获全国图书"金钥匙"奖，而其"原型"则是山东《济宁日报》女编辑王萍自《青年文摘》上读到《我微笑着走向生活》之后，就默默地记下了汪国真的名字、喜欢上了他的诗。从此之后，王萍开始处处留意汪国真发表在各类报刊上的诗作。她将搜集到的汪国真的诗抄写在一个厚厚的本子上，还精心地做了编排，一共分了十个栏目。在诗集正式出版时，"手抄本诗集内的所有内容，包括最初王萍写下的序都保留在了书中，署名则为：汪国真著，王萍编"。[2]再次印证汪国真诗歌在当时的传播广度。

　　《年轻的潮》《年轻的思绪》的成功，自是引发了系列的"连锁反应"：联系在此前汪国真凭借诗作的传抄，先后在《辽宁青年》《中国青年》《文友》等知名刊物开设专栏，1990年10月在花城出版社顺势推出第三本诗集《年轻的风》，诗坛显然掀起了"汪国真热"，而媒体将1990年称为"汪国真年"也绝非偶然。在大学校园里掀起传阅汪国真诗歌的热潮之余，汪国真还被北京许多高校团委和学

①　窦欣平：《遇见·汪国真》，生活·读书·新知三联书店，2017年版，第84、85页。
②　窦欣平：《遇见·汪国真》，生活·读书·新知三联书店，2017年版，第112页。

生会盛情邀请，进而掀起了波及全国许多城市的汪国真校园讲演热潮，"诗坛王子""缪斯最钟爱的男人"等称谓不胫而走。此后，各家出版社纷沓而来，在短短的两三年间，汪国真出版的诗文集就有《汪国真自选诗 112 首》(中国文学出版社，1991)、《汪国真校园诗选》(浙江文艺出版社，1991)、《汪国真诗文精萃》(国际文化出版公司，1991)、《汪国真自选抒情诗 128 首：年轻的风流》(群众出版社，1991)、《汪国真自选最新诗文集》(中国广播电视出版社，1991)、《汪国真爱情诗精品欣赏：青春的情感》(中国国际广播出版社，1991)、《汪国真独白》(汪国真、巴丹合著，国际文化出版公司，1991)、《汪国真自选作品集·珍藏版》(四川文艺出版社，1991)、《汪国真其人其诗》(汪国真、彭俐等著，中国友谊出版公司，1991)、《汪国真爱情诗选》(中国友谊出版公司，1991)、《汪国真哲思短语》(中国友谊出版公司，1991)、《汪国真诗文选·珍藏版》(内蒙古人民出版社，1991)、《汪国真抒情诗选粹》(知识出版社，1991)、《潇洒的爱——汪国真诗精选》(甘肃人民出版社，1991)、《汪国真诗——99 首名篇赏析与批评》(陕西旅游出版社，1992) 以及《汪国真抒情诗 80 首硬笔字帖》(中国文联出版公司，1991)、《汪国真抒情诗钢笔字帖》(湖南文艺出版社，1991)，此外，还有由他者编著的《年轻的潇洒——与汪国真对白》(周彦文、贺雄飞编，国际文化出版公司，1991)、《梦中的期待——汪国真抒情诗精选》(作者针诚，文化艺术出版社，1991)、《年轻的风采——专访汪国真》(李穆编，人民日报出版社，1991)、《汪国真诗歌赏析》(程光炜编著，长江文艺出版社，1991)、《论汪国真的诗》(雪若、梦谷编选，青海人民出版社，1991)……"这种以汪国真为核心形成的诗集出版、诗歌讲座等形式所产生的轰动效应，成为二十世纪九十年代著名的'诗歌文化事件'，影响了那一代的年轻人，被媒体称为'汪国真现象'。"[1]

---

[1]　窦欣平：《遇见·汪国真》，生活·读书·新知三联书店，2017 年版，第 115—116 页。

　　"热读""热销"状态的"汪国真现象"在 1991 下半年开始回落，代之而起的是许多人对于汪国真诗歌的质疑。当然，如果联系具体事实经过，汪国真遭受质疑可从 1991 年 5 月上海之行特别是 5 月 6 日晚在华东师范大学科学会堂讲演开始算起。在华师大的讲演会上，"不少学生对汪诗本身，对汪高坐台上以师长自居的谈话方式，对汪用诗歌解答青春疑难，对汪以销量论证诗歌价值大小，对汪对海子不爱戴……大为不满，争先恐后地予以抨击，火气很大，甚至不顾礼节。逼得汪不得不提前宣布结束对话。"[1]在沪期间，汪国真与上海记者见面、接受采访时的一些言论，如自己的诗是对"朦胧诗的反叛""他的目的是取代十年来三毛、琼瑶、席慕蓉等风靡大陆的港台作家""他认为自己的诗不会比徐志摩的寿命短；他自称"他将在进修英语后自己动手翻译诗作，使其走向世界，从而为中国人争回第一个诺贝尔文学奖"[2]等，也引起上海新闻界和文艺界的不满。"《上海文化艺术报》在汪到沪前，就在'三人谈'栏目刊登了对汪诗的反面看法，开了倒汪的先河。汪国真与记者见面后，诸报又把汪的惊人之语细节抛出。汪与华东师范大学学生对话后，在场的《青年报》'热门话题'专栏立即请夏雨诗社的同学将对汪诗的尖锐意见整理成文，并于 5 月 17 日整版刊出。《新闻报》《书讯报》等都相继发文。连《文汇读书周报》也在'直言不讳'栏目发了抨汪诗的短文。"[3]至 1992 年 10 月，由袁幼鸣、李小非编的《"汪国真现象"备忘录》在上海学林出版社出版，收录多篇相关报道特别是已刊发和未刊发的四十余篇抨击文章，质疑汪国真诗歌的声音已成

---

[1]　郦辉、保宁：《乘风滑翔：汪国真闯荡上海滩》，袁幼鸣、李小非编：《"汪国真现象"备忘录》，学林出版社，1992 年版，第 24 页。关于汪国真在华东师范大学讲演的全过程还可参见袁幼鸣的《汪国真在华东师大的遭遇及我见》，原文发表于《海上文坛》，1991 年第 5 期。后收录于袁幼鸣、李小非编的《"汪国真现象"备忘录》一书。

[2]　郦辉、保宁：《乘风滑翔：汪国真闯荡上海滩》，袁幼鸣、李小非编：《"汪国真现象"备忘录》，学林出版社，1992 年版，第 27—28 页。

[3]　郦辉、保宁：《乘风滑翔：汪国真闯荡上海滩》，袁幼鸣、李小非编：《"汪国真现象"备忘录》，学林出版社，1992 年版，第 29 页。

为一种"主要趋势"。这样的现状自然对汪国真本人也产生了很大的冲击。之后，痛定思痛的汪国真相继转战书法、音乐、绘画等领域，且都取得了不俗的成绩。值得一提的是，喧嚣一时的"汪国真热"虽成为明日黄花，但阅读、传播和面向特定读者群的汪国真依然有着其持续的影响力。从窦欣平《遇见·汪国真》一书"附录"的"汪国真主要著作出版年表"可知：从1994至2015年二十二年间里，围绕汪国真诗歌而出版的各种文集、作品集等仍有六十种之多，这种每年平均近三部的出版数量，充分说明了汪国真的作品还有相当规模的阅读量。而在2010年出版的《汪国真诗文全集》最后一卷书后的"作者简介"中的——

> 据北京零点调查公司1997年7月对"人们所欣赏的当代中国诗人"调查结果表明，在新中国成立后出生的诗人中，他名列第一；他的诗集发行量创有新诗以来诗集发行量之最。2000年他的5篇散文入选人民教育出版社出版的全日制普通高级中学《语文》读本第一册；2001年，他的诗作《旅程》入选人民教育出版社出版的义务教育课程实验教科书《语文》七年级上册。2001年，他的散文《雨的随想》入选高等教育出版社出版的中等职业教育国家规划教材《语文》（基础版）第一册；2003年他的诗歌《热爱生命》入选语文出版社出版的义务教育课程标准实验教科书《语文》九年级下册。[①]

更是说明汪国真的诗歌在传播、阅读和接受上存在相当大的空间。

对比八十年代以来乃至新诗诞生以来的诗集出版，汪国真的诗集从出版到阅读都是一个非常特别的现象并可以用"神话"来命名。"汪国真现象"在生成过程中有两个突出之处：其一，汪国真的诗

105

---

① 汪国真：《汪国真诗文全集》3，广东旅游出版社，2010年版，第369页。

歌先以"手抄本"的形式获得了广泛的阅读量和读者群，而后才迅速出版、集束登场形成"现象"，这一过程在一定程度上隐含着时代的巧合并具有十分显著的商业性特征和品牌打造意识。其二，汪国真的诗歌有稳定的读者群且可以长期持续，说明汪国真的诗对于青少年读者来说具有意义，符合其阅读趣味。以上两点特征决定我们在分析"汪国真现象"时必须要将汪国真的创作与读者阅读、接受，图书出版、销售与传播等因素结合起来，才能一探其究竟。

二、出场的逻辑与读者群

与一般理解意义上的诗人出场不同的是，汪国真是从非纯文学刊物特别是诗歌刊物如《诗刊》《星星》等走出来并最终为读者接受的。独特的出场方式，使汪国真诗歌在发展为"汪国真现象"的过程中，更依靠传播、接受及其有效方式。由于《我微笑着走向生活》《热爱生命》等成名作皆在发表后为《青年文摘》《青年博览》等发行量较大的刊物转载，所以，汪国真的诗就获得了很高的受众程度并具有了印象式的"定格"。与之相比，在中学生群体中传抄、热读又很容易为汪国真的诗歌接受"造势"进而形成"连锁反应"。加之汪国真此时的作品已开始在青年读者群中享有很高声望、发行量可观的《辽宁青年》上出现[1]，为即将到来的"汪国真热"助力，是以，在"汪国真现象"形成的过程中，即使仅就传播层面来看，也有多重因素或曰多种力量需要条分缕析。

汪国真诗歌之所以成为一个热点现象，其关键之处是因为其拥

---

[1]　见唐伟的文章《"汪国真热"的再解读——以汪国真与〈辽宁青年〉为线索》，《当代文坛》，2016年第4期。在该文中，作者联系《辽宁青年》在当时全国的影响力和汪国真的回忆，解读了"汪国真热"的过程。其中，文中援引汪国真回忆性文章《无法忘却的往事》（《辽宁青年》，1992年第14期）中的"那时，据后来新闻出版界所说的1990年5月兴起的'汪国真热'还整整相差8个月，而《辽宁青年》约组我的稿时距这个'热'更远在两年以上"很有参考价值。

有了数量可观的读者群——青少年朋友。在后来反思、质疑汪国真诗歌艺术时，很多人曾将其和大众文化联系在一起。这种思路就大方向而言，自是没有什么问题，但如果更为准确地阐释，则是"汪国真现象"虽有流行的大众文化的面相，其实质却在范围上小于笼统意义上的大众。汪国真的诗歌从热读之日起就是青少年的"专属品"，这些当时之青少年口耳相传、竞相传阅、代代延续，才使汪国真诗歌最终成为了一个大众文化现象。汪国真诗歌起于青春类读物，得力于文摘类报刊，传于青少年读者之间，一方面表明其诗歌具有鲜明的青春特征，符合青少年的心理期许和阅读需求，一方面又表明其诗歌可以不必经受艺术的、专业的标准检验。[①]身处青春期的群体往往需要确立偶像和偶像崇拜填补其未来的想象，则从消费意义（包括阅读、购买、签名、见面聆听演讲等等）上为"汪国真现象"的出场铺平了道路。只要将二十世纪八十年代末期至九十年代初期，在青少年读者群中产生巨大反响的席慕蓉诗歌、汪国真诗歌依次排列开来，便不难看出：提供某种符合青春期想象的文学经验、心灵慰藉和人生理想会产生怎样的效果！

---

① 如在《追踪"汪国真热"》一文中，作者胡旦中就曾结合汪国真诗歌发表的报刊如《中国青年》《追求》《辽宁青年》《年轻人》，文摘类报刊如《读者文摘》《青年文摘》等，以及代表作《我微笑着走向生活》的发表情况指出："这些报刊不是纯粹的文学报刊，对作品没有特别高的艺术质量要求。这些作品大多浅显、通俗、意思明确，不需要对文字进行更多的装饰和锤炼，而且题材上也比较固定，大多与青年人的人生、情感、交往等话题相关。汪国真被发现，正是这些报刊读者的功劳。这类青年报刊大多栏目活泼，信息量大，可读性强，拥有远比一般文学报刊更多的读者，读者数量上的优势，当然并不意味着读者的质量有多大的优势"；"湖南的《年轻人》杂志在 1984 年第 10 期发表了汪的《我微笑着走向生活》，就被北京的《青年文摘》在 1985 年第 3 期所转载。如果汪国真的这首'成名作'是发表在纯文学刊物上，可能早就因其直露的构思和朴素的技法而被追求'高''精''深'的诗歌所湮没了。其实，汪国真也在纯文学刊物上发表过几首诗，但谁也记不住它们有过什么反响。"袁幼鸣、李小非编：《"汪国真现象"备忘录》，学林出版社，1992 年版，第 46 页。

当然，任何一个现象的形成都离不开特定的文化语境，江国真诗歌最终成为一个"现象"、在读者中掀起热读的高潮，同样遵循上述"规则"。二十世纪八十年代末至九十年代初，由于文学还能产生轰动效应，因而仍是一个读诗的年代。在图像阅读媒介尚未充分发展（主要指电影和电视）和电脑网络尚未出现的前提下，文字仍是主要的阅读方式，而文学也具有相当程度的吸引力。在那个白衣飘飘、激情浪漫的年代，爱好文学、读诗写诗是一个人拥有才华的重要标志。在当时中学、大学校园里，金庸、古龙、三毛、琼瑶、席慕蓉等的作品都以不同方式、在不同性别的读者群中掀起过阅读的浪潮，并由此成为青少年朋友竞相追逐、热读热播的对象。需要指出的是，对于此时尚处于青春期懵懂的青少年朋友来说，诗歌的阅读与书写在更多情况下并不是为了艺术的欣赏、深邃的哲思和世界观成熟之后的深刻的生命体验，而是需要获得一种心理上的共鸣和青春期情绪的宣泄。从席慕蓉诗歌到汪国真诗歌的热读，再到很多读者模仿其风格、开启自己写作的过程中，我们也能看到后来可以被划入流行诗歌范畴的创作已经开启了自我体验模式——从席慕蓉的梦呓、唯美、饱经沧桑到汪国真的潇洒、从容、充满理想，流行诗歌需要迅速更迭外在风格以保证自己与读者之间的阅读关系，这使其在写作、出场与传播方式上与此前的和同时代的纯文学意义上的诗歌都有很大的不同。

从更大的背景来看，八十至九十年代的"文化转型"也对汪国真现象的出场具有决定性的作用。作为对八十至九十年代中国社会文化发展趋势的一种描述，"文化转型"一直包含着复杂的社会历史内容，并生动再现"经济体制改革""社会主义市场经济"等举措对当代中国社会与文化产生的深远影响。作为"市场化"兴起的动力之源，人们虽很容易就字面上联想到1992年中共十四大提出的"发展社会主义市场经济"，但就计划经济向市场经济的转变过程而言，1984年10月中共十二届三中全会召开，通过"关于经济体制改革"的决定；1985年以城市为重点的整个经济体制改革的全面展开，却无疑成为了中国社会发生结构性转型、逐步走向"市场"

的重要起点。在这样一个社会环境下，文学的创作、艺术品位、生产（发表与出版）、传播（主要指流通、销售的过程）以及接受等方面也都相继发生变化。八十年代中期的经济体制改革很快也波及到文艺界，出版单位要逐步转变为"生产经营型""独立核算，自负盈亏"也使文艺出版被步步推向了"市场"。"1988年，根据党的十三大精神，中宣部和新闻出版署联合发出文件，明确要求：在发展社会主义有计划的商品经济的条件下，必须改革政企不分、统得过死、出版单位缺乏自主权、缺乏活力的旧体制，建设政企分开、扩大出版单位自主权、加强宏观管理，具有生机和活力的新体制。"①至九十年代初期，部分出版社靠卖书号为生、作家自费出版图书以及纯文学期刊的"断奶"与"转企"已不再是什么新鲜的话题。这样，左右包括诗歌在内当代文学面貌的，不仅有文学艺术性的内容，还有"市场"这一强有力的制约因素，而新的"文学场"也由此形成了。

按照布迪厄的理论，"文学场"的形成关键首先在于"文学自主原则"的确立，我们可以在回顾历史的过程中较为清楚地看到：在八十年代中期，由于"文学回归自身"的呼声和叙述形式的变革等原因，一个新的"文学场"已开始形成。"寻根派""第三代诗歌""现代派""先锋派"等几乎同时出场，使当代文学终于摆脱了往日的面貌。与此同时，经济体制改革促成的"经济场"的形成也为推动这种态势起到了不容忽视的作用，并最终在发展的过程中呈现出后来居上的态势②。考察八十年代中期至九十年代"文学

---

① 邵燕君：《倾斜的文学场——当代文学生产机制的市场化转型》，江苏人民出版社，2003年版，第12页。

② 值得指出的是，这一点由于中国特定的历史条件与布迪厄的理论有所出入。按照邵燕君的说法，"法国的'文学场'是在同时与'政治场'和'经济场'的决裂中建立起来的。与之不同的是，中国当代的'文学场'是在一个'前市场'的时代形成的。它需要对抗的只是'政治场'——从'写什么'到'怎么写'、从'专业作家'到'职业作家'等口号的提出都显示了这样的努力。"见《倾斜的文学场——当代文学生产机制的市场化转型》，第12页。

场"形成的历史，不难发现：纯文学的立场和市场化的兴起恰恰构成了"文学场"内外两个基本的构成方面，然而，随着时间的推移，"市场"的运行机制越来越成为影响"文学场"内部的法则。文学生产（发表、出版）最终以占有市场、赢利、获得读者、求得自身生存的逻辑战胜了纯文学的精英立场和艺术本位，这一过程不但最终影响了创作主体的观念，而且还波及并影响了文学批评的审美立场，而纯文学的生存危机也逐渐显露其端倪。不仅如此，随着"市场化"的逐步深入，发生在"文学场"中的创作、生产、传播、评价、接受等环节的"角逐"也相继受到"市场化"逻辑的制约，并浸染上通俗性、大众文艺的色调。满足公众闲暇时消遣娱乐的通俗性文学以及后来的"大众文化""消费主义"等文化批评术语，就这样成为文学市场化时代兴起及其"文学场"形成过程中最基本的逻辑。

由上述"逻辑"不难看出：偶然发现在青少年读者群中有如此传播量的汪国真对于出版社来说有怎样的吸引力，而读者群的翘首企盼和各家出版社竞相推出汪国真的诗，新闻媒介对汪国真其诗其人的反复渲染、广告促销、推波助澜和汪国真信心满满的自我宣传，均符合市场化的运行模式。汪国真（包括他的诗）最终被打造成"诗歌明星"与"消费符号"，但早已超出了诗歌的界限。从这个意义上说，正统诗坛和评论界对其多采取漠视或批评、质疑的态度是具有必然性和合理性的；而就现象本身来说，诗与人的高频率出场、过度消费也会迅速引发审美疲劳，而留下的只能是一代人的记忆和汪国真渐行远去的背影。

110

三、诗歌的层次、阅读的"启示"与"时间差"

无论外在的因素怎样对汪国真诗歌予以助力，汪国真诗歌可以打动那么多读者、引领一时之风骚，都离不开其诗歌自身的魅力。为了能够较为全面地展现汪国真诗歌的"秘密"，本文选择以下两段文字加以说明——

> "汪国真现象"的产生绝非偶然，既有政治、经济等方面的原因，亦有作品意向和读者的阅读需求等方面的原因。但只要我们稍加了解和分析，就会发现，汪国真的诗大都跳荡着一个"年轻"的主旋律，而构成汪国真诗歌的读者队伍亦较单纯，大都为青春期（有一定文化修养的）读者。显而易见，汪国真的诗与青年读者的阅读期待构成某种契合……[①]

> 他最开始投了一组诗歌，写的是关于初恋的情诗。给人的感觉很阳光，在刊物上一发表就火了。他的诗歌纯真、浅显明白，适合我们刊物。他的诗歌能火起来也是适应了那个时代。[②]

"年轻"的主旋律，"阳光"的气质，"纯真""浅显明白"等修饰语，和后来人们在概括汪国真诗歌特征时常用的清新、美好、易懂等如出一辙。就接受层面上看，一个诗人的作品之所以能够被广泛地传阅，首要原因是能够被读懂。就此而言，汪国真的诗作质地透明、没有难度，应当是其受众的内在原因之一。其次，汪国真的诗歌多使用简单反复的句式，节奏感强、合辙押韵，读来朗朗上口，充分显示了他的写作深受古典诗歌传统的影响。这一点，既是读者易于朗读、背诵和传播的原因，同时也是其后来可以转向歌词、进行诗词创作的前提。

---

① 曲圣文:《"汪国真现象"——青春期的阅读期待》，汪国真:《汪国真诗文全集》2，广东旅游出版社，2011 年版，第 233 页。

② http://liaoning.nen.com.cn/system/2015/04/27/017429072_08.shtml. 本文参考唐伟的文章《"汪国真热"的再解读——以汪国真与〈辽宁青年〉为线索》，《当代文坛》，2016 年第 4 期。其中文字为《辽宁青年》的编辑陈词后来的回忆。

如果说诗质、节奏、韵律等方面的特点，已为汪国真诗歌在接受和传播上铺平了道路，那么，汪国真诗歌在主题内容上的积极、向上、励志、务实、理性、达观则是其吸引青少年读者热读、传诵的最为重要的原因。对于生活和现实，汪国真曾写下"我微笑着走向生活，/无论生活以什么方式回敬我"；"什么也改变不了我对生活的热爱，/我微笑着走向火热的生活！"（《我微笑着走向生活》）。对于青春和自己，他积极地呼吁"当我们跨越了一座高山/也就跨越了一个真实的自己"（《跨越自己》）。对于爱情，他既感受到"爱情像一杯清茶"，也领悟到"恋爱使我们欢乐/失恋使我们深刻"（《失恋使我们深刻》）。对于未来，汪国真写下了"只要明天还在/我就不会悲哀"（《只要明天还在》）。对于生命，汪国真的态度是"我不去想是否能够成功/既然选择了远方/便只顾风雨兼程"；"我不去想未来是平坦还是泥泞/只要热爱生命/一切，都在意料中"（《热爱生命》）。他的诗从不缺乏理性，如著名的"没有比脚更长的路/没有比人更高的山"（《山高路远》），还有"要输就输给追求/要嫁就嫁给幸福"（《嫁给幸福》）……结合汪国真诗歌传达的内容，对照涉世未深，仍常常处于茫然、懵懂时期的青少年读者，不难理解汪国真诗歌为何走红：它不但可以给青少年朋友以鼓舞、力量，进而吸引后者，而且它还给青少年朋友以生活的启示，从而在指引其人生道路与方向的同时提供了脚踏实地式的应对策略。

正如祁述裕在《市场经济下的中国文学艺术》一书中对汪国真诗歌做出的解读——

　　以汪国真的诗为例。在精神内涵上，汪国真既抛弃了朦胧诗叛逆的、充满悲剧色彩的精神人格，也不取一些"第三代"诗人把现实视为无意义的"他者"的冷漠态度，强调进取是汪诗的基本格调。在艺术上，汪国真彻底摈弃了"朦胧诗"以来诗歌的"试验性"和"先锋性"，回到浪漫主义审美经验上，清除一切可能给阅读带来阻遏的语言和审美方面的障碍，甚至清除一切"陌生化"的意象和语言组合，以口语化的语言，顺向连续性的思维方式，缀之以人们熟悉的象征意象和平浅哲理，使读者能够最大限度地、迅速地体味诗的意旨，并在与既定的阅读经验似曾相识的感受中寻觅乐趣。汪诗成名作《热爱生命》就是这种人生态度的形象叙述……①

从当代诗歌演变的角度看待汪国真的创作，可以读出汪国真的"与众不同"与成功的秘密所在：卸下"朦胧诗"沉重的历史感和现实关怀，告别"第三代诗歌"对于技法和难度的追求，汪国真以简单易懂、轻松明快的方式"回避"了当代诗歌的主潮，开启了属于自己的诗歌写作。正因为如此，对于盛行一时的将汪国真定位于"他是大陆第一个优秀流行诗歌的作者"的观点，不宜简单地进行表面化的理解。汪国真诗歌的成功和"汪国真现象"的出现关键在于打出了一个"时间差"。这个"时间差"不仅包括汪诗是在报纸、青年读物和依靠传抄"横空出世"的独特出场方式，包括其不同于以往诗歌阅读与鉴赏，适应时代、适应特定读者群的艺术特质，还有当代诗歌在步入市场化时代通过处理写作与阅读、高雅与通俗之间的关系，以摆脱诗歌正远离大众、处境不佳的事实。市场化时代的诗歌需要制造"明星"、寻找"代言人"以保持诗歌生产、出版和消费仍处于繁荣、未落后于时代的状态——从席慕蓉诗歌到汪国真诗歌的继起、拥有大量青少年读者，我们除了看到诗集销售数量作为第一衡量标准之外，还可以看到当席慕蓉"远离现实"、在梦幻的情感世界中寻求安慰为人所熟识之后，汪国真坦然面对现实、切近现实和乐观向上的诗歌风格，迅速填补了席慕蓉诗歌遗留下来的"心理空缺"，实现了流行诗歌内部的一种身份转换。只不过，遵循消费化、流行化的逻辑也必然会付出相应的代价。应当说，汪国真诗歌在其"升温"的过程中就客观存在着面向报刊、承认自己

113

---

① 祁述裕:《市场经济下的中国文学艺术》，北京大学出版社，1998 年版，第 75 页。

通俗的事实，但在汪国真成为"知名的流行诗人"之后，他又期待以纯文学意义上的诗人被诗坛接受，这样，他与诗坛的冲突便会十分明显。"汪诗的成功，关键是打出了个时间差。他在广大诗人还不屑创作流行诗时，率先打入了市场，占领了处女地。这一空白被填满后，后来者再要站住脚是相当困难的。"①一方面是拥有数以百万计的读者，一方面是正统诗坛的拒绝，汪国真当然有理由不满甚至"痛定思痛"，但此时"汪国真现象"已与汪国真和诗歌本身相去甚远，而更多与市场化时代"文学场"的资源配置、权利争夺有关。汪国真最终选择了介入其他文艺方向实现了自己的"转身"，在他背后，留下了理想主义时代最后一批孩童的眼神与记忆，从这个意义上说，汪国真不愧是"中国诗歌最后一个辉煌的诗人"，而类似的诗歌神话再也不会产生，当代诗歌的传播也随即进入了一个新的历史阶段。

2015 年 4 月 26 日，汪国真在北京逝世，标志着一个诗歌传奇的谢幕，但作为一种记忆，汪国真的名字早已融入一代又一代年轻读者的生命之中。汪国真去世之后，许多怀念文章都在不同程度重温当年汪国真诗歌盛况的过程中，为后来的读者了解汪国真提供了些许信息。阅读厚厚的传记《遇见·汪国真》，既可以使我们了解生活中真诚、积极、坦荡的汪国真，也可以使我们更为清晰地把握"汪国真现象"的来龙去脉。就特定的时代可以生成特定的诗歌现象而言，汪国真确实是一位被"低估"②的诗人，而"汪国真现象"也从不是一个简单的存在与过程。从生成、传播、接受等不同角度介入，人们不仅可以了解何谓"汪国真现象"，而且还可以看到其在当代诗歌传播过程中具有的"界碑"意义，而这一点，正是我们多年之后再次重温其历史的重要原因。

写于 2020 年 1 月

---

① 周洪：《不要当作家》，广西民族出版社，1994 年版，第 55—56 页。
② 张颐武：《汪国真，被低估的诗人和他的时代》，《民主》，2015 年第 5 期。

"学案式读法":"新诗有无传统"的跨世纪争鸣

当以"学案式读法"去阐述中国新诗的潮流与现象的时候,我们至少要明确以下两个前提:其一,可以成为学案对象的诗歌潮流与现象应当经历阶段式的发展,呈现出相对完成的态势,而其在诗歌史上存在的意义和价值还有待深化;其二,学案所涉领域应当有相当长的历史积累,可以为研究的立体展开提供广阔的背景和丰富的信息。这种在具体表述时可以简约为"连续性"和"相关性"的思路,客观上决定学案研究从来不是一个简单、孤立的话题,在描绘学案所含潮流与现象的起承转合之余,来自研究者本人的主观论断从来都是一次见证历史的"有效的综合"。

遵循这样的逻辑,"新诗有无传统"的学案可从二十世纪九十年代算起,到二十一世纪第一个十年结束,总体上经历了郑敏《世纪末的回顾:汉语语言变革与中国新诗创作》一文引起的争议、周涛新诗"十三问"和"盘峰论争"、"新诗究竟有没有传统?"以及之后与之相关的探讨共四个阶段。"新诗有无传统"的论争涉及面广、持续时间长,充分显示了它的必然性和必要性,而本文以"跨世纪争鸣"为线索描述并评价其发生、发展、消隐的过程,也正是期待能够在梳理过往的同时,给未来留下一份文字资料。

115

一

尽管直到 2001 年 1 月,直接冠名"新诗有无传统"的讨论才在郑敏和吴思敬的对话中呈现①，但作为"序曲"，围绕新诗传统问题展开的争鸣可以上溯至九十年代初期。1993 年 5 月第 3 期《文学评论》在头条位置刊载了郑敏三万余字的长文《世纪末的回顾：汉语语言变革与中国新诗创作》，进而掀起了一场"关于传统与现代"和"文化激进主义和文化保守主义"的论争。②鉴于该文直接以"中国新诗创作"为题，且直接以——

> 中国新诗创作已将近一世纪。最近国际汉学界在公众媒体中提出这样一个问题：为什么有几千年诗史的汉语文学在今天没有出现得到国际文学界公认的大作品、大诗人？问题提出的角度显然将古典诗词的几千年业绩考虑在内。在将近一个世纪的创作实践中，中国新诗的成就不够理想的原因包括社会与语言文学的多种因素。本文将主要从汉语发展的近百年史，来剖析一下这个原因。首先是今天在考虑新诗创作成绩时能不能将 20 世纪以前几千年汉诗的光辉业绩考虑在内？我的回答是不能。这由于我们在世纪初的白话文及后来的新文学运动中立意要自绝于古典文学，从语言到内容都是否定继承，竭力使创作界遗忘和背离古典诗词……

开头，所以，尽管文章在展开时更多清算的是汉语语言变革遗留的

① 郑敏、吴思敬：《新诗究竟有没有传统？》，《粤海风》，2001 年第 1 期。对话时间为 2000 年 4 月 25 日，徐秀整理。
② 郑敏文章发表后，在 1994 年《文学评论》上，先后刊登一批文章，围绕此文展开争鸣。这些文章包括：范钦林：《如何评价"五四"白话文运动——与郑敏先生商榷》，《文学评论》，1994 年第 2 期；郑敏：《关于〈如何评价"五四"白话文运动〉商榷之商榷》，《文学评论》，1994 年第 2 期；张颐武：《重估"现代性"与汉语书面语论争——一个九十年代文学的新命题》，《文学评论》，1994 年第 4 期；许明：《文化激进主义历史维度——从郑敏、范钦林的争论说开去》，《文学评论》，1994 年第 4 期；沉风、志忠：《跨世纪之交：文学的困惑与选择》，《文学评论》，1994 年第 6 期。

问题，具体论及新诗的内容并不算多，但在日后关于新诗传统的讨论中，该文仍被视为重要的一篇，被多次提及与引用，而郑敏的特殊身份、其后多年间观点和立场始终如一，也在很大程度上决定了该文在"新诗有无传统"论争中的开端地位。

让一位已获文学史定评、具有极高知名度的诗人写一篇"新诗没有传统"的文章，无论如何都是一件让人感到不可理解甚至是荒谬的事情。为此，与郑敏在文章中讲述了什么相比，隐藏其背后的立场和内容显然更为重要。借助西方结构主义语言学和解构主义理论，郑敏激烈批判新文化运动带来的"后遗症"。在"语言的一次断裂与两次转变"的历史脉络梳理中，郑敏将新文学和新诗成绩不佳的责任，都归结到"五四"新文化运动对传统文化、古典文学的彻底决裂，从而表达了一位老诗人、学者的关切与焦虑，这一点在反复阅读之后不难读出。不过，如果郑敏所说的问题确实属实的话，那么其存在的时间应当是很久了，围绕此而进行的质疑为何直到世纪末最后一个十年才出现呢？

历史地看，"五四"以来的新文学发展到八十年代末，运动式、集体化的激进状态已经开始消退，而改革开放的不断深化则使中国文学界可以在东西方文化交流中的语境中意识到当代中国文学的处境与位置（这一点，从郑敏文章开头便引述国际汉学界的观点就能看出）。两者叠加的结果是：文化激进主义思潮的式微很容易导致反思中的历史再评价，而这种评价一旦走向极端，则会形成与之对立的文化保守主义的思想。"郑文的内在理据是以白话文运动为例对文化激进主义的历史性的否定。"而其背后的"潜台词"则是历史语境的变化，已使"一种社会思潮的原先的合法性"[1]发生了变化，人们思考问题的立场和角度也随即发生了变化。

郑敏文章发表不久就引发了争鸣，除本文所列的刊登在《文学评论》上的文章外，一些争议之声也时有出现，只是没有形成文

117

---

[1] 许明：《文化激进主义历史维度——从郑敏、范钦林的争论说开去》，《文学评论》，1994 年第 4 期。

字。而其存在的问题要到数年之后，才在人们全面回顾这段历史中得到较为全面的总结："无论在什么条件下，在各种新兴的理论之前，首先要做的，应该是对于历史现象的整体的尽可能准确地把握"，"要回答郑敏对'五四'新文化运动的指责，并不需要高深的学识"①。由于郑敏将"五四"时期陈独秀、胡适等要推翻的"有问题的传统"当成了传统的全部，所以其结果只能是在简约传统的同时割裂历史的连续性和有效性，而其标题中提到的"中国新诗创作"也由于与"汉语语言变革"并不处在同一层面而成为"被忽略的对象"。但郑敏的文章毕竟涉及了中国新诗的合法性且其本人颇具权威性，因此，文章一经发表特别是刊登在一个显著的位置，对其理解就容易在忽视一些细节的前提下被观念化、结论化进而聚讼纷纭。郑文发表之后，从诗歌的角度对其批评最激烈的文章是海外学者奚密的《中国式的后现代？——现代汉诗的文化政治》。"扭曲和谬误主要来自郑文对历史语境的搁置与忽略""郑文忽略了在当时文言文仍根深蒂固的情况下，激进是一种策略而未必表现在实践上……将理论与实践混为一谈也造成郑文中的另个矛盾"②，奚密在文中以近三分之二的篇幅批评直指郑敏文章的"偏颇"，其实已表明郑敏的观点已被纳入到现代汉语诗歌的研究视域之中。

值得一提的是，阅读奚密的文章还会为中国大陆诗坛提供很多海外信息，并对郑敏文章的出现原因做"另一重溯源"。比如，对于本文引用的郑敏文章的开头一段，奚密就认为——

> 郑文的动机来自对现代汉诗的不满，认为它至今未能达到古典诗的高度，赢得国际的"公认"和赞赏。除了众所周知的政治因素干扰了文学自由自然的发展外，郑文认为其主因是现代汉诗"自绝于古典文学"。现代汉诗背离

---

① 张志忠：《1993：世纪末的喧哗》，山东教育出版社，1998年版，第179页。
② 奚密：《中国式的后现代？——现代汉诗的文化政治》，《中国研究》，1998年9月号。

了中国传统，因为：一、它是反传统的，二、它对西方文学的钟爱与模仿。因此，现代汉诗丧失了它的"中华性"（Chinesenese），而中华性是中国跻身国际文坛的唯一有效的"门票"。

……

受到西方深刻的影响与中华性的丧失有着因果关系……郑敏九三年至九四年的相关文字可说是对现代汉诗中华性失落的挽歌！

这类观点和感慨在九十年代并不只来自郑敏。郑文一开始就引"国际汉学界"作为她立论的权威例证。虽然郑文没有指名道姓，但是我认为至少有两名汉学家有代表性，值得提出来讨论。[①]

奚密在文中指出的这两位汉学家一个是澳大利亚的威廉·兼乐（William J.F.Jenner），一个是美国的宇文所安（Stephen Owen，即斯蒂芬·欧文）。从后来文献传播和相关研究中可知：宇文所安曾在 1990 年 11 月 19 日《新共和国》杂志上发表书评《环球影响的焦虑忧虑：什么是世界诗？》。文章不仅对北岛的诗歌创作进行了评价，还对中国现代诗提出很多概括性的课题。该文的中文翻译版本最早可见诗歌民刊《倾向》1994 年第 1 期，据部分研究者介绍，该文发表后曾引起很大争议，"在美国的影响实在比所有研究新诗的中西著作加起来还大"[②]。无独有偶的是，后来批判郑敏文章观点的奚密在郑敏文章发表前就对宇文所安的文章给予了回应。奚密于 1991 年《今天》第 1 期发表了《差异的忧虑——对宇文所安的一

---

① 奚密：《中国式的后现代？——现代汉诗的文化政治》，《中国研究》，1998 年 9 月号。

② 张旭东：《全球化时代的文化认同》，北京大学出版社，2005 年版，第 58 页。此外，关于这篇文章所引发的争议还可参见王家新：《中国现代诗歌自我建构诸问题》，《诗探索》，1997 年第 4 辑以及本文提到的奚密的两篇文章，等等。

个回响》，但这篇文章直到 1997 年才在学术性辑刊《中外文化与文论》是年第 2 期上发表，为更多学界同仁所了解。对于宇文所安提出的质疑，奚密在这篇文章中曾以宇文的问句加以回答，并指出："如果从三千年古典诗的传统来看，现代诗还是个异端的话，我们仍不能否认现代诗的产生和发展不可能在整个诗传统之外存在，它的意义也不能在诗传统之外探求。"[①]对宇文所安和奚密文章的"追溯"，不仅使"新诗有无传统"的争鸣时间提前了，而且还使这一争鸣在为现代汉语诗歌正名、探求其发展与研究进路的同时，具有了国际性的视野。

二

　　有感于语境转换带来的"压力"，"新诗有无传统"的争鸣在九十年代一直以不同的表现形式此起彼伏、持续增长。继郑敏的《世纪末的回顾：汉语语言变革与中国新诗创作》引起争议之后，1997 年《星星》诗刊开展了持续一年的"关于《新诗十三问》的讨论"。《新诗十三问》原是著名诗人、散文家周涛发表在《绿风》1995 年第 4 期上的一篇短文，副标题为"《绿风》诗刊百期献芹"。在这篇文章中，周涛以提问的犀利尖锐的语气、自由随意的顺序向白话新诗提出了十三个问题。其中，第 1 问"新诗兴于本世纪初，现在到了本世纪末了，新文化运动以来公认为合乎历史潮流的'诗界革命'，是否应该到了重新研究总结成败得失的时候了呢？"第 2 问"新诗是怎样诞生的？这个婴儿究竟有没有连结于民族文化之母的脐带？随着它渐渐长成少年，人们是不是发现它越来越像异国人了？"第 5 问"'古典诗词与民歌相结合'的新诗发展方向，有多少诗人是真正理解了？又有几首诗可以算得上是成功的探索

---

① 奚密：《差异的忧虑——对宇文所安的一个回响》，《中外文化与文论》，1997 年第 2 辑。该版论文在发表中曾在脚注中注明其最早的发表时间和刊物。

呢？"第 6 问"新诗发展的大方向是不是错了？如果不错，为什么这条路越走越窄？如果错了，那么会不会是一个延续了近百年的大误会？"第 8 问"没有什么比文学更鲜明地带有本民族文化传统的胎记，因而更没有什么比诗继承得更纯粹。当我们读了几首半懂不懂的译诗，数念着一些数祖忘典的外国诗人的名字时，是不是内心也隐隐升起一些羞愧呢？"①均不同程度涉及新诗传统的问题且明显持以质疑的立场，其决绝的态度着实让人在读后感到吃惊。

与《星星》诗刊自 1997 年第 2 期开始到 1997 年第 12 期结束，共用 8 期版面发表相关"讨论"文章二十五篇（不包括周涛的原文）相比，"新诗十三问"及其"讨论"在当时曾引起诗界内外的关注。《绿洲》和《中国西部文学》杂志都因"新诗十三问"的讨论没有在新疆而在四川展开"表示了遗憾"，《中国西部文学》期待和《星星》一道将这场讨论"引向深入，取得实效"②。由朱栋霖、丁帆、朱晓进主编的《中国现代文学史》（1917—1997，下册）更是在第三十五章"九十年代新诗散文述评"之第一节"九十年代新诗"中，将此次讨论及其意义和价值迅速写入文学史③。"新诗十三问"及"讨论"的出现，在相当程度上说明对于新诗传统的思考已问题化和明确化了。

关于新诗传统的有与无，在九十年代其实有人以非直接回应的方式给过明确的答案。1998 年 5 月，年轻的诗人臧棣发表《现代性与新诗的评价》一文，其核心观点即为"在我看来，新诗对现代性的追求——这一宏大的现象本身已自足地构成一种新的诗歌传统。而这种追求也典型地反映出现代性的一个特点：它的评判标准是其自身的历史提供的"。"新诗的诞生不是反叛古典诗歌的必然结

121

---

① 周涛：《新诗十三问——〈绿风〉诗刊百期献芹》，原载《绿风》1995 年第 4 期，后全文转载于《星星》诗刊 1997 年第 2 期。

② 朱又可：《〈中国西部文学〉召开"关于〈新诗十三问〉的讨论"的讨论会》，《星星》，1997 年第 6 期。

③ 朱栋霖、丁帆、朱晓进主编：《中国现代文学史》（1917—1997，下册），高等教育出版社，1999 年版，第 201 页。

果，而是在中西文化冲突中不断拓展的一个新的审美空间自身发展的必然结果。并且，这个新的审美空间的自身发展，还与中国的不可逆转的现代化进程紧密联系在一起"①。结合新诗的历史，臧棣的看法应当是描述新诗传统的最佳方式，但由于种种原因，该文似乎没有受到"无传统论"者的关注。而从影响和传播的角度上看，倒是一场关于汉语诗歌写作究竟用何种语言资源的论争揭示了确证了新诗的传统，此即为发生于世纪之交、为文坛所瞩目的"盘峰论争"。

"盘峰论争"作为世纪之交持续时间最长、波及面最广的诗坛论战，虽在表面上看是两种写作资源和两派诗人的论争，但联系八十年代以来中国新诗走过的道路，其可以引申的话题显然不仅仅局限于此。"盘峰论争"是第三代诗歌不同写作观念和道路相互碰撞的结果，同时也是当代先锋诗歌阵营创作分歧和矛盾的激烈交锋。它当然也涉及新诗的传统，如于坚在《穿越汉语的诗歌之光》中就有"好诗在民间，这是当代诗歌的一个不争的事实，也是汉语诗歌的一个伟大的传统"。②而西渡则在《对几个问题的思考》中论述"'西方资源'和民族传统"时针对于坚的主张强调"按照这样的逻辑，中国新诗一开始就是西方语言资源、知识体系的附庸，而不是从九十年代才开始的。因此，为了避免成为西方的附庸，我们应该回到旧体诗的传统中去，回到新诗产生之前的文言的传统中去……唯其我们已经有了唐诗、宋词的伟大传统，我们更应该，也更有可能去开拓诗歌的新疆域。因此，如果我们承认诗歌是一种发现，仍然具有使人惊奇的能力，诗歌的标准就不可能是常识，更不可能是永久的常识……传统也是开放的，正是一代又一代诗人的才华不断加入，丰富和强化了这个传统。因此，继承传统的唯一办法就是创新，就是在既有的传统中不断加入新的因素，开辟新的领域，拓展新的可能性。墨守所谓'放之四海而皆准'的诗歌标准只

① 臧棣：《现代性与新诗的评价》，《文艺争鸣》，1998年第3期。
② 于坚：《穿越汉语的诗歌之光》，杨克主编：《1998中国新诗年鉴》，花城出版社，"代序"第9页。

能使传统弱化、衰颓以至死亡"。[①]由上述言论看待对新诗有无传统的认知，我们不难发现：对于从第三代诗歌运动中成长起来的一代诗人来说，新诗传统从来不是一个有与无的问题，而是一个如何认识、如何丰富和建构的问题。在此前提下，"知识分子写作"虽被指为借助、依赖西方文化资源，进行"翻译体"式的写作；"民间派"诗人虽借助口语、秉持民间的立场，但在骨子里，两派都认为自己或是坚持了中国新诗的传统，或是丰富了中国新诗的传统，而在不同的表现之余，新诗传统早已实体化、合法化，成为一个不言自明的问题。

连续与新诗传统相关的争鸣，使新诗传统问题变得复杂了。不过，如果只是回答新诗传统的"有与无"，这些争鸣倒使答案逐渐明确化了。对比郑敏和周涛，一批五六十年代出生的诗人，由于年龄、身份和成长道路的原因，乐观而自信，似乎从未将新诗的传统当作一个问题。不仅如此，他们思考问题的方式也与前辈诗人有很大的不同。"知识分子写作"和"民间派"诗人都不约而同从胡适的白话诗实验中找历史的依据，但得出的结论却截然不同。如果说以于坚代表的"民间派"诗人更多是延续了白话诗平民化、通俗化的道路并坚守了本土的方向，那么，"对当代写作的互文性的认识，并非意味着诗人们对'中国身份'和'中国性'的放弃。只要深入考察就会发现，诗歌进入九十年代，它与西方的关系已发生一种重要转变，即由以前的'影响与被影响'关系变为一种平行或互文关系……因此，九十年代诗歌是一种不是在封闭中而是在互文关系中显示出中国诗歌的具体性、差异性和文化身份的写作，是一种置身于一个更大的语境而又始终关于中国、关于我们自身显示的写作"[②]则隐含着适应全球化语境，渴望通过写作与西方当代诗歌实现平等对话的"现实性策略"。二者在面向新诗未来、拥有诗歌理想的大方向上并无二致，只是具体思路不同，而他们愿意为此付出的，恰恰是郑敏和周涛忧虑和质疑的"内容"。

123

---

① 西渡：《对几个问题的思考》，《诗探索》，1999 年第 2 辑。
② 王家新：《知识分子写作，或曰"献给无限的少数人"》，《诗探索》，1999 年第 2 辑。

2001 年第 1 期《粤海风》发表的《新诗究竟有没有传统？》的对话（对话者：郑敏、吴思敬，时间为 2000 年 4 月 25 日，地点为清华园），曾被评论家沈奇喻为是新世纪到来之后最有价值的一次诗歌对话。在这次对话中，郑敏直言自己认为的"新诗没有传统"，与当代诗歌创作现状有关。"我所感叹的是，现在很多人，特别是年轻人，完全把诗的形式放弃了，诗写得越来越自由、越来越散文化。"她不同意吴思敬的"如果说，这些非诗、歪诗构成了一个时代，二三十年后我们再回过头来看，这也是一个无法忽略的存在。每个诗人都构成了传统的一个分子或者传统的一个部分；无数的诗人就汇成了我们的传统"的观点，而强调传统的历史感和连续性；她强调诗歌写作应当用汉语，而汉语既包括口语又包括书面的文学语言，但现在只用口语写作，显然是中断了文学语言的传统。对比《世纪末的回顾：汉语语言变革与中国新诗创作》中的观点，时隔多年之后的郑敏虽更加明确地强调"新诗没有传统"，但却有了更为具体的指向：对当代部分青年诗人创作的不满；对新诗无法以及对新诗写作失去文学语言的不满。为了能够将讨论深入下去，同时也让初涉诗歌研究的一批学子更好地了解问题。2003 年 11 月，吴思敬和首都师范大学数位博士研究生和硕士研究生（包括笔者在内）曾一起到郑敏先生家里做客，进行了"关于新诗传统的对话"，该对话在整理后发表于 2004 年第 1 期《诗潮》杂志，同时，参与此次对话的人还分别撰写了文章发表，其中 2004 年第 3 期《文艺争鸣》曾一期推出四篇文章，依次为郑敏的《关于诗歌传统》、吴思敬的《新诗已形成自身传统》、张立群的《从一场对话开始——关于"新诗究竟有没有传统"的解析》、张大为的《新诗"传统"的话语谱系与当代论争》。在郑敏的文章中，她更是提出了"所想到的关于汉语新诗与其诗学传统应有的 10 个问题"，并期待"求教于关心中国新诗的成长的诗人、理论家、读者"、以解自己的"困惑"——

1. 你能确切地说出汉语新诗与散文、小说本质性的不同吗？

2. 汉语新诗的分行在语言、内容、表述、形象与音乐性上有什么基本规则？

3. 汉语新诗诗行内有关于内韵、节奏、声音的和谐、反和谐等理论规定吗？

4. 汉语新诗有关于类似建筑美学或交响乐的内在结构要求吗？

5. 汉语新诗在语言上是否基本以北京口语为规范？有没有口语与诗歌语言，或文学语言之分？

古典汉语是中华文化的文学语言，在古典词曲中有时穿插一些当时的口语，造成一种特异的语感。新诗有自己的文学语言吗？你觉得目前的汉语口语能承受新诗的全部需要吗？

6. 汉语新诗诞生已近一世纪。出了一些名诗人，在各种文学品种中所拥有的读者恐远不如小说和散文多。如果和唐宋诗词在它们自己的时代受群众欢迎的程度相比，只能承认有巨大的落差。这自然与多媒体时代人们文娱生活的改变有关。但与新诗不能融入书法音乐戏曲也有关。偶有少数新诗被谱成严肃艺术歌曲。此外就是大量的流行歌曲的歌词，自然无法与当年有水井处就能听到的柳永词相提并论。而在西方很多当代严肃诗歌作者，如艾伦·金丝伯格，虽打破了传统英美诗的音部与抑扬格的格律，但是他们有深刻内涵的诗行却和流行音乐如滚石等的节奏相配合，因此朗诵起来极有节奏和时代感。你认为汉语新诗如何能与当代音乐及古典音乐结合？

7. 汉字的形象有无穷的艺术魅力，形神的创造性的结合，几乎是世界古文字今天仍能如此充满活力的绝无仅有

125

者，形成中华文化中诗书画一体的重要传统。但是新诗却始终没有能继承这个传统，你认为是什么使得书法家和画家远离新诗而去？

8. 新诗与古典诗同为汉诗，可谓同文，从语言的角度，新诗的语言能从古典诗词的语言继承借鉴些什么？繁体字与简体字本是同根生，二者之间是否应当互补？它们之间的关系应当亲如手足，还是"相煎何太急"，一个被视为中华文化的正统继承者，另一则成为被放逐于海外的流浪王子？

9. 当我们向世界介绍中国汉语新诗的传统时，有人认为我们应当做如下表述：

中国新诗的传统＝革命意志＋名诗人＋大量作品＋自由诗传统＋现代格律诗传统＋马耶可夫斯基的"楼梯体"传统＋政治抒情传统＋民歌体传统等等（参考《无效的新诗传统》一文的编者按）。你认为这样的加法能给人们对于中国汉语新诗的传统一个明确的认识吗？

或者说，一个民族的诗歌传统是否应当是人们对它在诗歌艺术上一种系统性的整体共识。这必须经过对本民族的诗歌创作进行一番梳理和整合；上升到诗歌理论层面的认识，才能得出这个民族诗歌的传统。上述的加法公式，只能得到有关汉语新诗的活动"量"的总和，而没有任何关于汉语新诗的"诗质"的剖析。这可能得出什么是汉语新诗的传统吗？

10. 你认为汉语新诗在语言和艺术上、内容和形式上如何传承中国几千年的古典诗歌传统？[①]

经历十年的争鸣，郑敏依然质疑新诗的传统且强调新诗相对于古典诗歌传统的断裂，其对于新诗和传统文化的关切之情确实令

---

① 郑敏：《关于诗歌传统》，《文艺争鸣》，2004年第3期。

人感佩，但其固执的态度似乎也越来越让更多人难以理解。从郑敏文章出现后，"新诗有无传统"成为当年诗坛的热点话题之一，我们在客观上必须要承认郑敏的观点对当时的新诗研究产生了压力。2004 年第 4 期《江汉大学学报》曾组稿一次发表了程光炜的《当代诗的"传统"》、李怡的《关于中国新诗的两种"传统"》、西渡的《我的新诗传统观》、臧棣的《新诗传统：一个有待讲述的故事》、张桃洲的《新诗传统：作为一种话语储备》和谢向红的《我们是否夸大了"裂变"？》共六篇文章。此后数年间，新诗传统的争鸣之声仍不时出现，但作为一种共识性的观点，人们已不再简单纠缠于新诗传统的"有"或"无"，而逐渐发展为力图从新诗传统究竟是如何构成的角度上思考，进而涉及相关话题①。

四

从"新诗有无传统"的争鸣中我们至少可以看到如下两点内容。第一，对何为传统的理解一直存有分歧。传统是个含义丰富、可划分多个层次的话题，有主题、形式等关乎诗歌本体的传统，也有想象方式、审美标准等关乎认知、理解层面的传统；有历史意义上的传统，也有现实演变意义上的传统……从郑敏的言论中我们可以看到她一直用古典诗歌的传统对比新诗的创作，有明显的二元对立倾向，而其前提条件在确立时已然割裂了中国诗歌的历史。第二，新诗整体创作不佳。结合新诗的历史发展可知，对于新诗创作的质疑之声长期存在，而新诗的形式无法定型更成为众矢之的。当然，新诗整体创作不佳的突出一点表现在 1985 年"第三代诗歌"崛起后，日常化、个人化、粗鄙化以及所谓自由、随意的实验，都使近三十年来的诗歌给人实绩不佳的印象。而在此过程中，时间上的近距

127

---

① 从近年来笔者亲身经历来看，一些刊物编辑在约稿时仍愿意谈论此话题，但其期待的是谈论新诗究竟形成了哪些传统，这其实已间接证明，许多人已在观念上承认了新诗传统的存在。

离、网络技术的兴起与观念的影响，更使新诗缺少时间的积淀，沦为自娱自乐的文字。以上两点是郑敏质疑新诗传统的根本原因，也是其重要的出发点。

经历多次争鸣之后，"新诗有无传统"的论争逐渐平息下来。从学术研究角度上说，"新诗有无传统"可以进行探讨，但绝不是以简单的"有"特别是"无"来进行武断的结论。从实践的角度上说，新诗创作仍在进行，表明其从来不是空穴来风，新一代诗人也很少在创作过程中思考自己是否继承了传统，于是，曾经的"新诗没有传统"的质疑似乎又变得没那么急迫甚至是似是而非，而思考问题的进路也在持续历史化的过程中，豁然开朗了许多。

新诗之所以被视为"没有传统"，关键在于对"传统"的理解——在将新诗与几千年古典诗歌传统进行比较、称其没有延续传统的时候，我们其实已经将传统固化与窄化了，或者说是混淆了诗歌传统普遍性与特殊性之间的关系。事实上，任何一种可以被当代人称之为传统的东西，都已然验证了其至今仍有生命力、仍值得继承下去的事实。传统不仅需要继承，更重要的是需要通过创新维系其生命力。从这个意义上说，新诗只能算是中国诗歌传统进入现代阶段的外在表现形式，只要以汉语思维和汉字进行符合诗歌审美标准的创作，就必然会拥有并面对深远的传统。"传统就像血缘的召唤一样，是你在人生某一刻才会突然领悟到的。传统博大精深与个人的势单力薄，就像大风与孤帆一样，只有懂得风向的帆才能远行。而问题在于传统就像风的形成那样复杂，往往是可望不可即，可感不可知的。中国古典诗歌对意象与境界的重视，最终成为我们的财富（有时是通过曲折的方式，比如通过美国意象主义运动）。"[1]当代著名诗人北岛结合自己旅居国外多年的经验谈论对于传统的认识颇具启发性。

正如人们在谈及古典诗歌传统时，理所当然地将《诗经》《楚

---

① 北岛、唐晓渡：《我一直在写作中寻找方向》，北岛：《古老的敌意》，生活·读书·新知三联书店，2015年版，第117页。

辞》、乐府诗、唐诗、宋词及至元曲等共同视为传统的有效组成部分，"时间的神话"成为了今天的我们以共时性的方式面对古典诗歌很少产生疑问的前提。事实上，从《诗经》《楚辞》到乐府诗，再到唐诗、宋词，古典诗歌传统一直在形式和内容上发生着变化，但从其承载的文化精神角度考察，所谓变化其实是一种丰富和填充，传统始终处于"变"与"不变"的状态、需要不断经历时间的积淀进而显现其某一状态，是我们考察传统时必须要注意的前提。而这一前提一旦确立，我们就会看到新诗的历史还是太短了，也许只有等到以"反传统"面貌出现的新诗在成为"传统"一部分的那一天，新诗的传统也就变得自足了，而在此之前，新诗除了需要不断通过创作表现自己的生命力外，不断获得历史化的积淀和稳定的评价也是其拥有传统的重要途径。

结合以上所述，我们大致可以了解"新诗有无传统"的争鸣为何会转为"何谓新诗传统"的探寻。就实践层面而言，新诗的传统可以从历史的积淀、写作的传承和继续发展、名篇佳作与代表诗人的出现以及读者的认同四方面展开讨论。从胡适尝试白话诗至今，新诗已有百年的历史。百年的发展史首先证明新诗符合时代社会的发展，具有强大的生命力。新诗是中国社会步入现代阶段的重要产物，是中国文学现代化的重要标志之一，曾在特定历史时期产生过摧枯拉朽的作用。诚如胡适在《逼上梁山——文学革命的开始》中所言："白话文学的作战，十仗之中，已胜了七八仗。现在只剩一座诗的壁垒，还须用全力去抢夺。待到白话征服这个诗国时，白话文学的胜利就可说是十足的了"[1]。在以诗为文学正宗的国度里，只有诗的语言和形式产生变革、尝试成功，新文学才算彻底胜利，真正步入到现代阶段。新诗的成功尝试标志着中国文学真正步入现代阶段，胡适的话证明了白话诗诞生的现实意义和历史价值。

百年新诗的历史不仅为其创作积累了丰富的经验，而且还取得

---

① 　胡适：《逼上梁山——文学革命的开始》，《中国新文学大系·建设理论卷》（影印本），上海文艺出版社，2003 年版，第 19 页。

了丰硕的实绩，形成了重要的诗人队伍。除了在每个特定的历史阶段，新诗都产生了属于这一时代的名篇佳作之外，百年历史还诞生了《凤凰涅槃》《死水》《再别康桥》《雨巷》《断章》《我爱这土地》等一批公认的经典之作。经典之作有助于读者了解新诗，记住郭沫若、闻一多、徐志摩、戴望舒、卞之琳、艾青、穆旦等一批批优秀诗人的名字，进而在了解历史的过程中使新诗在客观上获得读者的认可。在一代又一代读者的阅读与传播中，越来越多的新诗作品和新诗人被人们所接受，直至走进当下、面向未来……

无论结合百年新诗的历史，还是读者对于新诗的普遍性看法，我们都可以得出新诗是自由诗、"分行的自由体"是识别新诗外在形式最基本同时也是最重要的"依据"等结论。时至今日，新诗的创作仍按照上述形式体制前行。但在肯定新诗是"分行的自由体"的同时，"分行的自由体"是否就是新诗的诘问则反映我们在考察新诗传统及其相关问题时，应当秉持一种动态的眼光：既然新诗的历史仍在继续，那么新诗传统就同样处于发展变化之中。网络时代写作媒介与传播媒介的改变，显然会为新诗的发展带来前所未有的机遇，但同样也会使其变得更加复杂。是以，新诗的传统问题不仅应当考察其具体的边界，还要思考其拥有的"厚度"及其相应的合理性。新诗的传统是一个实践性的课题，这是探讨这一问题时的出发点和时刻需要关注的标准与尺度。

新诗在不断表现现代社会生活的过程中建构了属于自己的历史，新诗在追求现代化的同时也使新诗本身在发展与变化中形成了自己的传统。结论虽然如此，但我们仍有必要对其"传统"的构成进行合理的辨析。客观地看待新诗的历史、新诗与古典诗歌之间的关系甚至百年新诗史发展过程中不时出现的质疑之声，笔者以为从"连续性"和"非连续性"这样不同层次、角度去看待新诗的传统是一种切实可行的方法。新诗或曰现代诗歌虽以"反叛"古典诗歌传统的姿态于"五四"新文学运动中诞生，但从中国诗歌历史的视野来看，它仍是中国诗歌的一个组成部分，这种宏大的、整体性的考察方式决定了新诗与中国诗歌以及古典诗歌在时空场域中的"连续性",同时也有助于我们从审美的角度看待新诗,并将"两岸四地"的新诗创作置于一个研究平台进而纳入到世界诗歌的视野之内。在时代、文化等外在因素的影响下,新诗的崛起虽使中国诗歌进入了一个新的历史阶段、呈现出新的面貌,但它的出现不过是在遵循文学内在演变规律、适应时代社会发展的同时,深化了中国诗歌的传统。将新诗置于中国诗歌的整体发展脉络之后,我们会看到新诗只是中国诗歌的一个新的历史阶段,新诗使中国诗歌本身从已经僵化的古典诗歌模式下解放出来,进入广阔、自由的天地。为了告别古典的形态确立新的形式,新诗在其初始阶段曾一度汲取外来文化经验、按照西方诗歌的样式来建立自己的格局与规模,相对于绵延几千年来的中国古典诗歌的历史而言,这是一个必然的结果、一次矫枉过正后的"割裂";不经历这一过程,新诗无法建立自己的形制,中国诗歌的发展也无法适应时代、社会。但在接下来的历史中,我们却看到新诗在具体创作过程中,仍然不时以古典诗歌的经验、资源丰富自己的创作。新诗的创作及其历史建构既然无法离开赖以生存的文化语境,自然也就无法脱离中国文化的母体。对于中国现代诗人,中国古典诗歌和西方诗歌都是其起步时所要面对的诗歌传统。就此而言,新诗吸取现代派的某些技法拓展自己的创作视野、充实自己的创作成果,也不过是在拓宽新诗写作资源的同时丰富了新诗传统和中国诗歌传统。

与"连续性"相比,"非连续性"主要着眼于新诗自身的历史。"非连续性"作为一个局部的、具体的整体性既证明了新诗身份的独立性,同时,也确立了新诗是另一阶段、另一体系的合法性。"非连续性"不仅揭示了新诗是中国社会从古代走向现代的产物,而且,也揭示了语言、思维方式转变对于中国诗歌产生的重要意义。与此同时,确认新诗的"非连续性"也有必要使人们明确现代诗歌与古典诗歌的不同,现代诗歌的现代性及表现过程中的复杂性决定了其与读者更容易呈现出脱节的倾向,这是言及新诗时不能片面以古典为唯一参照系统的重要依据。中国新诗正是在"连续性"与"非连续性"之间拓展出自己生存的时空状态,并通过百年的实

131

践、时间的检验建构了自身的传统及鉴赏标准。

值得强调的是，对于晚近的诗歌来说，言及其成为新诗传统的一个有效组成部分往往让人觉得底气不足。上述现象其实反映了新诗的传统需要不断的历史化，需要获得更为稳定的评价和更为广泛的传播。新诗传统与写作时间上的"反比逻辑"，客观上告诉我们需要通过不断反思新诗的历史、重估新诗的创作实绩、持续探索新诗的发展道路来建构其传统，而在不同阶段、遵循时代性的标准评价新诗，不断重构新诗经典化的体系，本身也是新诗传统的重要组成部分。

除此之外，在不断努力建构汉语新诗理论的同时，提升诗人自身的素质、提高诗歌创作的质量和读者的鉴赏力，也必将成为建构新诗传统的重要途径。自二十世纪九十年代以来，之所以有人不断质疑新诗的传统，一个根本性原因就在于新诗创作整体质量不高，而部分诗人过分求新、求变，又使诗歌创作脱离了应有的真善美本质，沦为世俗化书写甚至是粗鄙化写作。结合百年新诗的历史，新诗的理论建设同样是建构新诗传统的重要内容，何况诗歌理论的建设本身就证明了诗歌创作本身的合理性和合法性，并对诗歌的阅读和传播产生积极的影响。

时过境迁，也许从今天看来"新诗有无传统"的论争自出现之日起就是一次可笑的"误会"，但它仍然给我们带来很多启示。除了如何更为客观历史地看待新诗创作以及晚近的新诗写作存在的种种问题，这场论争还涉及新诗的语言使用、资源汲取以及汉语诗歌地位等问题。网络时代新诗写作与传播因技术迅捷、空间自由已成为一个泥沙俱下的"结合体"，在这样的前提下，强调新诗传统有助于新诗正确的发展方向和艺术标准的秉持。因此，"新诗有无传统"的跨世纪争鸣，虽仅发生于诗界内部，但作为一次"笔墨官司"，其意义和价值却是多维度的。是以，汲取其正反两方面经验，不仅会深化当代诗歌的理论建设，而且还会对当代诗歌创作给予多方面的启迪与警示。

写于 2020 年 5 月

《星星诗刊》"下世纪学生读什么诗？"的讨论

回顾二十世纪九十年代以来历次与新诗有关的大规模讨论与争鸣，由《星星诗刊》于 1999 年 1 月发起、持续一年的"下世纪学生读什么诗？——关于中国诗歌教材的讨论"，可被视为最具现实性和实践性的一次。新诗与中学语文教学实践相结合进而衍生新的话题，一方面反映人们普遍关注的中学语文教学在新诗选篇和讲读上出现了问题，另一方面则表明貌似远离大众的新诗其实一直就在我们身边，在阅读、传播和接受上有相当大的言说空间。《星星诗刊》这场讨论的意义和价值由此呈现出来。

一、"持续的讨论"

尽管从后来参与者发表文章的时间上看，当时尚在西南师范大学（后改为西南大学）中国新诗研究所工作的毛翰的文章《重编中学语文的新诗篇目刻不容缓》(《语文学习》，1998 年第 10 期)，要早于《星星诗刊》即将展开的讨论，但无论就规模还是影响力来说，《星星诗刊》的"下世纪学生读什么诗？——关于中国诗歌教材的讨论"，堪称最为引人注目的"风景"并影响深远。讨论的"导火索"是成都市邛崃冉义中学校长、著名诗人杨然以"呼吁调整教科书中的诗歌教材"为题，写给《星星诗刊》的一封信。[①]结合教学

133

---

① 从《星星诗刊》1999 年第 1 期刊载的相关文章来看，除杨然来信之外，还包括成都市树德中学初九级学生李莉娜的来信《这些诗歌我读不懂》，共计两封来信，"讨论"最开始也是从这两封来信开始的。只不过杨然的来信《呼吁调整教科书中的诗歌教材》在后来的讨论中产生了更大的影响，人们常常以此文为"起点"，特此说明。

中遇到的实际情况和当时在校中学生写作的现状，杨然认为"就目前我国现行的中学语文课本中的诗歌教材来看，无疑太单一了，太落伍了，与现代诗的蓬勃发展很不相适应"。进而，他发出如下三重忧虑："一是忧虑如此下去，整个国民素质中的诗歌常识会丧失殆尽"；"二是忧虑这样下去，整个国民素质的诗歌欣赏水平会无法提高"；"三是忧虑这样下去，整个国民素质的诗歌写作会继续低水平"。之后，他又对现有中学语文教材中的新诗篇目逐一分析，并以诗人特有的情怀大声疾呼："我呼吁中国的教育工作者、诗人、诗报诗刊编辑以及其他热心于现代诗发展的人们，为调整现行教科书中的教材而呐喊、而奔走、而疾呼，'救救孩子'！'救救诗歌'！"①

以杨然的信为"起点"，1999 年《星星诗刊》以全年 12 期（第3 期除外）、每期若干短论的规模开展"下世纪学生读什么诗？——关于中国诗歌教材的讨论"。讨论一共刊载文章二十七篇，参与者包括诗人、诗歌研究者、编辑、新闻记者、中学老师、中学生以及诗歌爱好者，其涉及面之广、介入角度之多元，既反映了"讨论"本身的受众程度，同时，也在相当程度上实现了"讨论"的初衷——

> 编者按：严重滞后的新诗教育，使中国社会失去了与其思想、经济发展同步的审美机遇。这种脱节与错位，已在其公众对新诗的陌生、疏离和它的基础教育中显现出来，且日久天长。今天，当我们翻看几十年来大同小异的学生课本时，竟发现里面为数不多的几首诗竟教育了几代人；这真是中国诗歌的自我封闭！
>
> 下世纪学生读什么诗？这是一句简单得让人沉重的诘问。本刊以此诘问展开讨论，既表明了对中国新诗繁荣、发展的一贯努力，也责无旁贷地为当代国民诗歌的普及与

---

① 《呼吁调整教科书中的诗歌教材——杨然致本刊信》，《星星诗刊》，1999 年第 1 期。

基础教育肩负起应尽的责任。①

值得一提的是，与《星星诗刊》展开讨论相比，广州的《华夏诗报》也成为这场话题讨论的"另一中心"，但却是以反对一方出现的。不满于毛翰的文章《陈年黄历看不得——再谈语文教科书的新诗篇目》（《星星诗刊》，1999 年第 4 期）的激烈言辞，《华夏诗报》作者群在自己的园地和多家刊物上刊载二十余篇"'奋起保卫革命诗歌'的檄文"②，主要围绕被毛翰从时代性和艺术性角度批判的、长期入选于中学语文教材的贺敬之的《桂林山水歌》和柯岩的《周总理，你在哪里》，进行回应与辩护。这些回应与辩护的文章有的上纲上线、火药味十足，像署名诸葛师申的文章《不废江河万古流——评毛翰等有关"中国诗歌教材的讨论"文章》（《华夏诗报》，总第 127 期）已将讨论提到"一贯反对政治标准第一""他的政治标准与我们的完全不同""很明显，他是否定左翼文艺，延安文艺，新民主主义，和社会主义革命和建设时期的社会主义诗歌的""社会主义文艺如日月经天，不是你几板斧就砍得了的"高度；像金绍任的文章《"轻薄为文"的典型》（《华夏诗报》，总第 129 期）以及修改增删后改题为《〈星星〉的蚍蜉与毛翰的第九种自杀》（《芙蓉》，2000 年第 1 期）关于"毛翰们奇谈怪论的大暴露"的说法；还有诗人柯岩更是于 2000 年 2 月 16 日亲自给《星星》诗刊时任主编杨牧写了一封公开信（后发表于《华夏诗报》，总第 130 期），以前辈诗人的姿态，训斥、教导杨牧及相关人等……其结果是直至出现了"坚决把《星星》诗刊和毛翰们推上被告席，绳之以法！"的声音。③鉴

① 《下世纪学生读什么诗？——关于中国诗歌教材的讨论》之"编者按"，《星星诗刊》，1999 年第 1 期。
② 具体见毛翰：《陈年诸公的话语方式赏析》，《文学自由谈》，2000 年第 6 期，和毛翰：《关于陈年皇历，答陈年诸公》，《书屋》，2001 年第 1 期，两篇文章属于被"批判"后的回应文章，内有详细内容介绍。
③ 具体见毛翰：《陈年诸公的话语方式赏析》，《文学自由谈》，2000 年第 6 期，和毛翰：《关于陈年皇历，答陈年诸公》，《书屋》，2001 年第 1 期，两篇文章属于被"批判"后的回应文章，内有详细内容介绍。

于《华夏诗报》一方更多是将"矛头"指向了毛翰及其文章和《星星》诗刊，以辩驳、批判的方式进行讨论，已然脱离了"关于中国诗歌教材的讨论"本身，有十分明显的意气成分，所以，在之后谈及有关这场讨论的文章中，一般多不将其作为一个有代表性的个案。

对于《星星诗刊》开展的一年之久的讨论，官方教育部门没有给予明确的回应。但从 2001 年开始出现的语文教材改革，人教版、语文出版社版、北师大版等各种版本语文教材相继出版与投入一线教学使用，这场讨论在部分程度上实现了最初的理想。至 2003 年 6 月高考，渭南瑞泉中学理工科应届毕业生吴斌以一首现代诗《无题》获得满分，再次引发"诗歌与中学语文教学"的热议。之后，《诗潮》（2004 年第 3 期）、《扬子江诗刊》（2005 年第 4 期）、《江汉大学学报》（2007 年第 4 期）等文学期刊和学术期刊，相继刊载了"新诗与基础教育""新诗与语文教学"的对话以及"现当代诗学研究——关于新诗教育"的专栏，而相关选题如"新诗选篇与中学语文教学""新诗教育"，也逐渐成为文艺学、中国现当代文学博士、硕士和教育教学等方向的硕士毕业论文选题，并不断拓展自己的边界。如黄晓东的博士论文问世后，就让人们看到了百年新诗教育的历史[1]；再如王慧慧的硕士论文《高中现当代诗歌的审美教育研究》（河北师范大学，2011）、刘继业的文章《当今大学新诗教育现状的思考》（《文化学刊》，2011 年第 6 期）、易彬的文章《中国当代文学史写作与新诗教育问题》（《长沙理工大学学报》，2012 年第 4 期）、陈爱中的文章《论高等教育框架下的汉语新诗课程设置——以通识教育为写作背景》（《继续教育研究》，2013 年第 4 期）等，则扩大了研究的视野，"下世纪学生读什么诗？——关于中国诗歌教材的讨论"作为一个持续性课题由此呈现出不断深入的状态。

---

①　指黄晓东的学术专著《政治、权力与美学——民国以来的新诗教育研究》，中国社会科学出版社，2015 年版。

二、具体介入的视角

尽管，"下世纪学生读什么诗？——关于中国诗歌教材的讨论"刊登的许多文章在今天看来都有某种程度上的片面之处，但作为"源头"其毕竟给后来话题的展开提供了宝贵的经验，因而梳理其有代表性的观点，有益于人们对于这场讨论的历史认知。

杨然的《呼吁调整教科书中的诗歌教材》显然是以现代诗歌艺术的接受与传播、普及与提高为出发点。他面对现行中学语文课本中新诗篇目多年来一成不变、落后当代生活的现状，其"忧虑"不无道理，但却有明显的诗人情怀和理想主义倾向。同样与之相近的是毛翰的观点，长期从事诗歌研究兼有诗评家身份的毛翰，对中国新诗的历史及其优秀之作自是十分熟悉并有自己独特的判断。他最早撰文呼吁重编中学语文教材中的新诗篇目并提出自己的方案，且在讨论中言辞激烈、嬉笑怒骂，多次力陈自己的观点[1]，就其实质来看与杨然的观点有异曲同工之处，可称之为这场讨论中的"诗歌本位主义者"。或是由于首倡者的原因，或是发出"沉默"已久后的声音，纵观一年讨论刊出的文章，"诗歌本位主义"立场占有的比重最大且具有很大的伸缩空间。以林文询的《青春缺席》（《星星诗刊》，1999 年第 2 期）为例，"缺席是双重的，青春在课本中缺席，孩子们也就在诗教中缺席。而不能欣赏到真正体现时代青春风采的新诗佳品，我们可爱的少男少女们的青春也将暗淡减色"的论断，就展现了诗歌与教育和青春美好年华之间的密切关系，可作为"诗

---

[1] 除上文提到的《重编中学语文的新诗篇目刻不容缓》外，毛翰的文章还有《陈年黄历看不得——再谈语文教科书的新诗篇目》，《星星诗刊》，1999 年第 4 期；《听唱新翻杨柳枝——中学语文教材新诗推荐篇目》，《语文学习》，1999 年第 10 期；《请君莫奏前朝曲，听唱新翻杨柳枝——中学语文教材新诗推荐篇目》，《星星诗刊》，1999 年第 10 期；《陈年诸公的话语方式赏析》，《文学自由谈》，2000 年第 6 期；《关于陈年皇历，答陈年诸公》，《书屋》，2001 年第 1 期。

歌本位主义"观念的一种有力的扩张。

与批评中学语文教材现有的新诗选篇方式相比，反思新诗的现状也是这场讨论中的一种声音。以来自湖北省鹤峰县一中、署名"女岛"的作者的文章《诗歌教育与新诗危机》为例，作者就对讨论中"诗界谈论这个话题，总以旁观者的姿态呼吁教科书承担一切责任，并用教训的口气抱怨"给予了不直接点名的质疑，进而发出"他们当真不知道造成这遗憾的根源也许不在教科书，而在新诗自身么？"的反问。与正视教科书中新诗选篇存在问题相比，该文更关注新诗的现状，"新诗充满危机，而新潮们的喧哗与骚动，促使危机进一步加速与加深"。该文以"《星星》从1999年首期展开对新诗基础教育的争鸣更意味诗界从象牙之塔回到粗糙的地面的一种努力，所以其意义不仅在于有助于我们从新诗的视角反思中国教育，而且在于有助于我们从教育的层面观望新诗的前景"[①]作为结论，表明其对新诗史特别是当代诗歌创作的反思立场，可谓与杨然、毛翰等的观点形成了生动而鲜明的"对话关系"。

如果说上述两种观点是"各执一词"，那么，来自云南昆明安宁市第一中学的杨舫的文章《调整中国语文教材不可脱离实际》便显得冷静、客观了许多。作者在充分肯定这场讨论的同时，提出"这项工作不可脱离以下三个实际"：即"一是不可脱离我国百年新诗的创作实际"；"二是不可脱离中学语文教学的实际"；"三是不可脱离中学生的学习生活的实际"[②]。在其看来，中学语文教材中的新诗选篇就内容和数量来看，都是一个整体性的问题，不宜强调某一方面而偏离中学语文教学的实际和教育教学的实践性。

需要指出的是，在围绕"下世纪学生读什么诗？——关于中国诗歌教材的讨论"展开讨论的过程中，《星星诗刊》也刊载了质疑杨然、毛翰观点的文章，从而使讨论本身更具开放性和多元性。来

---

① 此处引文均见女岛：《诗歌教育与新诗危机》，《星星诗刊》，1999年第11期。

② 杨舫：《调整中国语文教材不可脱离实际》，《星星诗刊》，1999年第11期。

自四川省文联的胡笳在其《读毛翰的〈陈年皇历看不得〉有感》(《星星诗刊》,1999 年第 6 期)一文中就不认同毛翰对于贺敬之《桂林山水歌》、柯岩《周总理,你在哪里》的质疑,呼吁"陈年皇历""老照片"之类话题,"就此打住"。而在同期刊载的由云南农业大学农学院张兴旺所著的《我对调整中学诗歌教材的看法——兼与杨然同志商榷》(《星星诗刊》,1999 年第 6 期)一文中,就首先以"没有严重到'救救诗歌和孩子'的地步""也没严重到'摧毁一代人'和'贻误(人)一生'的地步"回应了杨然的文章;而后,他又对"怎样调整《语文》课本中的诗歌教材?"提出自己的见解并"建议和编辑出版《初中生课外诗歌读本》"的主张。

除上述观点外,扬州大学师范学院叶橹在《首先要解决"身首分离"的问题》(《星星诗刊》,1999 年第 10 期)提出的"要改革教材,首先得改变一些人的观念;特别是教学一线的大量语文教师的观念。否则一切改革教材的设想都是空谈"。嘉兴市教育学院的伊甸在《诗歌教材选编之我见》(《星星诗刊》,1999 年第 9 期)中的"编写语文教材的工作极其庄重,它直接关系到全体国民的精神和文化素质,关系到整个民族的创造力。编写人员必须由教育界、文学界、社会科学界的优秀人物组成,所选课文的目录草案应当在报纸上公布,让公众参与讨论,最后应由教育界、文学界、社会科学界组成的专家委员会来审定。其中新诗部分应当听取诗人和诗歌评论家的意见",古远清的《让学生读点台港澳新诗》(《星星诗刊》,1999 年第 7 期)都是值得引人思考的看法,因为这些建议分别涉及新诗与中学语文教材选篇的实践效果、选择视野和如何更为合理地实现。

三、综合地思索与展望

结合《星星诗刊》讨论中得出的观点,我们不难看出:"下世纪学生读什么诗? ——关于中国诗歌教材的讨论"其实是一个复杂、多层的话题，由于每个参与者出发点不同，其"主要观点"也会与众不同。为此，必须进行全面、综合的考量。

"下世纪学生读什么诗？——关于中国诗歌教材的讨论"主要是由诗人和诗评家发起的，且在诗歌刊物上进行的，这使其在具体展开时常常围绕新诗展开，而忽视"新诗教育"重在教育，新诗只是具体个案的事实。既然是教育教学，那么，教材编选、教师教学和学生学习、接受，就是我们继续讨论时必须要面对的三个重要环节，而从实践的角度上讲，讨论也应当围绕这些环节做整体的、阶段式的展开。

从近年来关于"新诗选篇与中学语文教学"以及"新诗教育"话题的探讨可知：许多研究者已经在总结以往经验的过程中将其落实到具体的教学实践上。"新诗选篇与中学语文教学"跨越简单地从"教材选篇""应当重视新诗教学"等论题介入的起步阶段，回到教学第一现场，表明这场讨论正在逐步深化，而其现实的意义和价值也由此显露出来。

从广西师范大学刘璐的硕士学位论文《初中语文新诗的审美教育研究》（基础教育研究方向，2013年5月）的写作可以看到：初中语文的新诗教学正被纳入到审美教育的视野，其"理论基础"在于"（一）马克思主义关于人的全面发展学说；（二）接受美学；（三）情感教育理论；（四）审美心理要素理论"。其"价值意蕴"在于"（一）诗语：表现语言魅力，奠定文字功底；（二）诗情：激荡人性真情，陶冶读者心灵；（三）诗意：塑造鲜活个性，造就完善人格；（四）诗思：发展创新能力，提升生命意义"。从南京师范大学陈谦的硕士论文《中学新诗教学研究》（学科教学方向，2015年5月）的书写可以看到：中学语文新诗教学可以结合特定的版本（如"苏教版"），通过适度引入文学批评方法如"立足于文学经验的原型批评范式"和"立足于诗歌本体的文本细读范式"获得相应的解读理论。而不论是哪种思路，论者都注意到了通过问卷调查、撰写报告，从教学主体方面获得"第一手经验"的有效方式。不仅如此，他们还对新诗教学的具体实施如具体课程的设计方案（包括课程教学理念、情境导入等）进行了深入的探索。"新诗教育"由此步入科学化、系统化、理论化的阶段。

鉴于中学语文新诗课程的讲读本身是一个具体实践的过程，许多经验往往是通过教学相长的方式逐步得出并同样面临着"持续再生长"的状态。结合近年来相关研究的现状，我们可以看到新诗教学已摸索出向古诗阅读、鉴赏学习而得的"炼字"以及突出名篇佳句；通过仿写作品中佳句和部分文字优美的段落、以诗学诗等方式方法，这些方法对于徐志摩的《再别康桥》、戴望舒的《雨巷》等作品十分有效且极有可能就是通过讲读这些作品而得的。但随着教学的不断深入，还有哪些方法可以融入或是哪些环节可以改进？结合笔者经验，相对于上述意境优美、朗朗上口的作品，除以上所述的经验之外，还可以从多次朗读、典范诵读和集体朗诵，直至记住其中部分佳句和名句的方式，提升教学效果并以此提高学生对新诗节奏感、韵律感的感知进而培养其朗诵、表演的能力。而对于全部新诗作品来说，加强著者生平和作品本身之间联系的介绍，即采用"诗歌故事"的形式，也有助于新诗学习的效果，而且，这种形式不仅适合徐志摩的《再别康桥》、戴望舒的《雨巷》，同样也适合于不易从"炼字"、诵读的方式提升教学效果的艾青《大堰河，我的保姆》之类的叙事诗。再者，就是结合现有的技术设备，通过网络技术、PPT 演示等，以声、色、图、味等综合的形式提高教学质量、深化学生对于新诗的认知。

中学语文新诗教学还可以让学生在充分预习的前提下，通过自己讲解和分组讲解等行为展开教学实验。以上诸多途径在列举时是一条一条进行的，但在具体课堂实践中则可以依据实际情况，或全方位整体运用，或采取其中几种。但无论怎样，进行符合时代性和素质教育要求，提高学生实际接受效果的教学都是正确的途径。从近年来中学语文新诗选篇不断处于变化的情况来看，新诗教学其实是对教师提出越来越高的要求。教师不但要知识储备深厚，而且还要讲求方式方法，在不断提高学生主动性的基础上提高教学质量，这一点，显然也是中学语文新诗教学实际过程必须要注意的环节。

141

总之，由《星星诗刊》发起的"下世纪学生读什么诗？——关于中国诗歌教材的讨论"，是世纪之交中国新诗研究中极为重要的课题：无论对于新诗还是语文教学，其意义都是十分深远的。从长远的观点看，"新诗选篇与中学语文教学"以及"新诗教育"的话题和讨论必将长期持续下去，而新诗的经典化和新诗教育的历史化正蕴含其中！

写于 2020 年 2 月

历史的"出场"与经典化趋向
——从世纪初诗坛代际划分及其相关命名谈起

以代际的方式（比如："70后""80后""90后"等等）对诗人及其写作进行划分甚或命名，俨然成为近年来诗坛的一道风景。与上述过程相应的，是"中间代""中生代""中年写作"等命名虽具体着眼点不同，但在实际上仍然遵循"时间规律"的继起。在新世纪初十年的时间里，竟有如此多划分与命名竞相浮世，进而形成"对峙的格局"，自然是值得思考的一件事情。不但如此，如果我们仔细考察以上相关划分与命名，那么，在2004至2005年之间逐步形成的这股浪潮，其持续的时间也往往小于一般想象意义上的"跨度和距离"——显然，划分特别是命名的滞后性与追溯性对于一般读者而言，会产生再造想象的印象；然而，这种源自命名本身与所指对象之间的"距离"，又恰恰为我们设置了某种时空状态。从近年来代际划分及其相关命名上溯"第三代诗歌"下至当下诗歌创作并不断呈现开放状态的倾向可知：这一现象一直涵盖着十分广阔的历史内容。而本文从现象入手，重新审视、析分上述划分与命名及其相互之间纠缠、碰撞，正期待呈现这些问题。

一、代际划分的历史述析

143

按照赵金钟教授在最近一次诗歌对话中的说法，"二十世纪最后几年，'70后'诗人的概念开始流行。1996年，《黑蓝》民刊在南京成立，陈卫在《黑蓝》上发表文章提出了'70后'的概念。这大概是诗歌'70后'概念的最早提出。之后，陕西的一份民办

诗报直接以《七十年代》（1999）命名。而将这一概念推到极致的
则是广东省的两份民办刊物《诗歌与人》和《诗文本》。黄礼孩主
办的《诗歌与人》连续两期以大容量推出'70后'诗人作品（创
刊号和第2期）。由于这份刊物宣传范围较大，诗歌'70后'概念
很快得以传播。'70后'叫响后，'80后''90后'便顺势而出"。①
这段话基本揭示了"70后"诗歌的源出历史并如何衍生出其他概
念的历史过程。联系"历史"以及影响的角度，"70后"这个概念
在九十年代中后期出现其实呈现了肇始于小说并迅速过渡到诗坛的
趋势，但与卫慧、棉棉、周洁茹、朱文颖等由《小说界》《芙蓉》《北
京文学》《作家》等官方名刊打造，进而迅速成为一支文坛生力军、
获得出版资格以及读者群不同的是，进入诗坛的"70后"由于写
作形式等原因在接受上稍显"冷清"。或许正因为如此，"70后"
诗歌自诞生之日起，便呈现出概念上的自觉与写作实绩的判定。②
经历了几年的积淀与努力，"70后"诗歌在世纪之交标志先锋诗坛
裂变的论争后地位开始攀升并已然呈现出自然延伸的倾向。记得笔
者2004年在北京读书的时候因参与课题《中国诗歌通史·当代卷》，
已在写作中列"七十年代出生的诗人"专节。当时，"80后"的名
字已经开始出场，而"60后"则更多是以向前延伸的命名形式指
代二十世纪九十年代以来、代表诗坛中坚力量的写作队伍。此后，
散见于各式文章、谈话中对"80后"以前诗歌阵营以"××后"
的简约方式进行划分就已不再陌生。

　　与"70后"相比，"80后"是进入新世纪之后逐渐在诗坛产
生影响的。阅读由"80后"诗人丁成编的《80后诗歌档案》（中国
海洋大学出版社，2008），我们大致可以领略"80后"诗歌的出
场历史。但代际划分和命名意义上的"80后"诗歌自生成之日起

---

① 朵渔、张德明、赵金钟、张立群：《代际划分与诗歌经典——关于近
年来诗歌代际划分以及相关命名的对话》，《中国诗人》，2010年第2卷。

② 关于这方面的文章，可参见胡续冬：《作为概念股的"七十年代诗
歌"》，臧棣、肖开愚、孙文波编：《中国诗歌评论·激情与责任》，
人民文学出版社，2002年版，第340—342页。

就显得不那么稳定。结合网络记录，比如：百度百科"80后诗人"词条，可知"从2002年起开始被学术界接受"的这个概念还可以根据年代"分为'前80后'（1980—1984），'后80后'（1985—1989）"的说法，"'前80后'承载了'70后'人的部分思想，然而具有自己独特的创作理念，是一个新的时期。'后80后'诗人是对'80后'诗人思想的承接与再创造。作为诗人群体，他（她）们的作品充满才气，具有极大的艺术潜力和发展空间"。无论这种"再划分"和"概括"是否可以准确描绘出"80后"诗歌的特征，"80后"诗歌都因自我的不断提升而呈现出强劲的势头。时至今日，对于常常阅读文学期刊和涉足网络的读者来说，丁成、春树、唐不遇、阿斐、郑小琼、李成恩、三米深、熊焱等，都已不再是陌生的名字。"80后有一个更为自由的成长背景，经验的积累、学习和自我启蒙的过程都比上一代诗人要短。这一代人的精神自由与生俱来，生逢其时。他们所需要的也许是一种压力吧，以免精神上过分的蓬松。"[1]诗人朵渔的"印象点击"，似乎已道出了这一代诗人的成长优势以及所要面对的问题。

　　如果不是因为给"90后"诗人原筱菲诗集作序，特别是看到一份由几家文化与诗歌网站推出的"2009年度90后十大新锐诗人排行榜"[2]，笔者对于"90后"诗人还会有种居高临下、十分遥远的印象。尽管，在"90后"诗人眼中，"'90后'一词只是一个时间的断代，它本身不具有其他任何含义。因此所谓'90后诗人'也

---

① 朵渔、张德明、赵金钟、张立群：《代际划分与诗歌经典——关于近年来诗歌代际划分以及相关命名的对话》，《中国诗人》，2010年第2卷。

② 所谓"序言"是指笔者于2008年11月2日完成的、为黑龙江"90后"诗人原筱菲诗集《指尖的森林掌心的海》所作的短序《幸福的时光流过文字》，甘肃文化出版社，2011年版；而"2009年度90后十大新锐诗人排行榜"则可参见网络版"文化中国"3月21日报道（记者/李东明）："目前，由文化中国、沂蒙新闻网、山东在线、华语诗人网、新空气诗歌在线、都来网等权威媒体评选的2009年度90后十大新锐诗人排行榜揭晓，历时六个月的市场调查，经过评委会严格评审，新的榜单于今日公布于众！本榜单不含商业目的！欢迎转载！"

只不过是一个年龄的界定和群体的划分，同样不具有其他含义"。①
但随着时间的推移以及之前命名的预设，这一说法的出场以及赋予
具体诗人也是必然的过程。在仔细思考之后，我们不难发现：在新
世纪第一个十年来临之际，"70后"的诗人已经开始逐步介入"不
惑之年"了；"80后"诗人也开始逐步介入而立之年；而"90后"
诗人才是年龄意义上的"八九点钟的太阳""诗坛的希望"②。当然，
任何一代诗人的登场最终只能取决于他的作品，而不是取决于自我
宣言与某份榜单及炒作。但即便如此，我们或许还是应当注意刘波
博士在"对话"中"据我的观察和判断，这十位诗人中有不少是属
于那种家境条件都不错的'少年诗人'，看得出刻意'培养'的痕
迹"③的说法。比较前代诗人，"90后"诗人个人成长环境更为优越，
所处时代的文化、信息传播更为迅捷，都有可能使他们起点较高、
才气十足，由其现有素质和出场的必然逻辑，再结合诸多作家年少
成名的历史，人们有理由相信他们会有更为广阔的未来。

　　"70后""80后""90后"诗歌的历史述析，从学理上加以分
析，不难让我们思考这样一些问题：代际划分对于一代人的出场可
能具有较强的现实意义，但出场之后怎么办呢？"诗歌上的代际命
名是受社会学的启发而来的。社会学家把第二次世界大战以后每十
年分成一个阶段加以研究，其好处是近距离地逼近当下历史。以

---

① 原筱菲、王士强、刘波、张立群：《对话：90后诗人的经验与解读》，
　《中国诗人》，2010年第3卷。

② 比如，在《代际划分与诗歌经典——关于近年来诗歌代际划分以及
　相关命名的对话》中，诗人朵渔曾尖锐地指出："事实上，我们这里
　大部分诗人，在其三十岁之前可能就已经把一生中最好的作品都写
　完了。我说这话的意思是，最老的70后都奔四了，但在主流评论
　家那里，还是'诗坛的希望'，是八九点钟的太阳。其实90后才是
　八九点钟的太阳，70后已人近中午了。这一代诗人里，该呈现的东
　西都已呈现，你说他还不够成熟或不够分量，那也许只是上一代人
　的看法，另一种老人思维。我们这里的很多评论家其实是'思不出
　第三代'，没有持续跟进的精神和胸怀。"

③ 原筱菲、王士强、刘波、张立群：《对话：90后诗人的经验与解读》，
　《中国诗人》，2010年第3卷。

十年一个代际命名诗歌写作，显然有其笼统性和不准确性。它将牺牲大量有价值的材料和个性，并主观性地粘贴上许多牵强的元素。"[①]赵金钟教授回答代际划分时的说法很能说明一些问题。因为"70后""80后""90后"都可以归结为新世纪初十年的事情并易于在传播中约定俗成，所以，在经历泥沙俱下之后，其问题也逐渐暴露出来。其一，是过于笼统，个性注意不够，对于已经流行多年的提法，我们又能说出多少属于各自代际的诗人及其艺术特性呢？其二，是上述划分方式遵循的是简单的时间模式，即使忽视简单的机械环境决定论，其空间的广度和深度也十分有限。其三，"70后""80后""90后"说法的随意性，在经历暂时的可行与合理之后，还难免出现"入史/写史"的焦虑情绪。在主观性与简单逻辑的驱使下，人们似乎很难判定相同两个代际在具体"临界点"上的差异，这最终是使有效性在漫不经心的使用中演变为遮蔽性，并进而在自我重复的逻辑中自我解构。从长远的角度来看，上述划分当然不能成为诗坛命名的依据。

二、命名的继起与超越

在新世纪初的诗坛，还有诸如"中间代""中生代""中年写作"的命名，鉴于这些命名在时间上晚于"70后""80后"的提法，所以，可以称之为某种命名的继起，而作为一种结果，却在于一种认同心理，因此，其超越意识也尤为明显。

翻开两本厚厚的《中间代诗全集》，我们不难察觉到编选者为此付出的努力与艰辛。在"序言"中，为此书编撰付出巨大努力的诗人安琪曾不无动情地写到"这一批生于上个世纪六十年代的诗人，在八十年代末登上诗坛，并且成为九十年代至今中国诗界的中坚力

---

① 朵渔、张德明、赵金钟、张立群：《代际划分与诗歌经典——关于近年来诗歌代际划分以及相关命名的对话》，《中国诗人》，2010年第2卷。

量。他们独具个性的诗歌写作，精彩纷呈的诗写文本，需要一个客观公正的体现，这便是我们编辑《中间代诗全集》的动因。一代人有一代人的出场方式，和诗界其他代际概念的先有运动后有命名不同，中间代的特殊性在于它的集成"。①在安琪看来，"中间代"是介于"第三代和 70 后之间，承上启下，兼具两代人的诗写优势和实验意志"的一代诗人。而使用"中间"这个可以做多重理解却又是直观简约的称谓，其彰显的指认即为："一、积淀在两代人之间；二、是当下中国诗坛最可倚重的中坚力量。它所暗含的第三种意义是：诗歌，作为呈现或披露或征服生活的一种样式，有赖于诗人们从中间团结起来，摒弃狭隘、腐朽、自杀性的围追堵截，实现诗人与诗人之间的天下大同。"②客观地说，《中间代诗全集》在"70 后"提法获得认可后出场，在一定程度上有"填补"诗歌空白的意义。无论从网罗、收集、发掘，还是"作证"与"野心"的角度，编选者都有权利为此付出自己的劳动。何况，在其"封底"列举的"中国现当代诗歌史进程中的六部重要选本"中，《朦胧诗选》（阎月君等编）、《后朦胧诗全集》（万夏、潇潇主编）、《70 后诗集》（康城、黄礼孩等编选）也确为诗人"当事者"所编。但显然，"中间代"的编选年代与上述几本选集有很大不同，而且，"中间代"在命名上的模糊、暧昧与集成性也隐含着自身的离心力。从诗坛内外对于"中间代"的评论特别是倡导者本人一度的"强势出击"，都使其在过度自耗中产生某种反作用力，而诗坛新一轮的地质构造正是在这样的背景下生成的。

与"中间代"相比，"中生代"提法的出场明显带有一种调整的策略。作为一次目的性较为明显的努力，《江汉大学学报》2005年第 5 期曾集中推出"关于'中生代'诗人"专号，"这个我们命

---

① 安琪：《中间代！》（《中间代诗全集》序言），安琪、远村、黄礼孩主编：《中间代诗全集》"上卷"，海峡文艺出版社，2004 年版，第 2 页。
② 安琪：《中间代：是时候了！——〈诗歌与人：中国大陆中间代诗人诗选〉序》，安琪、远村、黄礼孩主编：《中间代诗全集》"下卷"，海峡文艺出版社，2004 年版，第 2306—2307 页。

名为'中生代'的诗人群体，以二十世纪六十年代出生的诗人为主，他们的写作大多开始于 1986 诗歌大展前后，二十世纪九十年代中期引起关注。相对于朦胧诗、第三代诗歌运动的横空出世，这代诗人的理论主张与诗歌文本更内在、驳杂，缺乏鲜明、易于概括的特点，是当代新诗潮'后革命'期的产物；其精神背景是二十世纪八十年代末和二十世纪九十年代初的社会转型，与朦胧诗的'文革'背景，第三代的改革开放背景迥然有别。"[①] "中生代"的提出，与重新清理一代"诗人"及其历史发展脉络有关。不过，鉴于历史沉积的"厚度"，以及妄图陷入"表象化"命名的圈套，"中生代"的提法从一开始就存有"本质化"的理论构想，而"具有'非代性'这种悖论性特征"的"再解读"[②]，又使其极容易从比照的路径中开拓自己的道路。

"中生代"概念提出之后，曾得到更为细致、明确同时也是视野更为广阔的阐述。比如，吴思敬教授曾在《当下诗歌的代际划分与"中生代"命名》一文中，将"中生代"群落的范围进行了相应的调整，并进而从诗歌史发展的角度以及联系"海峡两岸"的视野，指出"中生代"命名在"宏观描述""沟通海峡两岸""消解大陆诗坛'运动情结'"三方面的意义[③]。结合新世纪初诗歌的发展现状，"中生代"的提法及其概念的具体生成方式无疑是敏感而睿智的。当代诗歌在"九十年代诗歌"与"70 后"写作之间，一直缺乏一个可以整体而系统把握的"近邻阶段"。因而，在处于"前代定型""后代挤对"的状态下，确立某一代际命名进行整体概括，进而在已有的历史材料下研讨"人到中年"的写作，就成为必要与可能。但显然，"中生代"之前已有"中间代"的提法，这样，从围绕命名本

① 《现当代诗学研究——关于"中生代"诗人》之"编者按"，《江汉大学学报》，2005 年第 5 期。

② 《现当代诗学研究——关于"中生代"诗人》之"编者按"，《江汉大学学报》，2005 年第 5 期。

③ 吴思敬：《当下诗歌的代际划分与"中生代"命名》，《文学评论》，2007 年第 4 期。

身而产生的影响来说，二者在某种意义上的不同之处就在于命名的合理性、科学性。

　　"中生代"的出场，很容易让我们想到"中年写作"，尽管这一命名就出现时间来看，在八十年代末就由诗人肖开愚提出。"中年写作"显然是针对诗人年龄以及所谓青春期焦虑而言的。为了能够将诗歌带入成熟的境地，同时也是诗人必然要面对的成熟阶段，"中年写作"既包括写作的责任与经验的呈现，又包括诗人写作时的心态、自我意识。也许，"中年写作"会像欧阳江河所言的"与罗兰·巴尔特所说的写作的秋天状态极其相似"，但结合具体语境来看，"中年写作"自生成之日起就与九十年代诗歌写作产生了纠缠不清的状态。这样，它与"中生代"再度发生"契合关系"也就不那么令人感到吃惊：二十世纪六十年代出生的诗人在"中生代"提出的日子里确实已经是"中年"了（这里其实还包含九十年代初期与今天对中年阶段的认识区别）。"中年"的"写作"也许不会像"青年"那样速度快、数量多，充满朝气与抒情，但其稳定、深邃特别是总结、清算往日写作的姿态，却足以使其在一定程度上与"中生代"形成互文关系，并在相当一段时间内行之有效。

　　"中间代""中生代"以及"中年写作"的出现，使新世纪初十年诗坛的代际划分及其命名呈现出相对完整的局面。应当说，在"第三代"诗歌之后，"中间代""中生代"以及"中年写作"的命名，和"70后""80后""90后"的提法，恰恰使二十年来中国诗坛的诗歌呈现出较为清楚的脉络。但值得指出的是，上述两类命名之间存有很大程度上的差异：虽然，两种命名都是从代际划分的角度，并相继呈现出时间的标准与限度，但诸如"中生代"式的命名具有较为明确的历史感以及由此而生的相应的稳定性。作为一次涵盖简单代际划分的命名，"中生代"等命名落实了"第三代"以后的诗歌，其实质是将九十年代诗歌进一步经典化，而其波及范围又具有较为明显的向前延伸、向外拓展的趋势。这种在很大程度上呈现为时间与空间结合的命名，为如何使用更为周延的方式概括"70后""80后""90后"等新世纪诗人写作提供了较为明确的"范本"。

而从历史沉积的角度来看，上述命名的顺延性、稳定性，也确然呈现出诗歌"历史化"的自然轨迹。

三、影响的焦虑与权利的分配

回顾文学的历史，我们可以看到命名其实是将复杂问题简单化的一种策略。任何一次命名的确立，都会产生随之而来的问题。一方面，是认同者为此寻找佐证、"画地为牢"，一方面，是命名的有效性总会在当时与后来之间，形成某种认同与评价上的差异，这种现象对于晚近的历史往往表现得尤为明显。从"九叶诗派""朦胧诗""后朦胧诗"等命名在时间推移中不断遭遇质疑、修正、补充的现象可知，命名往往是一个由复杂因素构成并常常浸润强烈主观性的"认知范畴"。由此再度审视新世纪初十年有关中国新诗的命名与代际划分，其频繁的出场、自然的逻辑、漂移的姿态，虽在表面上体现了批评与研究的漫不经心，但究其实质来看，却体现了"历史"的焦虑与批评无力之间的"裂隙"与"断层"。显然，网络诗歌的传播迅捷、波及面广，民刊的风起云涌，各代际诗人"共时性"的登场与时间上的相对"近距离"，甚至新世纪初几年新诗批评与研究的骤然升温，几本颇具分量的新诗史的出版，都对各层次命名主体产生了"影响的焦虑"，并进而产生了"历史的焦虑"。

但诸种命名之间的质地和构造都显然是不同的，而且，如果我们可以倾听"他者"对于上述命名的声音，那么，就很容易从传播、接受中获得新的历史认识。对于 2005 年之后相继出场的命名，在历经几年的浮沉之后，所谓"权利之争""话语权之争""有无意义"的说法，完全可以通过网络传媒以及"当事者"本人在不同场合的谈话中得到印证。或是出于对研究的关心，或是出于对意义、价值的反思，或是发起者及其相关群落对于自身利益的维护，这些现象都在一定立场上存在合理性。然而，就笔者看来，这一同样可以视为"焦虑"的行为方式，或许仅就命名的策略与问题迈出了第一步，而更多的历史纵深空间则需要以历史的眼光加以视之。从历史上每一次"介入历史"的有效方式及过程不难看到：权利的生成与获取必须通过某种行为实践才能最终得以实践，即使这些行为都难免最终背负"炒作""野心"等与利益密切相关之名，并可能掀起一次又一次的争鸣。如果我们可以持有这样一种视野去看待新诗的历史，那么，自胡适开始的白话诗实践、新诗的概念及其合法性问题，似乎一直困扰着新诗的历史并不时出现、波及新的命题，是以，包括新世纪初诗坛代际划分及其命名的问题，就在于其把握历史的方式以及历史赋予其的底部界限。在权利、话语权、利益、意义与价值等作为其整体行为必然构成的客观前提下，"宽容的心态"将无异于一次"历史化过程"，而盲目的"放手一退"或"自我张目"，必将遭至更为强劲的历史反弹。

实际上，世纪初诗歌代际划分与诸命名自诞生之日起，就充满着自我解构的张力。从妄图把握历史的角度出发，任何一次命名都具有自身的不可重复性，但简单的代际划分及其命名却很容易在"同义反复"或曰"过度重复"中迷失自身本来的意义。只要诗歌写作还在，"70后""80后""90后"的说法似乎就可以在遵循自然约定中延续下去，但无论是重复带来的"审美疲劳"，还是这一说法必将在"历史化"的过程中再度面临重复，都会让我们面对它们时感到信心不足。也许，对于未来书写的诗歌史而言，新世纪初十年的诗歌只用一个名字就足以涵盖一切；也许，从某种更为严格的标准来说，新世纪初十年的诗歌不过是短暂的瞬间，它会因为没有某个"伟大诗人"或是某些"大诗人"而成为一段无人问津的历史。在这样的认知逻辑下，所谓"指责""权利归属"等系列问题的答案将自然而然地落在历史的肩膀之上，而从细小、局部的问题出发或是直接对某个诗人的阶段创作进行照相式地追踪，也就自然"升格"为处理晚近时期诗歌写作及其艺术走向的"有效方式"之一。

当然，在新世纪初诗歌的相关命名中，还隐含着命名者本身持有的"权利问题"。从"中间代"的提出以及"80后""90后"的具体出场方式，我们已然看到诗人自身在上述过程中发挥着重要的作用。诗人的"现身说法"就历史的角度而言自然也无可厚非，毕竟诗人作为诗歌的创作主体可以为自己的写作争取认可的权利，但命名之后其接受、反映效果如何却会受到多种因素的制约。当然，在这里，笔者不赞成那种命名只是理论批评家的事情，而诗人的同类行为往往是"信史不足"的观点。面对着新世纪初十年代际与命名出场频次的加剧，我们应当反思的或许是"写作如何"这样较为本质化的课题。一般来说，代际划分及其相关命名在短期范围内竞相登场，在实际上反映的是超越写作之外的某种繁荣作用于写作本身，而批评的滞后性同样也可能是超前性又加剧了这种作用力。这种现象在同样归属于不同年龄段的诗人、读者眼里具有不同的印象与态度。即使忽视那些所谓的意气之争、权利游戏，作为整体意义上的诗歌特别是诗人群体，也常常会得出批评无力、批评家无所作为的结论。而在漠视"非我族类"特别是更为年长者之写作的前提下，诗坛权利的争夺不是减弱、分散，而是相应地剧烈、集中，这种命名大于写作的现象，不但会影响遮蔽某些诗人的实践和探索，还会在人为划分诗坛单元格局的过程中，使其成为一个名利争夺的场所。

四、经典化、历史化的再思

从新世纪初十年代际划分和诸多命名的出场，我们可以看到某种"经典化"的倾向。无论是出于诗人还是研究者，命名、划分都明显带有稳定一段时期的诗歌创作，进而不断提升历史价值、艺术价值的主观意愿。以"中生代"为例，站立于新世纪初的立场，对于二十世纪六十年代出生为主、涵盖海峡两岸的诗人进行命名，其实是对一批年逾四十的诗人进行整体概括与描述。就历史来看，"中生代"诗人是"有意"与"第三代诗人"区别开来的一代，没有像"第三代诗人"那样集体登场、形成"流派"、写下"宣言"等，是"中生代"诗人的现实生活境遇。然而，经历九十年代十年的沉积，可以在"中生代"群落占有一席之地的诗人必然已积累多年、写出过可以代表自己实力的"奠基之作"。因而，尽管"中生代"诗人仍在构造着属于自己的"行走的地貌"，但以整体概括、具体演绎的方式进入晚近的当代诗歌史却反映了"诗歌史经典"自身的演变逻辑。

事实上，从当代的角度特别是晚近的历史中谈论经典，本身极容易在接受中受到质疑。当代诗歌依然处于"在路上"的姿态、时间上的近距离，往往使其很难获得"河清海晏"式的经典化程度。但显然，"经典"这一常常外化为"观念"层面的产物，也必然经历生成、发展等多个阶段，这种实际情况决定了"经典"（特别是萌生阶段）与理论家的敏锐程度、开放视野和预见性存有天然的关系，而从文学史写作中不断获得稳定陈述，从文学史意义上的"经典"逐步过渡到"文学"意义上的"经典"，也符合包括当代诗歌在内一切文学"经典"的发展过程。值得指出的是，与"诗歌史""诗歌"意义上"经典"同步的，还包括命名的"经典化"和"被经典化的诗人"等多方面、多层次的内容。由上述逻辑看待"中生代""中间代"以及"70后""80后""90后"等代际划分、命名及其"入史焦虑"，其大致从命名角度渐次经历的"经典化"过程，还需要作品意义上的"经典"以及经典化的诗人加以有效的支撑。这样，每一个从属于某代际、某命名的诗人的生活历史特别是在何时完成代表其"最高艺术成就"的作品，必将会对整个相关的"经典体系"产生重要的影响，并在接受的角度上呈现出类似的效果。

从上述论证可知：新世纪初诗歌的代际划分以及历史命名只有置于"历史化"的视野中才能获得自身的稳定性。当然，这里所言的"历史化"并不仅仅指依靠历史的过滤生成的结论，"历史化"本身是一个动态的过程，并且在形成"文本历史"时从未如理想中那样客观。文学"历史化"的最终目的是建立起某种具有合法性的历史存在与经典体系，作为一种结果，认识到这一规律，反倒使我们不必为当下的代际划分和概念命名担心。实际上，在论述"经典化""历史化"的过程中，当下正在流行的某些提法已经不攻自破。

无论就历史，还是现实而言，是诗歌的地质构造产生了新的代际划分与命名，还是代际划分与命名绘制了诗歌的地质构造？这些疑问对于世纪初诗坛诸多现象而言，唯有在思索之余才能发现其中的耐人寻味之处。当然，对于上述命名，我们也同样不能排除"历史"的偶然性因素。在诗歌写作和接受处于相对和游移的状态下，某位诗人可以附加在某种潮流之中迅速脱颖而出，进而影响到其代际诗人群落整体位置的攀升，在新世纪初诗坛也是不乏其人的。只是这种以"实名制"行为判定某些诗人的方式，已经超越了简单的、先验的代际预设，并最终为代际划分及其相关命名的出场甚至"经典化""历史化"程度，带来了某种新的认知内容。

总之，在新世纪初诗坛代际划分及其相关命名的过程中，我们既看到了历史经典化的"努力"，同时，也看到"历史"不断向前拓展的契机。应当说，无论从诗歌资源分配的重组，还是从传媒技术造成写作与传播日新月异的角度，诗歌写作固有的历史记忆都在遭至个人化及技术使用的挑战中产生了碰撞、纠缠的状态。但与停留在简单的代际划分与命名层面相比，如何深入进去探讨关于诗歌代际与命名的深层次、多义性问题，却是诗歌历史赋予诗人、研究者的任务与使命。所幸的是，历史总会为我们留下巨大的思索空间，并最终将"历史"留给未来。

写于 2010 年 5 月

"女性诗歌"的历史演进
——从理论批评到文本创作

文学史上常常有这样的现象：一种有特色的写作要到很多年后才得到公认的命名。上述过程包含着人们对于写作的认知限度，同时也需要某种理论或资源的融入。结合上述逻辑看待"女性诗歌"的概念，自二十世纪八十年代"第三代诗歌"写作中出现代表诗人与作品、初现"女性诗歌"的命名，到九十年代获得较为全面、合理的命名并得到相应的阐释，"女性诗歌"的生成、发展以及特有的内涵，生动地再现了写作命名与时代、资源和理论之间的互动关系。

一

作为一个共识性的观点，九十年代之后包括"女性诗歌"在内的所有命名如"女性文学""女性写作"等，都与八十年代中期西方女性主义理论和创作的本土传播有关。而后，才是出于命名的需要，对其进行整体化和具体化的区分与把握。这样的生成方式一方面使命名与写作之间存有一定的距离甚至是错位，一方面则使命名在初始阶段带有一种特有的紧迫感和焦虑感。当然，相较于八十年代文学其他文体创作，诗歌及其批评都堪称十分敏感。翟永明在组诗《女人》之前引用杰佛斯和普拉斯的诗句，证明其在创作《女人》之前已对西方女性写作有着较为深入的了解。组诗《女人》出现之后，当时尚为年轻的批评家唐晓渡就迅速写下《女性诗歌：从黑夜到白昼——读翟永明的组诗〈女人〉》，更是在八十年代最终使用了

"女性诗歌"的概念。"女性诗歌"紧随创作而生，早于后来各种以"女性"的命名，只是在当时人们似乎还未意识到这样的命名与写作会产生怎样的影响。

比较单纯的"女作家""女诗人"，"女性诗歌"是一个新的提法，它自出现之日起，就带有鲜明的性别意识和发现意识——

> 当我想就这部长达二十首的组诗说些什么的时候，我意识到我正在试图谈论所谓"女性诗歌"。
>
> 男女肯定不止是一种性别之分。因此，"女性诗歌"所涉及的也决非单纯的性别问题。并不是女性诗人所写的诗歌是"女性诗歌"；恰恰相反，在一个远非公正而又更多由男性主宰的世界上，女性诗人似乎更不容易找到自我，或者说，更容易丧失自我……
>
> 女性诗人所先天居于的这种劣势构成了其命运的一部分，而真正的"女性诗歌"正是在反抗与应对这种命运的过程中形成的。追求个性解放以打破传统的女性道德规范，摈弃社会所长期分派的某种既定角色，只是其初步的意识形态；回到和深入女性自身，基于独特的生命体验所获具的人性深度而建立起全面的自主自立意识，才是其充分实现。真正的"女性诗歌"不仅意味着对被男性成见所长期遮蔽的别一世界的揭示，而且意味着已成的世界秩序被重新阐释和重新创作的可能。
>
> 在我国，形成"女性诗歌"的可能性是随着"五四"前后民主主义运动的开展而获得的。尽管如此，迄今为止我们很少看到充分意义上的"女性诗歌"。此一现象当然不构成对现实生活中女性的政治和经济地位业已得到广泛改善这一基本事实的否定，却反映出她们在精神上获取真正独立的艰难。这里的原因是多方面的。然而归根结底，"女性诗歌"的形成不是一两个人的可以孤立创造的文化

奇迹，而是一种历史现象。[①]

　　为了能够对一种独特的、充满新质的写作加以概括，唐晓渡采用了"女性诗歌"的命名，这相对于以往的诗歌批评来说确实少见。结合已有的诗歌批评和诗歌史描述，冰心、林徽因、陈敬容、郑敏等的诗歌创作也曾被探讨过，但一般都是将其置于某种类型或是现象及流派之中并至少冠以"女诗人的写作"，从这个意义上说，"女性诗歌"的出场是一次创新性的探索，它在丰富人们认知的过程中将一种写作独立出来，从而完成了新的历史构造。当然，随之而来的问题则是以"女性"加"诗歌"的方式命名写作，虽在具体研究者那里有着较为全面、深入的界定与论述，但对于一般读者来说，它则易于产生望文生义的倾向即没有突出具体的、个性化的写作，这种情况在美国自白派女诗人西尔维娅·普拉斯的创作和西方女性主义（有的也译为"女权主义"）理论为本土学界所熟知后，似乎更有区别与重述的必要。

　　以九十年代较早描述当代女性诗歌发展轨迹的文章《当代女性主义诗歌》为例，作者崔卫平在文章的开始曾直接指出"女性主义诗歌"面临的处境——

　　　　中国当代"女性主义诗歌"是一个被延误了的话题。今天，连许多大学文科的师生，也不知道继舒婷之后，当代还有哪些写作先锋派诗歌的女诗人……在大型的诗歌和评论刊物上很少见到她们的名字，这给当代诗歌的蓬勃发展造成了不可弥补的损失。"女性主义诗歌"则是那些被忽略的声音中的一种声音。[②]

　　《当代女性主义诗歌》本是崔卫平为《当代诗歌潮流回顾·写

---

①　唐晓渡：《女性诗歌：从黑夜到白昼——读翟永明的组诗〈女人〉》，《诗刊》，1987 年第 2 期。

②　崔卫平：《当代女性主义诗歌》，《文艺争鸣》，1993 年第 5 期。

作艺术借鉴丛书》之《苹果上的豹——女性诗卷》所写的前言，该书于 1993 年 10 月由北京师范大学出版社出版。尽管没有阐释何为"女性主义诗歌"，但此文最突出之处是描述了当代女性诗歌的版图并强调了诗歌写作中的女性意识：虹影、陆忆敏、翟永明、张真、王小妮、赵琼、小君、林雪、唐亚平、伊蕾等诗人的作品均入选在册，而其使用"女性主义诗歌"但并未作解释似乎正说明其在具体应用时已不存在什么疑义。

在九十年代"女性诗歌"的研讨中，诗歌理论刊物《诗探索》曾起到相当重要的推动作用。"鉴于'女性诗歌'取得的引人瞩目的实绩及相应的诗歌批评的薄弱状况，也为了迎接世界第四次妇女大会在北京的召开"，《诗探索》于 1995 年第 1 辑先是集中推出了"女性诗歌研究"小辑和"女诗人自白"专栏，共计十篇文章。1995 年 5 月 20 日，《诗探索》编辑部又在北京文采阁邀集在京部分诗人、诗评家举办了"当代女性诗歌：态势与展望"座谈会，座谈会由《诗探索》主编谢冕、杨匡汉、吴思敬主持。与会者包括郑敏、屠岸、洪子诚、李小雨、沈奇、崔卫平、汪剑钊、臧棣、林祁、戴杰，荷兰莱顿大学汉学博士、北京大学国际访问学者贺麦晓以及《诗探索》编辑部的林莽、刘士杰、刘福春、陈旭光、陈曦、李华等参加了会议。"与会者就'女性诗歌'的命名与定位、态势与展望、实绩与误区，与西方女权思想、'自白派'诗歌的关系等问题，展开了热烈深入甚至在许多地方针锋相对的争议和探讨。"[①]其中，关于命名与界定究竟是"女性诗歌"还是"女性主义诗歌"，是此次会议争议较为热烈的话题。刘福春、汪剑钊、陈旭光为代表的研究者首肯"女性诗歌"概念，并以之作为思考问题的"行之有效的根本出发点"。在他们看来，"'女性诗歌'的概念，并不是无所不包的，而是有其相对明确的所指对象与适用范围……很明显，'女性诗歌'概念之出现于诗歌批评界，是在以翟永明、伊蕾、唐

159

---

① 陈旭光：《凝望世纪之交的前夜——"当代女性诗歌：态势与展望"研讨会述要》，《诗探索》，1995 年第 3 辑。

亚平等人的诗歌出现以后，诗论界试图对此现象作出自己的把握的一种努力。而这种努力及概念的有效性明显立足于翟永明的诗歌与许多女诗人的诗歌具有重大差异的事实之上。"陈旭光更是认为"女性诗歌"是一个典型的"以他定我"的概念，"没有西方女性主义思想的影响和自觉，没有诗歌中表现出来的与那些产生于西方，但在一个'地球村'的时代会很快成为公共财富的女性主义思想的某些契合，这个概念就不可能产生，也不可能获得诗论界的首肯。"此外，他们还强调指出："在文学史上，概念的使用在很多时候具有时间上的偶然性、享受'优先权'（如'达达主义''野兽派''朦胧诗'都是这样被历史所接受的）。从近年诗歌批评的实际情况看（甚至具体到《诗探索》此次的推出'女性诗歌'研究专辑），使用者对'女性诗歌'的所指是心照不宣的。说得直接一点，'女性诗歌'其实已经是'女性主义诗歌'的一种简称。"与这一种观点相对应的，是另一些与会者如吴思敬、崔卫平、贺麦晓、李小雨等不同意"女性诗歌"的命名。如吴思敬就认为"女性诗歌"的命名"范围太窄，画地为牢，把许多优秀的女诗人诗作排除了出去"。持这一种观点的学者"大都主张另设'女性主义诗歌'以专指翟永明等人的诗作"。崔卫平也认为"女性诗歌"不能把张真、王小妮、张烨等排除出去。女诗人李小雨对此问题更是有自己独特的看法。她认为"女性主义诗歌与女性诗歌是不同的。前者有女权的意味，即便是后结构主义文学理论中的这一术语也未能完全摆脱这种色彩……女性诗歌则全然不同，她是纯然的女性写作，是女性以自我的本身状态关注自身心理特征和生存境遇的写作，即以女性的眼光看世界"。①

从这场研讨会得出的结论可知："女性诗歌"在具体命名和界定上在当时还是存有类别上的争议的。以刘福春、汪剑钊、陈旭光为代表的主张使用"女性诗歌"的学者，其实是将"女性诗歌"与

---

① 以上引文，均见陈旭光：《凝望世纪之交的前夜——"当代女性诗歌：态势与展望"研讨会述要》，《诗探索》，1995 年第 3 辑。

"女性主义诗歌"等同起来，他们强调有无"主义"的"女性诗歌"都受到西方女性主义影响，使其所言的对象有着特定的时代背景、文化资源和具体指向。相比较而言，吴思敬、崔卫平、李小雨等学人的思考其实是将"女性诗歌"划分出更为具体的层次，即将女性诗人写作的诗歌总括为"女性诗歌"，而将翟永明等女诗人的创作列入"女性主义诗歌"，"女性诗歌"应当是比"女性主义诗歌"更为宽泛的概念，这样既注意写作范围整体性又强调其特殊性的思路，反映了一种新生概念在其命名初期特有的生成方式与过程。

二

对比理论家的探讨，女诗人对于"女性诗歌"有着不同角度的思考并始终与正在进行的写作有关。考虑到关于"女性诗歌"的言说及产生的影响力，以翟永明相关文章探讨女诗人对于"女性诗歌"的看法不失为一种有效的进路。在写于1985年的《黑夜的意识》一文中，翟永明曾言——

> 现在才是我真正强大起来的时候，或者说我现在才意识到我周围的世界以及我置身其中的涵义，一个个人与宇宙的内在意识——我称之为黑夜意识——使我注定成为女性的思想、信念和情感承担者，并直接把这种承担注入一种被我视为意识之最的努力之中。这就是诗。
>
> ……
>
> 我认为：女性文学从来就内蕴着三个不同趋向的层次。在不止一个灵魂的自白中，人们依次看到那种裹足不前的女子气的抒情感伤，和那种不加掩饰的女权主义，前者把纯情女子的寂寞、自恋、怀春聚束到支离破碎的情绪中，后者却仅仅将语言梳理成顺理成章的狭隘的观念，一种因果同一的行为，两者在各自的走向中似乎大相径庭，却又

不约而同地在普通人性意义上证明了自己的无足轻重。必须看到，在此之上，只有"女性"的文学才是最高层次。进入人类共同命运之后，真正女性的意识，以及这种意识赖以传达的独有语言和形式，构成了进入诗的真正圣境的永久动力。应当指出：大部分女诗人尚未意识到自身的力量，她们或者还仅仅停留在一个极其狭窄的小圈子里放大个人情感，或者被别人的思想和感受渗透，在并未理解和进入的情况下，成为某些男诗人的模拟和翻版。①

出自对以往女性写作的反思，翟永明以"黑夜意识"为自己的诗歌写作赋予新的生命力：对比以往文学史习惯的思维方式，"黑夜意识"是独立的，同时也是叛逆的，正因为如此，它又具有不折不扣的先锋意识。对于女性文学所谓的三个层次，发现新的写作方式的翟永明显然不满足"女子气"写作，同时也不沉湎于"女权主义"式的写作，她强调的是"女性"的写作。然而，在理想中的"女性"写作尚未成熟或普遍接受之前，女性只能依靠自己的力量和自身的觉醒。

客观看待翟永明这一时期的诗歌观念，通过体验的方式为自己独具特色的诗歌写作命名是其重要的特色。出于被某种简单命名所局限，她并没有使用"女性诗歌"的概念。她并不希望自己的写作被纳入到"女权主义"写作的范畴，然而，她的立场在特定的语境和历史传统面前却是最具"女权主义"或曰"女性主义"色彩的。因此，从研究者的角度，将其理解为"女性主义诗歌"以及当代女性文学的重要源头并不应当让人感到意外。正因为这样，"黑夜意识"这样的命名才显示出西方女性主义思想和中国当代诗歌写作交融之后的奇异之处，而此后，无论从思想上还是写作上，包括诗歌在内的女性写作都步入了一个新的历史阶段。

---

① 翟永明：《黑夜的意识》（1985），吴思敬编选：《磁场与魔方——新潮诗论卷》，北京师范大学出版社，1993 年版，第 140—142 页。

在组诗《女人》和《黑夜的意识》一文出现后不久，前文所述的唐晓渡的《女性诗歌:从黑夜到白昼——读翟永明的组诗〈女人〉》也随之产生，"女性诗歌"的概念也随即为诗坛所了解。"女性诗歌"在当时是否对翟永明产生了某种压力，并未有直接的证据。但从其写于 1989 年的《"女性诗歌"与诗歌中的女性意识》一文中，翟永明似乎一直对此命名抱以"警醒的态度"——

> "女性诗歌"似乎已作为某种风格和流派被广泛使用和被评论家界定，许多女诗人就此盖棺论定，成为"女性诗歌"的代表人物。但是，"女性诗歌"目前仍是一个含糊其辞、模棱两可的概念，它的确切定义是什么？是否严肃的学术讨论对此有过检验标准？如果说女性写的关于女性的作品是"女性诗歌"，那么男性写的关于女性的诗歌是否属于这个范畴？"女性诗歌"作为一种现象已越来越引起诗坛关注，但把女性题材的作品从诗歌中划分出来，是否会带来一些混淆？此外，"女性诗歌"这个提法也许会使女诗人尴尬，似乎她们的创作仅属旁支末流，始终未真正进入纯粹的诗歌领域。如果确有"女性诗歌"存在，那么，真正重要的纯正的文化标准是否应以性别这个偶然因素影响对女诗人的作品进行鉴定和评价？事实上，仍然存在着一种对女作者居高临下的宽宏大量和实际上的轻视态度，尽管现在有时是以对"女性诗歌"报以赞赏的形式出现。编辑和评论家对女诗人大开绿灯，于是渐渐形成读者喜闻乐见的"女性诗歌"；然而，涉及到对具体作品的分析评价，就会有许多限制性及大打折扣的方式。譬如我有两位诗友，平常对我的诗甚有好评，一次我却听见他们这样评论我的《静安庄》:女人嘛，写到这种地步就不错了。于是，有价值、有意义的就不是作品本身，而是性别的偶然性。基于这种普遍心理，对"女性诗歌"的赞誉就未见得让我们心安理得。也许我一直感觉到这种微妙差

别的存在，或者是出于狭隘的女权心理，因此在 1986 年"青春诗会"上表示过这种心愿："我希望自己首先是诗人，其次才是女诗人。"①

在"女性诗歌"以最初为诗坛接受的前提下，翟永明对其态度特别是存在问题的把握，显示了当代诗歌创作与批评之间的"缝隙"：这其中当然包括创作与理解之间与生俱来的无法完全调和的"分歧"，但更重要的是对"女性诗歌"命名下被遮蔽问题的反思。女性自身的局限性会造成题材的狭窄和个人的因素使"女性诗歌"产生"大量雷同和自我复制"的现象，批评的无效、性别视角和居高临下又使"女性诗歌"被推向"一个遥远的与诗歌无关的领域"，而"真正的'女性意识'不是靠这些固定模式来表现，它必定会通过女诗人的气质在她的作品中有所表现，无论她写的是何种题材以及何种表达方式。问题不在于'写什么'，而在于'怎样写'，'写得怎样'，这才是关键"②。力图通过写作证明自己，摆脱狭隘的性别认知视角，这种看法寄予了"女性诗歌"的理想，也理当成为"女性诗歌"的未来。

结合以上所述，我们大致可以看到：在"女性诗歌"发展过程中，理论家和女诗人由于持有的立场不同，而对"女性诗歌"在理解上也有很大的不同。但有一点可以明确，即他们共同参与了"女性诗歌"的历史建构且不断在汲取对方的经验以完善自己。至 1995 年 1 月，翟永明结合"女性诗歌"的现状深化了自己的观点——

> 要求一种无性别的写作以及对"作家"身份的无性别定义也是全世界女权主义作家所探讨和论争的重要问题。在中国，"女性诗歌"这个观念本身的确也含有较强的女权色彩。必须承认当代"女性诗歌"尚未完全进入成熟阶段，1986 年至 1988 年"女性诗歌"有过短暂的绚丽阶段，

---

① 翟永明：《"女性诗歌"与诗歌中的女性意识》，翟永明：《纸上建筑》，东方出版中心，1997 年版，第 230—231 页。

② 出处同上，第 232—233 页。

同时也充斥了喧嚣与混乱。近几年"女性诗歌"归于沉寂，究其原因，除了在命运及生活的重压下导致的部分女诗人退出写作，更重要的也在于女诗人正在沉默中进行新的自身审视，亦即思考一种新的写作形式，一种超越自身局限，超越原有的理想主义，不以男女性别为参照但又呈现独立风格的声音。女诗人将从一种概念的写作进入更加技术性的写作。无论我们未来写作的主题是什么（女权或非女权的），有一点是与男性作家一致的：即我们的写作是超越社会学和政治范畴的，我们的艺术见解和写作技巧以及思考方向也是建立在纯粹文学意义上的，我们所期待的批评也应该是在这一基础上的发展和界定。[①]

　　如果说重读写于 1985 年的《黑夜的意识》会发现其"充满了混乱的激情、矫饰的语言，以及一种不成熟的自信"，那么，经历十年的沉积与思考，翟永明期待的是由"女性诗歌"走向"诗歌"本身：女诗人应当从一种概念化的写作进入一种具体的、技术性的写作，从而和男性诗人写作享有同样的写作地位，进而推动诗歌和批评的发展。与之相应的是，进入九十年代之后，随着文化语境和生活方式的变化，曾经被标榜为"女性诗歌"代表的诗人如翟永明、唐亚平、伊蕾以及海男均发生不同程度的变化甚至是停止了创作。对于翟永明来说，标志其最终告别以往创作的诗歌作品是完成于 1992 年归国后的《咖啡馆之歌》，对于这部具有转折意义的作品，诗人曾自称："我找到了我最满意的形式，一种我从前并不欣赏的方式……通过写作《咖啡馆之歌》，我完成了久已期待的语言的转换，它带走了我过去写作中受普拉斯影响而强调的自白语调，而带来一种新的细微而平淡的叙说风格。"[②]的确，《咖啡馆之歌》语言平

165

---

① 翟永明：《再谈"黑夜意识"与"女性诗歌"》，《诗探索》，1995 年第 1 辑。
② 翟永明：《〈咖啡馆之歌〉以及以后》，翟永明：《纸上建筑》，东方出版中心，1997 年版，第 204 页。

和、讲究韵律节奏，而且还在关注现实生活场景中加入了大量的"戏剧性"的叙事成分，因此，其极具真实性的描绘方式不但为诗人提供了一种观察世界的新角度，而且，更为重要的是，它的出现还给诗人带来了更为广阔的创作背景与范围。而在这种崭新的叙述风格下，《重逢》《莉莉和琼》《道具和场景的述说》《脸谱生涯》等的出现不但标志着翟永明已经顺利地完成了诗学意义上的转变，而且，在类似《道具和场景的述说》《脸谱生涯》等以传统戏曲为题材的作品中，诗人还在一定程度上出现了向传统回归的现象。同样标志着"身份转变"并日趋引人瞩目的是已有多年创作历程的诗人王小妮。作为新时期以来诗歌特别是女性诗歌的亲历者和见证人，王小妮在九十年代所创作与提及的"重新做一个诗人"以及《不认识的就不想再认识了》的意义，正在于她反思以往创作和生活经历之后，在诗歌风格上做出了与新时期诗歌本身相契合式的转变。尽管，在具体的转变上，王小妮可能与舒婷、翟永明等几位具有时代意义的女性诗人存有不同，但在她身上，特别是在她那种融合"自然"与"超然"于一体的诗歌作品当中，读者正可以由此领略独特人格以及外部环境几经变迁之影响下，一个诗人最终走向成熟的写作历程。而相对于新时期以来特别是九十年代以来的诗歌而言，王小妮创作生命的常青以及被越来越多的诗人、读者所认可，正说明她本身的艺术高度和作品对诗界的潜在影响。

三

在随后的发展中，从 1997 年开始陆续由春风文艺出版社推出的"中国女性诗歌文库"，堪称"女性诗歌"发展史上的一件大事。"中国女性诗歌文库"由谢冕主编、国内一线诗歌批评家担任每一卷编选者并在卷首写有"导言"式的批评。该文库于 1997 年 10 月推出第一卷，包括《忧伤与造句——阎月君集》《我的纸里包着我的火——王小妮集》《是什么在背后——海男集》《黑色沙漠——唐亚平集》《结束与诞生——傅天琳集》《在诗歌那边——林雪集》《称之为一切——翟永明集》《内心生活——蓝蓝集》八种；1998 年 7 月推出第二卷，包括《梦中楼阁——张真集》《最初的天空——李琦集》《生命路上的歌——张烨集》《声音的雕像——李小雨集》《在夜的眼皮上独舞——林珂集》《风用它明亮的翅膀——杜涯集》《白色海岸——虹影集》七种。据参与者后来回忆，本计划还有《舒婷集》，但最终未出。相对于文库本身的题目，主编谢冕在"总序"中明显使用了更为宽泛的"女性诗歌"概念——

> 从一般的女性写作到我们此刻称之为的女性诗歌是质的递进。这恐怕是本世纪 70 年代结束社会动荡和思想禁锢之后的产物……
>
> 从中国新诗史来看，本世纪 70 年代以前的女性诗歌，其业绩的展现是断续而不连贯的，且未形成大的格局。集团式地大批涌现，量与质并重而高水平的突起，则是晚近 20 年间的事。这从全局来看是如此，若把视点集中于每一个女性诗人上，其笔下涌现的，更是多姿多彩，丰富而厚重。这些诗，除了继续和中国特殊的生存环境保持联系外（这是不论男性或女性均如此的），更把诗的触角伸延到生理的、心理的和文化的层面上。我们从这些诗人的创作中，不仅看到传统的诗人对于自己的家园、土地、社会的关怀，还看到在新的环境中生长的女性对于她们处身其中特殊的文化境遇的思考和把握，并以她们特有的直觉与感性的方式予以表达。这样的女性诗歌，当然是在形式上和内涵上较之以往有了更加广阔、更加深邃的拓展。[1]

167

谢冕的"总序"和"中国女性诗歌文库"的出版，首先使"女

---

[1] 谢冕："中国女性诗歌文库"总序，《称之为一切——翟永明集》，春风文艺出版社，1997 年版，第 2—3 页。

性诗歌"回归到历史化和本土化的语境之中。正如谢冕的"总序"是从中国女诗人的创作有很长的历史开始谈起，从古代的女诗人、女词人创作，到现代社会的女诗人接受思想的启蒙、渴望摆脱传统的桎梏，女诗人经历了争取和男人一样获得写作权力的阶段，"女性诗歌"同样是在不断发展中实现自身的进步。八十年代以来的社会语境为女性施展才华提供了前所未有的机遇，而事实上，"在诗歌领域中，女性作家的创造力和总的成果超过了、至少是毫不逊色于男性作家"。[①]从中国女性诗歌演变的历史考察"中国女性诗歌文库"的意义和展示的实绩，并以"中国女性诗歌"统摄全局，谢冕历史化的讲述方式一方面呈现了"女性诗歌"本身具有时代性和变动性的特点，另一方面则是将其作为中国诗歌的重要组成部分、落实其传统与根基，这种考察使任何一种有变化、有特色、融合外来资源的女性诗歌都存有可能性与相应的合理性，并以此呈现了整体化和具体化的特点。

中国女性诗歌可以做整体化考察，历代女诗人创作都可以纳入到这个整体之中。中国女性诗歌又处于变动的状态，不同时代决定其具有具体性的特点。"中国当代女性诗歌向我们展示了前所未有的丰富和坚卓，无论是对照古典诗歌的长河，还是相比于新诗前60年的进程，都无疑是一次'创世纪'意义的拓殖。她不仅以其与当代男性诗歌同步并进的规模和成就，充填了一个巨大的历史空缺，且以丰富有朝气的新鲜质素和非凡的表现，拓展了当代中国诗歌的精神空间与艺术空间，也为汉语诗歌加入到世界文学格局做出了一份特殊的贡献。"[②]没有女性诗歌长期的历史积淀，没有前人的实践，中国当代女性诗歌就不会在参照的过程中形成自己特有的艺术领地，"女性诗歌"也必将成为空中楼阁。"从阅读到研究，从个体到整体，中国当代女性诗歌均已拥有深厚的社会基础和历史效应，成为世纪之交中国文学之梳理与整合不可或缺的一个重要组成

---

① 谢冕："中国女性诗歌文库"总序，《称之为一切——翟永明集》，春风文艺出版社，1997年版，第2页。

② 出处同上，第3—4页。

部分。"①从具体的编选情况来看，"中国女性诗歌文库"既包括翟永明、唐亚平、海男这样女性意识鲜明而独特的女诗人创作，也包括傅天琳、李琦、蓝蓝这一类倾向于传统女性写作的诗人诗作。应当说，这样的编选和集中展示的方式符合中国当代女性诗歌多元发展的趋势，也利于广大读者的阅读和接受，同时也在一定程度上包含着对以往"女性诗歌"的界定与认知进行了总结。它的出现，说明从宽泛的意义上探讨"女性诗歌"并在具体言说时重视每一个女诗人的个性，是目前为止理解"女性诗歌"的最佳方式。

通过谢冕的"总序"和"中国女性诗歌文库"的出版，我们不难看出："女性诗歌"因为其不断发展的态势是一个流动性的概念，虽然在诞生阶段或短期内，它可以依据不同的写作有更为具体的命名，但随着时间的延伸，它只能通过整体化和具体化的认知方式指代更多的、不断处于增长状态的写作。也许，"女性诗歌"之"女性"以性别区分一种写作，会存在一定的限制，但综合看来，它却是为女诗人创作的最准确的命名。事实上，结合九十年代后期至新世纪初创作的发展流向来看，"女性诗歌"也会在涵盖其多元化发展的同时包容更多的内容。随着语境和写作的变化，九十年代女性诗歌越来越呈现出一种"突破中敞开"的态势，而这一趋势的出现与崛起于这一时期的青年女诗人有关。以十年间风头正劲的山东诗人路也的创作为例，虽然最初的写作也是从传统的题材如《萧红》《梁祝》《快乐无比的庆典》《瞬间或永远》等角度出发并偏重对爱情、青春的书写，但不久之后，渐次成熟和不断追求诗艺的路也就从这些青春期的焦灼中超拔出来，在《如果我有一个女儿》《迎接》《陪妈妈去医院》《陪床》以及温情款款的"冬冬系列"——如《女孩冬冬一个人的生活》《今生今世》《小站》等作品中，路也正以成熟女性对生活的理解以及或者直白而大胆的抒情，或者缠绵悱恻的叙述进行着关于人生以及女性命运的思考。而在《大白菜》《两个

169

---

① 谢冕："中国女性诗歌文库"总序，《称之为一切——翟永明集》，春风文艺出版社，1997年版，第4页。

女子谈论法国香水》《女生宿舍》《眉毛》等作品中，路也为我们展示的写作上的"新动向"更多是集中在对"大白菜"，以及日常生活场景中的"乱七八糟"的"女生宿舍"、美容院里的"眉毛"等种种世俗化情境的"书写"（这一点本身也与九十年代女性诗歌整体走向相契合）；而世纪之交的路也不但在《镜子》《尼姑庵》《单数》等作品中表达了鲜明的"身体写作"色彩，还在诗歌语言上出现了语言增殖、句子越来越长、叙事化成分不断加重的倾向。纵观新时期以来女性诗歌二十余年的发展历程，这种近乎回归翟永明时代的写作无疑代表一种新的写作动向，而与前者相比，注重清新、明晰和指向上的具体而不悬浮，恰恰是其于"突破中敞开"[①]的历史意义。同样标志在"突破中敞开"的还有诗人周瓒，在这位具有古今中外广泛阅读经验的女诗人笔下，知识性特别是接受西方女性诗歌和中国当代女性诗歌影响后，常常在作品中浸润的大量与此相关的意象和主题都使其与女性主义以及严格意义上的"女性诗歌"本身密切相关。但值得注意的是，与八十年代中期出现的悬置、封闭式的"黑色书写"不同的是，九十年代渐露诗名的周瓒更多在自己的女性诗歌中显现出对前者的超越。在《灵魂和她的伴侣》《长椅上的俩女生》《破碎》《相信》等作品中，虽然同样出现了女性之间的"镜像结构"和拒绝"男性到场"的倾向，以及在九十年代诗人中较为少见的心灵与生命的疼痛感，但周瓒的疼痛式表达却更多指向了女性群体，而由此透露出来的强烈情感和较为明显的文字控制，正是周瓒引人注目之处。不但如此，在诗人描述日常生活场景的作品中，体现于周瓒笔下对诗歌叙述速度和平衡感的控制也得到了较为完整的体现。对于这些新质，显然只有通过使用"女性诗歌"的命名才能将其完全概括在内。

---

① 张立群：《在突破中敞开——论路也诗歌风格的前后转变及其内在意义》，《诗探索》，2005年第1辑。

四

新世纪初较有代表性的"女性诗歌"研究可列举吴思敬的《舒婷：呼唤女性诗歌的春天》、洪子诚与刘登翰合著的《中国当代新诗史》（修订版）以及《中国诗歌通史·当代卷》中的"女性诗歌"部分。其中，前者的意义在于将"朦胧诗"主将之一舒婷的创作进行了"女性诗歌"的解读，从而在呈现"女性诗歌"可以和不同命名一起从不同角度指向同一个诗人创作的过程中，既丰富了对诗人的认识，也丰富了对每一个命名的认识。[①] 与之相比，洪子诚与刘登翰合著的《中国当代新诗史》（修订版）的突出特点是客观地、历史化地梳理了"女性诗歌"概念在八九十年代的理解，并提及可以纳入到这一阵营的一些女诗人——

> 将性别作为诗歌史的分类方式之一，主要基于女诗人在八九十年代取得了突出成绩这一事实；这从诗集出版状况中也可以得到说明。当然，人们在使用"女性诗歌"概念的时候，显然存在不同的理解。在一些时候和一些人那里，"女性诗歌"就相当于女诗人的诗。从较为严格的意义上说，女诗人写作上表现的"性别经验"，和诗歌的"性别"特征，应是"女性诗歌"的基本条件；因而不是所有的女诗人的写作，都可以归入这一范畴之中。在 90 年代，"女性诗歌"及其写作者的规模与成绩，是 80 年代所不能相比的。但是，诗界在使用"女性诗歌"的概念时，反倒更为谨慎、节制。其中原因之一是，诗人和批评家不愿意将"女性诗歌""表述为一个孤立存在的、高高在上的运动主体"，而可能把诗人、诗歌文本当作"另一意义上

---

① 吴思敬：《舒婷：呼唤女性诗歌的春天》，《文艺争鸣》，2000 年第 1 期。

的'副本'或'注脚'";如何以有效而充分的"诗学考虑"
来定义"女性诗歌",成为人们关注的更优先的问题。[①]

在此演变中,著者重点分析了王小妮、陆忆敏、翟永明的诗歌创
作,并提及唐亚平、伊蕾、张烨、海男、虹影、蓝蓝、唐丹鸿、
童蔚、尹丽川、周瓒、吕约、赵霞等诗人的创作与名字,其关于
八九十年代"女性诗歌"版图的描绘与《中国诗歌通史·当代卷》
有一定的不同。

《中国诗歌通史·当代卷》是首都师范大学中国诗歌研究中心
承担的重大攻关项目,成书后于人民文学出版社2012年6月出版,
主编为吴思敬。其第十二章"异军突起的女性诗歌"由笔者撰写,
计有三万余字,集中描述了1978年以后中国当代女性诗歌的演变。
该书的突出特色在于,在"鉴于诗歌史以往的具体实践,特别是对
一些诗人的挖掘、整理以及对八十至九十年代诗集出版情况的考
察,这里所言的'女性诗歌'是较为宽泛的"整体理念指引下,对
当代女性诗歌进行了历史阶段的划分和创作队伍的总体描述——

> 第一阶段(1978—80年代中期),主要是"文革"之
> 后女性诗歌的复苏,以及渐成声势的创作阵容。其中,当
> 时已届中年的郑敏、陈敬容、成幼殊、灰娃、王尔碑、郑
> 玲以及林子等都是很早进行诗歌创作并具有一定诗名的诗
> 人。[②]在这一阶段女性诗歌的创作队伍中,还有一批"青
> 年"诗人值得注意,舒婷、李小雨、傅天琳、张烨、陆忆
> 敏等在当时的崭露头角,同样为80年代女性诗歌的崛起

172

① 洪子诚、刘登翰:《中国当代新诗史》(修订版),北京大学出版社,
2005年版,第228页。
② 关于对郑敏、陈敬容、成幼殊、灰娃、王尔碑、郑玲以及林子等"中
年诗人"身份的划分,主要是依据其实际年龄和诗歌写作的年代。
其中,灰娃由于写作时代较晚,或许可以作为一个例外,但考虑行
文的方便以及归类的角度不过,这里从归类的角度划分,因此将其
列在一起,其具体内容可参见诗人的介绍部分。

咧烂苹果·锐批评文丛 第二辑

奠定了坚实的基础。

第二阶段（80年代中期—80年代末期），主要表现在接受西方女性主义思潮以及西方女性诗歌影响之后，当代女性诗歌中性别意识强化的写作倾向。当时，无论出现在翟永明、唐亚平、伊蕾、海男等诗人笔下的"黑色""黑夜"意象，还是大量以"女人"为主题或标题的诗歌文本，都使这一时期的女性诗歌明显区别于以往的诗歌创作。而作为某种外来文化的影响与资源，类似美国自白派女诗人西尔维亚·普拉斯等的创作，正是可以与这一时期女性诗歌叙述风格相对应的写作方式。只是，作为一种对诗人个体的有效阐释，西方女性主义理论是否可以完全解读这一时期的女性诗歌，仍是一个值得探讨的话题。

第三阶段（90年代），主要是指20世纪最后10年的女性诗歌创作。随着90年代文化转型后诗歌"集体意识"的减弱，以及对第二阶段女性诗歌创作的反思，90年代女性诗歌更多是以"个人化"的方式进行的创作。崛起于这一时期的女诗人由于其"知识性""经验性"，使90年代女性诗歌在关注日常生活场景和部分回归传统的态势中，呈现出某种新质。而在具体的诗歌创作中讲求对语言和技巧的关注，更是进入90年代之后，女性诗歌的一种整体性态势。值得指出的是，鉴于诗歌阵营的自然汇集以及诗人的创作实绩，所谓90年代女性诗歌队伍不但包括以上两个阶段的部分女诗人，还包括在这一时期显现出写作才华和诗艺日臻成熟的女诗人，王小妮、林雪、李琦、刘虹、骆晓戈等诗人被划分到这一阶段，正是出于这样一种考虑。[1]

---

[1]　吴思敬主编:《中国诗歌通史·当代卷》，人民文学出版社，2012年版，第464—465页。

《中国诗歌通史·当代卷》关于女性诗歌创作的描述主要以诗人创作为主线，其涉及的女诗人还有荣荣、娜夜和在世纪之交越来越显露创作实绩的一批年轻的女诗人如路也、鲁西西、安琪、叶玉琳等等。结合"女性诗歌"的历史演变，我们不难看出：从初期命名到九十年代的持续发展，"女性诗歌"在不同研究者那里一直因个体的不同有着不同的理解，而这种理解一旦从女诗人的立场看，或许更易凸显其个人性和独特性。随着创作和研究的不断深入与发展，"女性诗歌"越来越呈现出宽泛理解的趋势，这种依据女性诗歌创作多样性、多元化而形成的观念，反映了创作与研究的共生性和一致性以及随着历史的发展必然简约化的规律。"女性诗歌"是一个发展的概念，同时也是一个实践性显著的概念，性别是判断"女性诗歌"的重要甚至是唯一的标准，女诗人的创作在不同角度的认知下可以有多样化的命名（如"朦胧诗""第三代""70后"等等），这是"女性诗歌"的现实，同时也可以作为其未来发展的必经之路。

写于 2020 年 5 月

第三辑

网络诗歌及其热点
现象批判

"网络诗歌"的概念、生成与发展

一、"网络诗歌"的概念

"网络诗歌"这一概念是伴随着高速发展的互联网技术而产生的。自二十世纪九十年代以来，由于互联网逐步地普及与发展，诗歌登陆网络也逐渐由星星之火呈现为燎原之势。由于思维和媒介转变等主客观原因的存在以及"只缘身在此山中"的限制，人们对于"网络诗歌"的认知也是聚讼纷纭、人言人殊。首先，部分学者和诗人对"网络诗歌"的命名持质疑的态度。如诗人桑克在 2001 年刊载于《诗探索》上的文章中就曾这样写道："我一向不赞成网络文学这样的提法，也不赞成网络诗歌的提法，我觉得作为一个概念它还有许多问题需要解决。如果它和诗歌是平行的概念，那是违背常识的、根本不能成立的事情。不能因为到了互联网上，诗歌就成了另外的东西，标准也跟着变了。诗歌的标准还是诗歌的标准，变化的只是诗歌的形态。如果它是从属于诗歌概念的概念，那么它也是不准确的，因为网络本身是什么呢？它赋予了诗歌以什么样的新标志和新特征呢？如果把它命名为'网络体诗歌'似乎准确了一些，它至少点出了所谓的网络诗歌只是一种形态的变化，或者说形态上的巨大变化。"[1]同样的看法在其他诗人那里也得到了回应，如诗人伊沙就认为："我以为对诗人而言，不该有'网络诗歌'这个概念，诗歌以任何载体存在都不能降低它的至高标准——在此一点上，不论是作者还是读者的我，绝不妥协。"[2]诗人杨炼也认为："网络是网

177

---

[1] 桑克:《互联网时代的中文诗歌》,《诗探索》, 2001 年第 1—2 辑。

[2] 马铃薯兄弟编选:《中国网络诗典》, 江苏文艺出版社, 2002 年版, 第 295 页之"伊沙观点"。

络，诗歌是诗歌。除非真正把网络纳入诗歌自身的语言，否则网络还只是个发表园地。"①诗人马策则说："网络只是诗歌发布、交流的平台，如果说什么'网络诗歌'，这个概念目前还没准。"②结合上述诗人的看法，我们不难看出，网络诗歌之所以不能称之为"网络诗歌"的原因归纳起来大致有如下三点：其一是网络仅是诗歌的传播媒介之一；其二是网络上的诗歌形态只是传统纸媒上诗歌的简单复制；其三是诗歌的写作和评价标准没有发生根本的改变，"网络诗歌"的内核与本质与传统诗歌并无区别。从网络诗歌初期的发展状况来看，诗人们的否定和质疑不无道理，但随着网络技术的发展以及参与者的增加，"网络诗歌"已成为世纪之交不可阻挡的景观且形成一种浪潮。网络诗歌客观发展的现状使其成为跨世纪中国诗坛不可忽视的存在，它需要人们以理性的态度去认知并进行相应的解读，即使这种认知与解读会因网络诗歌的不断发展而处于过程式的、变动式的以及被迫应对式的。

国内"网络诗歌"概念的提出最早可以追溯至诗人杨晓民。对此，张晓卉在其博士论文中曾做如下描述——

网络诗歌这一概念最早出现在诗人杨晓民于1997年12月16日发表于《中华工商时报》的《网络时代的诗歌》一文中，《当代作家》于1998年转载时，将这篇文章改名为《网络环境下的诗歌写作》，之后，《诗刊》《星星》《中外期刊文粹》《中国青年报》《北京晨报》《文摘报》《中华读书报》分别对此文进行了转载或选摘。诗人杨晓民以其敏锐的理论前瞻和对于诗歌的由衷热爱，率先在大陆将网络诗歌这一概念推到了文学评论的前沿。《网络时代的诗歌》一文是大陆最早论述互联网时代诗歌特质和发展走向

---

① 原文出自杨炼2005年于"万松浦论坛"的发言，本文依据张延文：《网络诗歌研究》，郑州大学2006年硕士学位论文，第14页。

② 马铃薯兄弟编选：《中国网络诗典》，江苏文艺出版社，2002年版，第143页之"马策观点"。

的论文，是网络诗歌最初的自觉的理论建构，该文的发表在中国文艺界引起了较为强烈的反响。诗评家们称《网络时代的诗歌》一文从"理论上揭开了中国大陆网络诗歌甚至是网络文学的序幕"。

在这篇充满浓重的思辨色彩和理论激情的论文中，杨晓民解构了90年代的文本诗歌，着意建构信息时代"网络诗歌"崛起的新世纪图景，在一片废墟瓦砾中重构新诗的华美大厦。两者之间是否构成真正意义上的"对接和转换"还有待深入思考，暂且悬置一边。诗人对"网络诗歌"最初的理论思考却如空谷幽兰，是极其可贵的理论表述。杨晓民指出"网络世界的普及，特别是网络的开放性、游戏性、参与性、交互性，又为诗歌彻底打通走向大众之路开辟了一个新的视野——为现行诗歌的转换提供了可能，为大众阅读、写作、批评诗歌开辟了无限的前景"。[1]

之后，美国加州大学杜国清教授在1997年7月福建武夷山举行的"国际现代汉诗研讨会"上，提交的《网路诗学：二十一世纪汉诗展望》[2]也是较早涉及中文网络诗歌的学术论文。在文中，杜国清非常有远见地提出："由于开始席卷全球的国际网路（Internet）势将改变人类未来的生活方式和思考方式，因而可能产生出一种新的国际网路诗学（Internet Poetics）。"[3]接着，他从创作、构思、想象、意象、象征等方面探讨了网路诗学一些特殊性格和诗的效用。虽然杜国清对互联网中文诗歌形态的探讨处于笼统和粗疏的阶段，许多方面还显得陌生，更多方面还有待于深入了解和思考，但他这次探讨的起点要远远高于内地许多还处于社会学层面的关于"网络

179

---

① 张晓卉:《网络诗歌论纲》，苏州大学2007博士学位论文，第1页。
② 该文收入此次会议论文集《现代汉诗：反思与求索》，作家出版社，1998年版。而作为单篇论文，又发表于《东南学术》，1998年第3期。
③ 杜国清:《网路诗学:21世纪汉诗展望》，《东南学术》，1998年第3期。

文学"的讨论，可以说这是一种新的课题和研究方向的开始。①

鉴于杨晓民、杜国清较早阐释了"网络诗歌"或曰"网络诗"的诸多方面并引起了学界的关注，一些研究者开始介入这一领域的研究。2002 年 5 月，于明秀在其硕士论文中对于"什么是网络诗歌"给出了一个角度，即以"一个策略性的概念"将其界定为"在网络中传播的诗歌"。②同年，胡慧翼在其文章中"套用时贤说法"认为："'网络诗歌'是运用网络这个新的媒介和载体，来创作、传播、存储和阅读的新的诗歌样式，它不仅指运用网络的多媒体技术和超文本链接手段创作的诗歌，而且也包括文本诗歌的网络化形态，也就是在网上传播的文本诗歌。"③2003 年 3 月，王晓瑜在《网络诗歌：边缘处的呼喊》一文中强调："何为网络诗歌呢？最方便和最直观的理解应为使用因特网创作、传播和阅读的诗歌。"④2004 年 2 月，《河南社会科学》于本年度第 1 期推出了"专题之网络诗歌研究"，依次刊发了吴思敬的《新媒体与当代诗歌创作》、王珂的《网络诗将导致现代汉诗的全方位改变——内地网络诗的散点透视》、谢向红的《网络诗歌的优势与面临的挑战》、张立群的《网络诗歌的大众文化特征分析》四篇文章。这组文章由于集中探讨了网络诗歌的概念、发生、发展、现状以及特征等方面，涉及面广、论述程度深入，在后来探讨网络诗歌的研究中曾被多次提及和援引。在《新媒体与当代诗歌创作》中，吴思敬认为："广义的网络诗歌是从传播媒体角度来说的，一切通过网络传播的诗作都叫网络诗歌，它既包括文本诗歌的网络化，即把已写好的诗作张贴在电子布告栏上，也包括直接临屏进行的诗歌写作。狭义的网络诗歌则着眼于制作方式，指的是利用电脑的多媒体技术所创作的数字式文本。这种

① 桑克：《互联网时代的中文诗歌》，《诗探索》，2001 年第 1—2 辑。
② 于明秀：《缪斯和比特的相遇——网络、网络文学与网络诗歌》，首都师范大学 2002 年硕士学位论文，第 37 页。
③ 胡慧翼：《向虚拟空间绽放的"诗之花"——"网络诗歌"理论研究现状的考察和刍议》，《诗探索》，2002 年第 1 辑。
④ 王晓瑜：《网络诗歌：边缘处的呼喊》，《重庆三峡学院学报》，2003 年第 2 期。

文本使用了网络语言，可以整合文字、图像、声音，兼具声、光、色之美，也被称为超文本诗歌。"①在同期发表的文章中，张立群则结合网络诗歌当时的现状指出："网络诗歌的概念目前大致可以归纳为：在网络上创作并通过网络发表的、可以获得广泛迅速阅读与交流的网络原创性诗歌作品。"②是年 3 月，霍俊明在其文章中写道："网络诗歌，从诗歌的本体学意义上讲，它只是诗歌的形态之一，和传统的纸质诗歌相比只是传输形态的不同，其审美价值和评判标准是一致的。"③5 月，王本朝在《江汉论坛》上也发表了相关文章，认为："网络诗歌，准确地说就是以网络为载体写作、发表和传播的诗歌。网络既是诗歌的载体形式，也是诗人的生存方式，诗歌的传播方式和读者的阅读方式。"④2006 年 5 月，李广玲在其硕士论文中以分类的方式对网络诗歌进行了描述——

> 我们可以认定，那些离开了网络便无法存在的网上原创诗歌，是最典型的网络诗歌形态；而诗歌写手们在线写作或线下完成后放到网上并以网络作为第一传播媒介的诗歌作品，亦可称作网络诗歌；还有一种，即如果充分利用网络特有的技术和特性作为手段，对既有的诗歌作品进行再创作，比如：界面多体化，或者配上了与之相适应的各种形式的音乐或朗诵使之诉诸听觉；或者加上大量超文本链接等等，也可称作网络诗歌。因此说，网络诗歌可包括网络再创作诗歌和网络原创诗歌两类。⑤

同样的观点在樊蓉笔下也得到印证："网络诗歌是以网络为平

① 吴思敬：《新媒体与当代诗歌创作》，《河南社会科学》，2004 年第 1 期。
② 张立群：《网络诗歌的大众文化特征分析》，《河南社会科学》，2004 年第 1 期。
③ 霍俊明：《塑料骑士·网络图腾·狂欢年代——论新媒质时代的网络诗歌写作》，《河南社会科学》，2004 年第 2 期。
④ 王本朝：《网络诗歌的文学史意义》，《江汉论坛》，2004 年第 5 期。
⑤ 李广玲：《网络诗歌论》，山东大学 2006 年硕士学位论文，第 7 页。

台，进行存储、创作和传播的一种诗歌样式。它有广义和狭义之分。广义的网络诗歌，包括在网上在线创作及非在线创作但存储在网上可供交流与传播的一切诗作；狭义的网络诗歌则特指运用技术手段，即超链接技术制作的超文本诗歌和多媒体技术制作的多媒体诗歌。"①结合以上论述，我们可以发现，关注网络诗歌的研究者主要是从三个方面来定义"网络诗歌"的：第一，是从传播媒介的角度出发，认为所有在网络上传播的诗歌都可称为"网络诗歌"（广义的网络诗歌）；第二，是从诗歌创作的角度出发，强调诗歌在网络上首次发表的原创性特质（狭义的网络诗歌）；第三，是从诗歌形态的角度出发，指运用多媒体技术而形成的超文本诗歌，可以融合视听并产生迥异于传统诗歌的阅读感受。由于网络诗歌处于持续发展状态，真正的原创网络诗歌还需思维和技术层面的转变，所以，在界定"网络诗歌"时，研究者难免以层次和范围叠加的方式概括这一新生的诗歌样式，不过，这似乎说明"网络诗歌"还处于新生状态，还有很长的路要走。

随着 2013 年 6 月欧阳友权所著的《网络文学词典》的问世，网络诗歌被定义为——

> 广义的网络诗歌指涵盖所有以诗歌形式出现并借助网络媒体进行传播的文字，也就是说，只要在网络上存在的诗歌都可归入此范畴。狭义的网络诗歌仅为直接在网络上创作并主要或者率先以网络为渠道传播的诗歌，即由网民在电脑上创作，通过网络发表，并由其他网民进行阅读、参与评论的诗歌作品。②

"网络诗歌"的概念大致告一段落。对"网络诗歌"的认知虽未超出已有的认知水平，但其却真实反映了中国当代网络诗歌的现状及

① 樊蓉：《网络诗歌之我见》，《安康学院学报》，2007 年第 2 期。
② 欧阳友权主编：《网络文学词典》，世界图书出版公司，2014 年第 2 版，第 43—44 页。

发展水平。"网络诗歌"需要技术上的支持，也需要思维的转变，更需要理论的建构，这对于从传统诗歌写作一路走来的诗人们和研究者们来说，确实需要时间。真正意义上的网络诗歌同样需要在阅读、传播中获得生命力，从这个意义上说，网络诗歌的读者数量及其参与意识和程度，也会对网络诗歌的发展具有不可忽视的作用和意义。

二、网络诗歌的生成与存在形态

互联网及汉字处理软件的产生催生了华文网络文学，而作为华文网络文学的一个分支，华文网络诗歌首先兴起于美国。对于华文网络诗歌的发端，暨南大学蒙星宇在其博士论文《北美华文网络文学二十年研究（1988—2008）》中曾做如下介绍——

> 1991 年 12 月之前"中文诗歌网络"创建，这是全球第一个华文网络纯文学交流群。它由纽约大学布法罗分校（State University of New York at Buffalo）的王笑飞创建，这个纯文学交流群的成员来自美国、加拿大、英国、丹麦、澳大利亚、法国等国家，大家以电子邮件的形式随时随地交流诗歌和其他文学作品。"中文诗歌网络"的具体创建日期已难以考证，最早的记录为 1991 年 12 月 20 日《华夏文摘》第 38 期的介绍："中文诗歌网络"是为诗歌爱好者分享和讨论诗歌而建立的。目前有二百多人参加。[①]

183

通过网络交流与分享诗歌，不久后第一篇华文网络原创诗歌产生，"1992 年 5 月 1 日，奥利根州立大学（University of Oregon State）的

---

① 蒙星宇:《北美华文网络文学二十年研究（1988—2008）》，暨南大学 2010 年博士学位论文，第 16 页。

博士生图雅在《华夏文摘》第 57 期上发表的诗歌《祝愿——致友人》，是目前出现的第一篇华文网络原创诗歌。'当你升起船帆，波涛涌起，风把你的头发搅乱……你揭开缆索，命运就在手里，未来却依旧遥远……'"[1] 1995 年 3 月，"橄榄树"创建，"这是北美第一个华文网络原创诗刊。诗阳、鲁鸣、亦布、秋之客、马兰、祥子、建云、梦冉、京不特、桑克等网络诗人，以该电子诗刊为核心形成了第一个北美华人网络诗人群。"[2]对于"橄榄树"的界定，桑克认为"'橄榄树'是个综合性的文学网站，虽然它不是单纯的诗歌网站，和我们限制的研究范围有一定的区别，但我还是有充分理由认为它是中文诗歌网站的先行者"[3]。

目光转向中国，从 1987 年钱天白教授向世界发出中国第一封电子邮件"越过长城，通向世界"，到 1994 年我国以"中国国家顶级域名"即".cn"为域名加入国际互联网，中国的互联网技术迅猛发展，网络诗歌的网站首先出现在台湾和香港。当然，如果具体到网络诗歌的写作，欧阳友权在《网络文学词典》"网络诗歌"词条中曾有这样的记录："狭义的中文网络诗歌诞生于 1993 年 3 月，网友诗阳首次使用电脑大量创作诗歌并在互联网发表，诗阳成为历史上第一位中国网络诗人。"[4]诗阳是"第一位中国网络诗人"的论断曾在众多研究网络诗歌的文章中出现，只是作为一个特定范围、特定时间内的判定，还可做进一步的考证。

对于中国当代网络诗歌发展的历史，诗人桑克在《互联网时代的中文诗歌》文章中曾做如下推测——

我想最早的萌芽也许是诞生在某个大学教育网或者

① 蒙星宇:《北美华文网络文学二十年研究（1988—2008）》，暨南大学 2010 年博士学位论文，第 15 页。

② 蒙星宇:《北美华文网络文学二十年研究（1988—2008）》，暨南大学 2010 年博士学位论文，第 19 页。

③ 桑克:《互联网时代的中文诗歌》，《诗探索》，2001 年第 1—2 辑。

④ 欧阳友权主编:《网络文学词典》，世界图书出版公司,2014 年第 2 版，第 44 页。

商业网络公司的一个简单的 BBS 诗歌讨论区。大陆各大学早期的 BBS 诗歌讨论区中，1995 年或者是 1996 年创办的清华大学"水木清华"诗歌讨论区，当时在国内具有很高的名望，其他大学的"华南木棉""饮水思源""白山黑水""日月光华""逸仙时空""白云黄鹤""一塌糊涂"等，在大学生中也拥有很强的号召力，而像"新浪·读书沙龙、艺术长廊""网易·诗人的灵感、开卷有益""榕树下""清韵书院"等商业网站以及各省市邮电系统的信息港诗歌讨论区，也都有很多的拥趸，具有比较大的影响，但是从严格意义上讲它们都还不是单纯的诗歌网站。……根据浏览的经验以及中文互联网初期的发展状况，最早的中国诗歌网站也很有可能是在台湾产生的。①

之后，桑克又在文章中列举了台湾诗人杨平主持的"双子星"网站，并指出其开通时间大致为 1997 年 6 月。此外，桑克还按照出现时间的顺序，列举了香港诗人杜家祁在 1997 年底或 1998 年初创办的诗歌网页"新诗通讯站"（http : //www.ilc.cuhk.edu.hk/chinese/poetry.html）。它共设有"前档案""留言版"和"发表区"等栏目，定期刊登的网主笔记提供了大陆诗歌之外的一种新观点。②

　　大陆的诗歌网站虽起步较晚，但就其发展规模看，却对网络诗歌的传播起到了巨大的推动作用。通过梳理其历史、关注有影响的网站，可以了解大陆网络诗歌的发展史。

（1）界限（http : //www.limitpoem.com）

　　中国大陆第一家网上诗刊"界限"于 1999 年 11 月 24 日正式推出。桑克在文章中提到"他（李元胜）在 1999 年 11 月创办了诗

---

① 桑克：《互联网时代的中文诗歌》，《诗探索》，2001 年第 1—2 辑。
② 桑克：《互联网时代的中文诗歌》，《诗探索》，2001 年第 1—2 辑。

歌网站'界限'（http：//www.limitpoem.com），它是从久负盛名的重庆文学网站衍生出来的，它最初用的是虚拟域名，比起很多一开始只做免费论坛或者免费个人主页的站点来说，它的技术起点是比较高的，而且内容要丰富很多。其中由内地各省十几个诗人任编委的《界限诗刊》是传统媒质诗刊在网上的延续。《界限诗刊》还出了英文版，这为中文诗歌的对外交流提供了新的思路。……'界限'的开通对中文互联网诗歌的发展起了很大的推动作用，尤其它主办的'汇银诗歌奖'和'柔刚诗歌奖'使一向缺少扶助的诗人得到了鼓舞"[1]。李元胜自己在《界限：中国网络诗歌运动十年精选》序言中写道："'界限'网站的问世极大地刺激了关注诗歌的人们的热情。之后的2000年，是诗歌网站和论坛疯狂诞生的一年。'诗生活''灵石岛''或者''诗江湖''扬子鳄'等优秀诗歌网站或论坛都在2000年相继横空出世。中国网络诗歌运动正式拉开了序幕。"[2]

（2）灵石岛（http：//www.lingshidao.cn）

"灵石岛"创建于1999年11月27日，最初是个人诗歌主页。2000年3月创建汉诗库，后分为新诗库和古诗库，5月创建译诗库和外文诗库，7月开始使用lingshidao.cn的国际域名，并创建诗歌理论库。2001年11月吸收诗人救护车，后者成为灵石岛的救护分站。截至2005年4月，共收录新诗3998首，古诗110205首，译诗3708首，外文诗21254首，古今中外诗论301篇，专栏诗人79位。[3]张晓卉在《网络诗歌论纲》中谈到"《灵石岛》是网上最负盛名的诗歌仓库之一，它出版有网刊《灵石岛周刊》等，每周以电子邮件的方式发送各类诗歌精品。它的创办者灵石（李永毅），灵石

---

① 桑克：《互联网时代的中文诗歌》，《诗探索》，2001年第1—2辑。
② 李元胜：《界限——中国网络诗歌运动十年精选·序》，《青年作家》，2010年第3期。该文也收入西叶、苏若兮编：《界限：中国网络诗歌运动十年精选》，重庆大学出版社，2010年版。
③ 引自灵石岛中"关于本站"：http：//www.lingshidao.cn/guanyu.htm

岛资料库全部工作由他一人负责，旨在通过扫描、输入和搜集网上资料建立一个资源相对集中的诗歌库"。[1]

（3）诗生活网（https：//www.poemlife.com）

"诗生活网"由莱耳、小西、白玉苦瓜、桑克于 2000 年 2 月 28 日创建。创建者之一的诗人桑克在文章中曾这样回忆："2000 年 2 月 28 日，我（内容总监）和莱耳（行政总监）、白玉苦瓜（总版主）、小西等创办的'诗生活'网站开通了。'诗生活'是中文互联网第一个拥有独立国际域名和独立服务器的非商业性的诗歌网站。"[2]"诗生活网"是中国互联网诗歌网站的先行者，第一个拥有自己独立的域名和空间，第一家拥有专业的服务器，设计了第一个基于 Web 页面专业的新诗论坛、翻译论坛和儿童诗论坛，第一家向诗人开放的专业的自助式专栏，建立了第一家网络诗歌通讯社、第一家网络诗歌书店等。目前"诗生活网"包括"诗通社""诗人专栏""评论专栏""翻译专栏""诗观点文库""诗歌专题""社区"等版块，拥有汉语诗歌网站中最专业、最严格、数量最多的诗人、评论家及翻译专栏。目前有二十多位来自世界各地的汉语诗人及诗歌爱好者在为网站志愿服务。[3]"诗生活网"的版块设置决定了它的品位与特色，如胡慧翼就曾在文章中对其进行过如下的评价："诗生活"网"麾下聚集了一大批以北京大学诗人为核心的诗人群体和许多诗歌爱好者，写作上偏向于学院气息，追求艺术上的独立、平等、互动和包容。浏览'诗生活'网页，会发现它的主页设计格调高雅，清新自然，不同一般"[4]。

---

[1] 张晓卉：《网络诗歌论纲》，苏州大学 2007 博士学位论文，第 12 页。
[2] 桑克：《互联网时代的中文诗歌》，《诗探索》，2001 年第 1—2 辑。
[3] 引自"诗生活"网站"关于诗生活"，https：//www.poemlife.com/index. php？ mod=about&str=aboutus
[4] 胡慧翼：《向虚拟空间绽放的"诗之花"——"网络诗歌"理论研究现状的考察和刍议》，《诗探索》，2002 年第 1—2 辑。

（4）诗江湖（http：//www.wenxue2000.com）

能称得上"大牌"的还有创办于 2000 年的"诗江湖"网站，他们打出的口号是"中国先锋诗歌论坛""诗歌民间刊物发布中心"。和"诗生活"孤高自赏的"书卷气"相比，"诗江湖"更带有野性难驯、虎虎生风的"江湖气"，广聚天下英雄、民间草莽，挑战权威、反叛传统，追求艺术上的独树一帜，先锋前卫姿态引人注目，风格上更加倾向于口语化的创造。①

（5）扬子鳄诗歌论坛（http：//yze.clubhi.com）

刘春 2006 年 10 月在广西师范大学访谈时谈到：首先应该说明，"扬子鳄"最初不是我创办的，而是麦子等诗人在 1988 年创办的。当时还是铅印的诗报。我是从 1995 年开始介入，和麦子携手共同出资编了四期后，于 1997 年因经济窘迫而停刊。2000 年 6 月，我重新创办扬子鳄网络诗歌论坛，独自承担所有工作。随后又创办了《扬子鳄》诗刊，至今已出版 6 期。因为"扬子鳄"不是我首创的，所以最初的命名缘由我不得而知。照我个人的理解，麦子等人把诗报作如此命名，应该和当时的文学环境有一定的联系。众所周知，二十世纪八十年代的诗歌界是十分崇尚探索性的，而在人们印象中，新鲜的东西肯定具有某些"凶猛、怪异的特性"，所以，诗报命名为"扬子鳄"也就顺理成章了。而在距 1988 年 12 年之后的 2000 年，诗歌的状况有了一些变化。我认为诗歌形式上的探索虽然重要，而对支撑诗人灵魂的事物的依赖更是日益凸显，诗歌问题不能仅仅停留在"诗歌"本身，而应该扩展到更宽广的领域。诗歌可以写成传统模样，也可以不像"诗歌"，在"旧"中发现"新"

---

① 胡慧翼：《向虚拟空间绽放的"诗之花"——"网络诗歌"理论研究现状的考察和刍议》，《诗探索》，2002 年第 1—2 辑。

同样是一种难得的能力。因此，我在上海乐趣园申请创办扬子鳄诗歌论坛（http://yze.clubhi.com）时，在"论坛说明"一栏中写下了这样一句话："以当代诗歌创作与研究为主，涵纳其他文体。力求具有扬子鳄般的敏锐与活力。"——请注意：我强调的不是扬子鳄的"凶猛和怪异"，而是"敏锐与活力"。①

（6）诗歌报（http://www.shigebao.com）

诗歌报网站由网络诗人小鱼儿于 2001 年 5 月创立，前身为"中华诗歌报"，后更名为"诗歌报"。诗歌报网站是一个集网站、论坛、网刊、纸刊为一体的大型华语原创诗歌网站，至 2007 年约有七千多注册会员，并有海量的来自全球的未注册浏览者，每日论坛帖子约一千七百篇，网站还举办众多网下活动（朗诵会、聚会、诗会），编辑《诗歌报》丛书等出版物，2002 年度举办了第一届"华语网络诗歌大展"，诗歌报网站还与一些高校、单位多次合办协办了有一定影响的诗歌活动，主持评选每年的"华语网络诗歌发展十大功臣"和主持了"华语网络诗歌论坛风云榜"，网站还创立了"诗歌报年度诗人奖"等奖项与活动。诗歌报的基本宗旨是：向外界推荐好诗歌，让诗歌走向读者！

（7）女子诗报（http://www.sunpoem.com/nzsb/）

结合资料可知："女子诗报"就其历史可上溯至二十世纪八十年代。《女子诗报》1988 年 12 月创刊于四川西昌，主要发起人为晓音、钟音、谈诗、小林、枫子、阿曼等。它是中国当代诗歌史上第一个女性诗歌群体。刊物出版形式为铅印对开大报。"女人写、女人编"是《女子诗报》一贯的宗旨。"反女性意识写作，建立一

189

---

① 引自扬子鳄诗歌论坛——刘春访谈，http://blog.sina.com.cn/s/blog_5252e93401009s7o.html

个崭新的女性诗歌审美体系"是《女子诗报》试图抵达的终极目标。2002 年 6 月、2002 年 12 月、2003 年 11 月《女子诗报》分别在互联网"千秋文学""核心诗歌""乐趣园"网站建立了以中国首家女性诗歌刊物《女子诗报》《女子诗报年鉴》为依托的女性诗歌主题论坛——"女子诗报论坛"。论坛汇集了唐果、白地、七月的海、寒馨、西叶、施雨（美国）、施玮（美国）、虹影（英国）、王小妮、周瓒、君儿、白兰、李轻松、李明月、荆溪、冰雪莲子、李见心、梦乔、上善若水、沈利、安琪、丁燕、尘埃、丹妮、赵丽华、碧青、诗琦、夏雨、兰逸尘等女诗人。该论坛以其"民间性、先锋性、包容性"为中国当代女性诗歌的创作提供了一个完整而全面的聚集地，同时也为诗歌评论界提供了最直接、最具权威性的女性诗歌文本。网站设有论坛、诗人专栏、网刊阅读、诗报相册、诗人档案、诗报资料库、诗报邮箱等栏目。

从双子星、新诗通讯站、界限、灵石岛、诗生活、诗江湖、扬子鳄、诗歌报、女子诗报开始，2000 年前后成为中国诗歌网站迅猛发展的阶段。在 2002 年出版的《中国网络诗典》收录的"中国诗歌网站、诗歌论坛名录"中，各地涌现的中文诗歌网站已有六十三家。[1]至 2004 年，各地出现的中文诗歌网站已有一百家。[2]随着诗歌网站如雨后春笋般生长，网络诗歌也具有相应的品牌效应，如由国内著名的社区门户网站乐趣园、《诗选刊》等机构主办的"1979—2005 中国十大杰出诗人暨乐趣园首届十大网络诗人评选"活动评出的十大诗歌网站论坛名单中，就分别有《他们》《诗生活》《或者》《不解》《扬子鳄》《流放地》《北京评论》《女子诗报》《诗歌报》《诗江湖》上榜。[3]而在一些研究者那里，网络诗歌的蓬勃发展更被描述为另一番图景——

---

① "中国诗歌网站、诗歌论坛名录"，马铃薯兄弟编选：《中国网络诗典》，江苏文艺出版社，2002 年版，第 405—409 页。
② 王本朝：《网络诗歌的文学史意义》，《江汉论坛》，2004 年第 5 期。
③ 张晓卉：《网络诗歌论纲》，苏州大学 2007 博士学位论文，第 14 页。

2001 年是网络诗歌全面崛起的一年，它的标志是一批诗歌网站的创建和网络诗人的出现，以及网络诗歌美学的提出和自觉追求。也正是在这一年，围绕网络诗歌怎么写和写什么的问题，在"橡皮""唐""个"和"诗江湖"四个网站上展开了四次大争论，沈浩波与韩东，伊沙与沈浩波，徐江、萧沉与韩东、杨黎，韩东、杨黎与于坚等分别就网络诗歌的形式和意义展开了论战，从外部到内部，从关联到分裂，从此出现了一个网络诗歌的"江湖"世界，出现了各种派别与旗号，诸如"民间派""70 后""第三代""下半身写作""物质派"，不一而足。甚而可以说，有多少诗歌网站就有多少网络诗歌派别。[①]

随着诗歌网站此起彼伏，各个"派别""主义"竞相登场，进入网络化时代的诗歌不可避免地出现关于网络诗歌创作理念、发展方向等方面的论争。其中有些属于派别的内部纷争，有些则属于外部的甚至是网站与网站之间的论争。不过，无论是哪种论争，都体现出新世纪"网络诗歌"的热闹非凡与蓬勃的生命力。

2000 年初，对于"下半身"诗歌派别的形成，一部分人认为"下半身"的横空出世打破了沉寂许久的诗坛，是极具先锋性质的写作。如伊沙说："我在沈浩波们身上所看到的是：有那么几个年轻人不甘于在'70 后'的商业符号下写作，不甘于与'70 后'的芸芸众生走共同富裕的道路，不甘于你好我好他也好地成为'朋友们'，不甘于在'第三代'后的美学温室中成为无法辨认的花朵，他们拉出来然后跳出来，组建和创办具有鲜明追求和先锋倾向的《下半身》——对此，我不敢说我支持，就算我是他们的前辈和兄长也不敢说出这样的鸟话，而'老诗人'的反对则永远是屎——对此，我只能说我在寻求加入。"[②]还有一部分人对"下半身"理论及这种"举

191

---

① 王本朝：《网络诗歌的文学史意义》，《江汉论坛》，2004 年第 5 期。
② 伊沙：《我所理解的下半身和我》，《下半身》，2000 年 7 月创刊号。

旗占山"行为给予批评乃至叫骂。如诗人灵石的文章《我不能再沉默了》中写道:"名欲熏心可以使人昏聩到何种程度! 口口声声说对文学史不感兴趣, 却处心积虑地制造文学事件, 典型的文化投机主义者。"[1]诗人马策说:"'下半身'的出场, 徒有身体的快感, 但不具备写作的社会学意义, 理念和语言的建设它都无力承担。它只不过是中国诗歌领域内的恶俗的色情小段子, 是展览者和察看者躯体与躯体的一次相互奔诱, 一场拙劣的文化施暴, 一出意外的江湖闹剧。"[2]

2001 年 1 月的韩东、沈浩波之争, 起因是 2000 年 8 月在南岳衡山召开"九十年代汉语诗歌研究论坛"。沈浩波在其专题论坛"九十年代诗学建设和汉语诗歌的文本研究"的发言中谈到:"我今天的发言更多的也是批判性的。但我今天不再批判知识分子写作。我要说的是我以前经常夸奖、提及的那些诗人, 包括于坚、韩东, 包括后来称之为泛口语写作的徐江、侯马、阿坚、贾薇。他们是不是也应该对这个时代负一点责任?"[3]在发言中沈浩波围绕"先锋"对诗坛上数十位诗人都展开了批评。韩东随即在 2000 年第 12 期《作家》上予以反击, "最近我听说一位新的诗坛权威发明了如下公式:文学 = 先锋, 先锋 = 反抒情。并且声称自己要'先锋到死', 且不说先锋到死有多么的煽情, 以上公式也太白痴了一些。而且误人。"[4]对于韩东的反击, 沈浩波在 2001 年第 3 期《作家》发表文章《不仅仅说给韩东听》中回应:"韩东的这次言论是对我在衡山诗会上发言的反应, 我在衡山大谈先锋, 这令很多诗人受不了, 在网上, 对我的攻击更是铺天盖地。……我恐怕也没有说你韩东的诗歌因为不再先锋了, 所以就不是诗不是文学, 更没有说先锋就仅仅是

① 灵石:《我不能再沉默了》,《下半身》, 2000 年 7 月创刊号。
② 马策:《诗歌之死——主要是对狂奔在"牛逼"路上的"下半身"诗歌团体的必要提醒》,《诗生活月刊》, 2001 年第 1 期。https://www.poemlife.com/data/magazine/2001-01/p101.htm
③ 引自"2000 中国诗坛衡山论剑"资料——沈浩波论坛发言。http://blog.sina.com.cn/s/blog_49948c0801000427.html
④ 韩东:《竖和他的广州赛马场》,《作家》, 2000 年第 12 期。

反抒情。但是毫无疑问，由于缺乏了先锋性，我认为你韩东在九十年代的写作大部分是失效的，而缺乏先锋性的基本表现就是才子式的小吟咏……"[①]此次论争波及范围较广，前后卷入其中的诗人、作家、评论家据伊沙统计有四十余位。[②]"此次论争最终以丁龙根连续发出针对女诗人尹丽川和其他人的言辞极为下流的帖子，而被南人（《诗江湖》版主）公布了IP，遭到韩东方面以撤出并宣告今后不再登陆《诗江湖》为抗议而告结束。"[③]此外，发生于2001年较为引人关注的网络诗歌论争还包括伊沙与沈浩波之争，徐江、萧沉与韩东、杨黎之间的论争，韩东与于坚之争。

2002年的网络诗歌论争，主要包括围绕朱子庆的《炮轰：与诗歌的庸俗和平庸斗争》、远洋的《一股浊流——从"反文化"到"下半身"》、汉上刘歌的《三足鼎立的当代中国诗坛》三篇理论文章进行的论争。2003年5月，发生于"垃圾派"内部的争论，最终又转化为"垃圾派"与"下半身"的第一次正面冲突。2004年9月，《极光》论坛上发生了围绕口语写作、身体写作等问题进行大范围的争论。2005年6月，林童、谯达摩又曾产生关于"第三条道路"的论争。2005年12月，张嘉谚和龙俊之间产生了关于"低诗歌"命名的争论。2006年8月26日，刘诚在乐趣园创建第三极诗歌论坛，正式提出有争议的概念"神性写作"。2006年9月13日，网上又出现了赵丽华的"梨花体"事件，等等。从上述网络诗歌发展史可以看到：关于"网络诗歌"的论争从未停歇，"网络诗歌"就是这样一边伴随着争吵、一边跟随着技术的浪潮继续向前发展。

① 沈浩波：《不仅仅说给韩东听》，《作家》，2001年第3期。
② 伊沙：《中国诗人的现场原声——2001网上论争回视》，伊沙所列的卷入论争的包括与《他们》（含前后两个时期）、非非诗人（含前后两代）以及所谓的"北师大帮"和一些"中立者"。马铃薯兄弟编选：《中国网络诗典》，江苏文艺出版社，2002年版，第350页。
③ 伊沙：《中国诗人的现场原声——2001网上论争回视》，马铃薯兄弟编选：《中国网络诗典》，江苏文艺出版社，2002年版，第350页。

三、"网络诗歌"的发展与新形式的出现

自 2005 年以来，随着网络技术的不断革新与发展，互联网进入到 Web2.0 时代。"基于社交的 Web2.0 以广大的互联网用户为主体，是目前互联网界最广泛的互动应用模式，它允许广大用户不受限制地创造和传播信息，使得用户既是网站内容的浏览者，同时也是网站内容的制造者，这一现象打破了过去 Web1.0 时代只能接受信息的单一模式。由被动地接受互联网信息向主动创造互联网信息的转变，标志着互联网时代的一次重大变革，从此 Web2.0 取代 Web1.0，成为互联网世界的主流模式。"[1]喻国明先生在总结其特征时指出："作为一个新的传播技术，Web2.0 以个性化、去中心化和信息自主权为其三个主要特征，给了人们一种极大的自主性。"[2]网络技术的不断更新，标志着互联网发展已进入一个新阶段——"自媒体时代"[3]。相较于第一阶段以诗歌网站为中心的局面，这一时期的网络诗歌开始呈现出去中心化发展的趋势，每个人都可以借助博客、微博、微信等平台成为诗歌的创作者与传播者，网络诗歌由此出现了新的写作和发表园地。这可以视为是前一阶段"网站诗歌""论坛诗歌"的进一步发展与扩张。

（1）博客

据博客中国网站介绍："2002 年 8 月 19 日，博客中国开通，

---

① 肖哑翠、曹三省、张斌：《移动互联：从 Web1.0 到 Web3.0》，第 21 届中国数字广播电视与网络发展年会暨第 12 届全国互联网与音视频广播发展研讨会论文集，2013 年 4 月，第 308 页。

② 喻国明：《关注 Web2.0：新传播时代的实践图景》，《新闻与写作》，2007 年第 1 期。

③ 根据维基百科的定义，"自媒体"是指在 Web2.0 的环境下，由于博客、微博、共享协作平台、社交网络的兴起，使每个人都具有媒体、传媒的功能，当前被广泛运用的博客、微博、微信等是其主要表现形式。

blog 首次在中国被翻译为'博客'。"① "方兴东先生在博客中国网站
开通之日写了一篇名为'博客中国的由来：感谢微软'来纪念博客
中国的成立。方兴东先生希望能够将自己多年来积累的 IT 知识和
经验，毫无保留地体现在网页上。并把自己平时看到的，认为最有
价值的东西，随时提炼书写，能够与更多的人一起分享。也能够为
朋友们提供一块'没有任何商业利益，没有任何先入之见'，展示
独立思想的园地。同时，也使自己至少能够拥有一块不会被人扼杀
的阵地。"② 2004 年"木子美事件"让博客走入大众视野。2005 年新
浪和 2006 年网易的加盟，让博客用户井喷式增长，博客瞬间成为
网络主流。博客形式的出现很快也波及到诗歌写作，进而产生"博
客诗歌"或曰"诗歌博客"。对于"博客诗歌"或曰"诗歌博客"，
马春光曾这样进行分类——

> 目前存在的诗歌博客按照其运作方式的不同，大致可
> 以分为两种类型：第一种可以称之为"个人非原创"诗歌
> 博客，这些诗歌博客的博主多为一些年龄稍长、在纸质媒
> 介环境中孕育的诗人，他们并不习惯于在线写作，但也不
> 抗拒网络，所以会把早期或新近在纸媒上发表的诗歌粘贴
> 在自己的博客上，可以称之为"二次发表"。以著名诗人
> 翟永明、王家新为例，他们都有自己的诗歌博客，但在他
> 们的诗歌博客里，基本上都是他们以前的诗作，即便有新
> 作，也是在纸媒发表之后粘贴上去的。……第二种可称之
> 为"个人原创"诗歌博客，它们的博主更为年轻，是网络
> 环境孕育出的一代，他们区别于前一类"网络移民诗人"
> 而被称之为"网络土著诗人"。他们在线写作、发表，网
> 络是他们作品的主要流通载体，这是一种崭新的方式，是
> 网络时代的特殊产物。……80 后诗人中的佼佼者李成恩、

195

---

① 引自博客中国"发展历程"：http：//tuijian.blogchina.com/footr/fzlc
② 引自博客中国"历史由来"：http：//tuijian.blogchina.com/footr/lsyl

丁成、王东东、肖水、唐不遇等，都是充分依赖诗歌博客走进诗坛的。诗人李少君和诗评家张德明于 2010 年提出"新红颜写作"这一概念，指出大量以前不曾闻名的女诗人通过诗歌博客发表了大量优秀作品。[①]

（2）微博

"2009 年 8 月新浪推出'新浪微博'内测版，成为门户网站中第一家提供微博服务的网站。此外微博还包括腾讯微博，网易微博，搜狐微博等。"[②]微博即微型博客，每篇微博字数被限制在 140 字以内，因此"微诗歌"和"微诗接力"是继诗歌博客后又风靡一时的诗歌形态。"2011 年的端午节，由 70 后诗人高世现在腾讯微博上发起的'首届微博中国诗歌节'，短短的三天时间就有过万条关乎诗歌的广播，其进行的'微诗接力'活动为中国诗界贡献出了一个新概念——'微体诗'，进而开启了一个全民微写作的时代。"[③]对于"微博诗歌"或曰"微诗歌"，国内首部微博诗集《白天或黑夜》的作者荆和平曾谈到："我原悲观地想着：微博生命力不会太长，不是被关掉，就是被其他新平台所取代。就像当初论坛、博客红火一时，随后落得渐冷渐远的命运。未曾想，微博现在还'活'得好好的呢。……在微博上我写下 300 多首微博诗歌。微博诗歌是一种创新，也是顺应一种潮流。现在，微小说、微童话等微文学形式方兴未艾，都说文学受冷落，其实贴近时代的文学不会受冷落。"[④]"微博诗歌"或曰"微诗歌"作为网络诗歌的另一表现形式，其产生的影响同样不可忽视。2010 年曾轰动一时的"羊羔体事件"便肇始

① 马春光：《"自媒体"时代的诗歌形态》，《海南师范大学学报》，2016 年第 5 期。
② 来源于百度百科"微博"词条：https：//baike.baidu.com/item/微博/79614
③ 马春光：《"自媒体"时代的诗歌形态》，《海南师范大学学报》，2016 年第 5 期。
④ 荆和平：《微博时代》，《前进论坛》，2014 年第 10 期。

于新浪微博。"2010年10月19日下午7时，中国作协在官方网站公布了第五届鲁迅文学奖获奖名单，时任武汉市委常委、纪委书记的车延高凭借诗集《向往温暖》摘得诗歌奖桂冠。当晚11点16分，诗人陈维建在其新浪微博发表了《"梨花体"后"羊羔体"？》，转载了车延高的旧作《徐帆》；八分钟后又发表了《车延高的"羊羔体"诗会红》，转载了车延高另一篇旧作《刘亦菲》的部分内容。令人们始料未及的是，这两条内容简单的微博'一石激起千层浪'，在互联网界、学界甚至整个中国文坛都产生了不可估量的影响。第一篇微博被转发5540次，拥有2491条评论，而车延高的名字和以其名字谐音命名的'羊羔体'也因此火遍了大江南北。"[1]人们对"羊羔体"事件褒贬不一，甚至扩大到质疑鲁迅文学奖是否公平、公正，此后有众多网友开始模仿"羊羔体"进行创作，成为又一网络现象。

（3）微信

2011年1月12日腾讯公司推出微信应用程序，能够提供公众平台、朋友圈、消息推送等功能，同样也迅速和网络诗歌结合起来。对于通过微信传送的诗歌，马春光在其文章中指出：诗歌微信公众平台按照创办主体的不同，主要有两种类型。第一种是传统诗歌刊物创建的公众平台，《诗刊》《诗歌月刊》《星星》等传统诗歌刊物都有自己的诗歌公众平台。这些平台一方面"推送"纸质版上的诗歌作品，一方面又会灵活地推送一些与诗歌相关的内容。……另外一种类型，则是以"为你读诗""读首诗再睡觉"等为代表的公众读诗微信平台。这些微信平台的创办者不是专业的诗歌刊物和诗人，它们侧重于通过公益传播，使诗歌和当下的日常生活建立某种关联，以重建诗歌在日常生活中的秩序。[2]微信作为一种新的载

197

---

① 史长源、庄桂成：《"羊羔体"文化事件还原》，《名作欣赏》，2017年第26期。

② 马春光：《"自媒体"时代的诗歌形态》，《海南师范大学学报》，2016年第5期。

体，同样对网络诗歌的发展和传播起到重要的推动作用。2014年末，余秀华的悄然走红就与微信有较为密切的关系。"2014年《诗刊》9月号，以《在打谷场上赶鸡》为主标题，重点推出了余秀华的9首诗歌作品，并配发了她的创作谈《摇摇晃晃的人间》和编辑评论文章。2014年11月10日，编辑彭敏把余秀华的诗和随笔搬到了《诗刊》的微信公众号上，冠之以《摇摇晃晃的人间——一位脑瘫患者的诗》。几天内，《摇摇晃晃的人间》的点击量逾5万次。这是《诗刊》从未有过的热闹。"①这场意外成名的神话背后，离不开新媒介的功劳，正是微信朋友圈的疯转，才让本来小众的诗歌在大众中传播开来。②此外，值得一提的是，《中国微信诗歌年鉴》从2015年开始至今已连续出版四年，是国内目前唯一一本微信诗歌年鉴，选稿方面特别说明只接受在微信公众号上的诗歌，古典诗歌暂不受理。

可以看出，在网络诗歌由网站为平台过渡到以博客、微博、微信为平台的发展过程中，媒介或曰机器背后的创作主体依然和传统诗歌一样都是人，不论是低俗抑或高雅的网络诗歌都蕴含着创作者的思维与情感。然而随着人工智能技术的发展与运用，2017年5月微软小冰出版了史上首部由人工智能创作的诗集《阳光失了玻璃窗》，顿时引起一片热议（其实，机器写诗向前可以追溯到十九世纪六十年代初期美国"爱比"写诗计算机，到了1984年前后中国也出现了诗歌创作软件，2006年9月25日猎户星免费写诗软件由名为"猎户"的创作者所建立）。2017年8月20日中国新闻网发表的文章《机器人写诗出诗集首开专栏人工智能挑战人类情感》中所列举了部分人士对此的看法和评论，如——

> 诗人沈浩波在微博上直接亮出他的观点，"机器人永
> 远也写不好诗，诗是人的灵魂层面的事，被人类操纵的小

---

① 王泽龙、袁琳：《诗人"余秀华媒介景观"与话语博弈研究》，《华中学术》，2018年第2期。

② 周南焱：《诗歌借新媒介焕发新活力——再谈余秀华走红事件》，《北京日报》，2015年1月30日第11版。

机器人们不配写诗，也不可能写好。除非机器人推翻人类，变成真正的人。"

现居成都的 90 后诗人余幼幼认为，"写诗毕竟还是需要人类的情感，而不能只是程序上的冷冰冰设置。毕竟艺术创作，不只是数据运算的事情。"

……

诗人周瑟瑟表示，"在现代理性文明高度发达的当下，小冰作为技术理性高度进化的产物，反而写起了诗。这对诗意流失的时代状况下，算对诗意恢复的一种努力。一个现代理性文明逻辑文明数学文明高度发展的产物，试图挽留正在消失的诗意，本身值得赞赏。"

……

刘慈欣说："已经有人做过实验，把小冰的诗歌匿名与人类诗人的诗作放在一起，大部分读者并不能明显区别出来哪是小冰写的。既然她已经能写出可以与人类诗人相混淆而分辨不出来的还不错的诗作，那通过进一步完善，她为什么就没有可能写出更好的诗呢？以后计算机改善得更好，会更接近人类创作型的思维。"[1]

对待人工智能写诗软件的出现，有人认为人工智能创作出来的诗歌只是词语的简单堆砌，诗歌缺少灵魂；也有人认为不应以对诗人的要求来评价机器人写诗；还有人认为机器人写诗为当今的理性时代注入了些许诗意精神。

不管如何评价，作为时代浪潮下的产物，我们不知"网络诗歌"将会发展到怎样的程度，但通过梳理我们可以大致清晰地看到"网络诗歌"的发生与发展。若将 1990 年至今的时间看成一个闭锁的时间段，从互联网的产生就预示着文学的发展将不可避免地与它产

199

---

[1] https://news.china.com/news100/11038989/20170820/31134354.html

生"剪不断，理还乱"的关系，从美国诞生的第一篇华文网络诗歌到香港、台湾的诗歌网站再到大陆诗歌网站的建立，可以看作"网络诗歌"的发生阶段；从 2000 年前后大量诗歌网站的出现与诗歌派别的诞生与论争，可以看作是"网络诗歌"发展的第一次高潮；从博客到微博再到微信等社交媒体的出现，"网络诗歌"突破前一阶段自由中的桎梏，更加大众化与娱乐化，可以看作是"网络诗歌"发展的第二次高潮，至于由人工智能技术的发展而带来写诗主体的颠覆，显然也是网络技术不断提升，"网络诗歌"发展的一个必然的过程。

写于 2019 年 4 月

赵丽华与"梨花体"

一、"梨花体"事件始末

赵丽华（1964—），生于河北霸州市，其新浪博客认证简介为"著名作家，出版诗集《赵丽华诗选》《我将侧身走过》《她们仨》等"。在其他一些资料里，她的头衔更为丰富：曾荣获河北省作家协会奖、中国诗歌学会奖等奖项，先后担任"鲁迅文学奖"诗歌奖、全国"柔刚诗歌奖"以及全国"探索诗"大奖赛的评委，中国作家协会会员，国家一级作家。

而这些头衔成为了赵丽华诗歌事件的助推力。2006 年 8 月，一个以"赵丽华"名字命名的网站横空出世，登载了赵丽华一些短诗作品，最有名的便是日后处于风口浪尖的《一个人来到田纳西》（诗中后来被引用较多的诗句为："毫无疑问 / 我做的馅饼 / 是全天下 / 最好吃的"）以及《我爱你的寂寞如同你爱我的孤独》（诗中后来被引用较多的诗句为："赵又霖和刘又源 / 一个是我侄子 / 七岁半 / 一个是我外甥 / 五岁 / 现在他们两个出去玩了"）；除此之外，还有一些或许是网站建立者仿写的冠以赵丽华名字的伪诗，例如《谁动了我的花内裤》。但根据作家韩松落的专栏文章《正当梨花开遍了天涯》所述，事件的发酵开始于 9 月 13 日："从 9 月 13 日开始，一个叫'梨花教'的 ID，在天涯社区的娱乐八卦论坛，发出一个题为'在教主赵丽华的英明领导下，梨花教隆重成立'的主帖，随后，在 8 天之内，这个 ID 一共发出 28 个与赵丽华有关的主帖，至于有关回复，更是不计其数。而这 8 天时间，使得赵丽华红遍天涯，红上新浪，并且进入寻常百姓家，赢得若干称号，例如——

'诗坛芙蓉'。"①

　　无论是有预谋的推动，还是个人的无意之举，帖子所标明的赵丽华的响亮头衔以及诗歌本身的口语与白话色彩在短短时间内得到了大量关注，并与当时网络盛行的"恶搞文化"融为一体。众多网友进行跟帖，并开启了仿写热潮，或是对赵丽华的原诗进行改动，或是将某句日常用语分行，而这种仿写热潮使赵丽华的诗歌风格成为了一种约定俗成的"体例"，"梨花体"也应运而生。更有网友对"梨花体"的写作技巧进行了讽刺性的总结："1. 随便找来一篇文章，随便抽取其中一句话，拆开来，分成几行，就成了梨花诗。2. 记录一个 4 岁小孩的一句话，按照他说话时的断句罗列，也是一首梨花诗。3. 当然，如果一个有口吃的人，他的话就是一首绝妙的梨花诗。4. 一个说汉语不流利的外国人，也是一个天生的梨花体大诗人。"②"梨花教"也与对赵丽华的诗持有欣赏态度的天涯诗会发生了冲突：9 月 14 日，"梨花教"发帖，号召网友"攻占"天涯诗会主版块，继而天涯诗会的版主发布《赵丽华的诗歌就是天涯诗会优秀诗歌评判的标准！你们去恶搞吧！》一帖，站在支持赵丽华的一边。

　　这股热潮很快便被主流媒体所注意到。9 月 15 日，人民网、网易、中国新闻网纷纷刊载名为《女诗人作品网上遭嘲笑　网友抨击其作品是大废话》的报道，赵丽华诗歌事件自此不再是天涯娱乐版块内部的狂欢，越来越多的作家学者也开始为该事件发声。其中一部分对赵丽华诗歌抱有怀疑、批评与抨击的态度：作家韩寒在博客上撰写《现代诗歌和诗人怎么还存在》一文，以赵丽华诗歌事件为引，抨击整个中国现代诗坛，在文章中宣称"现代诗歌和诗人都没有存在的必要的，现代诗这种体裁也是没有意义的"，迅速引来众多诗人的抗议；诗人流沙河在采访中表示："我的朋友、台湾诗人余光中曾经说过这样一句话，诗不应大众化，而是大众应该诗化。

---

　　①　韩松落：《正当梨花开遍了天涯》，http：//news.sina.com.cn/c/2006-09-30/171011146884.shtml

　　②　LisaLeung：《再敬告……》，https：//www.douban.com/group/topic/1677078/

大家都写诗，消遣可以，但不能消解了诗性。前段时间梨花体流行的时候，有人问我的看法，我说，这些文字，有的是警句，有的是慧句。但是在我看来它们还不能算是诗。要判断一首诗是诗不是诗，首先还是要判断它的内容是否含有诗意，如果内容太苍白，它就不能算是诗。"①

　　而一些先锋诗人则成为了赵丽华的支持者，在韩寒发文对赵丽华及现代诗人进行调侃后，沈浩波首先在新浪博客上发表《韩寒谈起文学，就如同杨恭如谈起音乐》进行回应，言辞辛辣，怒斥韩寒根本不懂诗歌，"我来和韩寒之流的小崽子们谈文学，就如同列侬对杨恭如讲音乐一样可笑"②。杨黎在博客上发表《给赵丽华的一封公开信》，在文中以对话的口吻表示："恶搞对于经典而言它是一种讽刺，但是恶搞对于赵丽华你而言，却是难得的支持：因为你是反对经典的。我在电话里对你说，不要着急，我看看再说，那是我的保守了。现在，我要大声地对你说，好啊，站出来说啊。要不了多久，赵丽华事件就会成为新旧文化交战的一大例证：只是这场战争谁胜谁负还说不清楚。"③9月30日，杨黎组织了一场以"支持赵丽华，保卫现代诗歌"为口号的诗歌朗诵会，尽管赵丽华本人没有到场，仍然引发大量关注：诗人苏非舒在台上当众脱衣裸体朗诵，这一行为艺术式的举动当即造成了强烈反响。

　　赵丽华自己则在2006年9月18日于新浪开通了博客。她在第一篇博客文章《我要说的话》中进行了表态："我认为恶搞这个事情是社会意识形态发展到一定阶段的产物。是当今时代的一种正常现象"；"如果把这个事件中对我个人尊严和声誉的损害忽略不计的话，对中国现代诗歌从小圈子写作走向大众视野可能算是一个契

---

① 李跃：《朦胧诗：在争议与批判中呼啸前行》，《晶报》，2008年12月5日。

② 沈浩波：《韩寒谈起文学，就如同杨恭如谈起音乐》，http://blog.sina.com.cn/s/blog_4aed5c25010008wv.html

③ 杨黎：《给赵丽华的一封公开信》，http://blog.sina.com.cn/s/blog_477e9b940100056a.html

机"。但尽管对于恶搞非常宽容，她仍然表达了网友对自己诗歌的歪曲以及断章取义的不满："承蒙某些网站目光犀利专门挑出了这几首出来做文章，而且有些诗还刻意给丢掉几行，显得更不完整"。在这篇文章里，她还阐述了自己的诗歌理念："我依然坚持我以前的观点，那些人性的、客观的、本真的、有奇妙的好味道的、有汉语言的原初之美、有伸展自如的表现能力、给你无限想象的空间和翅膀的诗歌我认为就是好诗""网上被恶搞的诗歌都是我 2002 年刚刚触网时期的即兴之作。当时的想法是卸掉诗歌众多的承载、担负、所指、教益，让她变成完全凭直感的、有弹性的、随意的、轻盈的东西"[1]。

有趣的一点是，赵丽华的支持者们大多数也是从诗歌创作的革新与对经典的反抗入手，重视她的诗歌的形式，鲜少有人在艺术层面对"梨花诗"进行分析。赵丽华于 2007 年 10 月 15 日转发了芦哲峰对她的十八首短诗的简评，这是为数不多的针对诗歌本身做出的评论，不过其中不包括最初引起轩然大波的几首。芦哲峰用寥寥数语肯定她的诗歌创作："把一件平凡生活中的小事写得如此诗意，令人神往""一朵云，诗人看到了羊，看到了湿气，青草和异性——慧眼独具""除了身临其境，我还能说什么？"[2]。

受到赵丽华诗歌事件影响，从边缘化的地位重新回到大众眼前的现代诗歌的发展产生了极大的震动：事件的焦点已经不在于赵丽华所作诗歌本身的意义与质量，而是扩大成了对诗歌现状的担忧以及关于对现代诗歌理解的论争。2006 年 11 月，由《诗歌月刊（下半月刊）》《乐趣园》《伯乐》几大著名诗歌刊物主办，牧野、老巢等诗人在现代文学馆发起名为"颠覆！全球化语境下的汉语诗歌建构专题研讨"的研讨会，"以现代诗歌的名义，发起针对诗歌现状的深层研讨，回应由赵丽华诗歌事件提出的各种质疑，以期全面推

① 赵丽华：《我要说的话》，http://blog.sina.com.cn/s/blog_4aca2fbd010005r5.html

② 芦哲峰：《简评赵丽华的 18 首短诗》，http://blog.sina.com.cn/s/blog_4cda729c01000brb.html

进母语诗歌写作走向新的历史开端"。在研讨会发起的同时，参与人员也制作了一项问卷调查，包括"你如何看待赵丽华事件，它暴露出来的深层问题是什么？""是诗人创作出现了问题还是大众诗歌审美出现了问题？""你认为网络写作时代的来临，是否可能成为新文化的开端？"①等问题，赵丽华本人也前往参与此次研讨会。

在这之后，赵丽华又陆续在网络上发表了新的诗作。《廊坊下雪了》以及《让世界充满蠢货》两首诗都在网络上造成新的轰动，后者更是因为透露出的对读者的傲慢与尖刻而引发再一次的口诛笔伐。但在此之外，《海伦》《月亮》《当一只喜鹊爱上另一只喜鹊》等诗歌也激发了新一轮的思考与重评，一些门户网站也制作了与赵丽华有关的专题，例如博客中国的《恶搞梨花诗的时代已经过去了》，大旗精英博客与华声社会合作的《哪一个才是真正的赵丽华》，都试图在"梨花体"之外挖掘出一个"更深层次"的赵丽华。

而赵丽华仍旧活跃在网络上：2007 年 11 月 23 日，由于台湾诗人洛夫在接受媒体采访时对赵丽华诗歌做出了批评，赵丽华在博客上发表《骂一骂洛夫》一文予以反击，认为洛夫对年轻诗人造成了"遮蔽和覆盖"，而他的诗也因为政治需要被高估了："洛夫不是一个人。而是一大批人。洛夫的诗歌观点和写作方式不是一个人的方式，而是近几十年来受教科书中思想性永远居于艺术性之上的文本观念毒害的几代人的方式。""在全球化的今天，整个人类的文化资源都是我们的传统，洛夫这样的传统观就太狭隘了，但这样的口号具有特定的民族煽动力，符合某些主流意识形态的需要，所以它还会被继续提倡下去。"②

2008 年 6 月 7 日，赵丽华对高考作文继续标注"文体不限，诗歌除外"表达了失望的情绪，并在当天下午于中国诗歌高峰年会暨独立诗歌奖颁奖典礼上拒绝了颁发给自己的诗歌奖，以表示对各

---

① 《〈颠覆！全球化语境下的汉语诗歌建构专题研讨〉问卷调查》，http://blog.sina.com.cn/s/blog_4a6499dd010006sv.html

② 赵丽华：《骂一骂洛夫》，http://blog.sina.com.cn/s/blog_4aca2fbd01000bv4.html

省高考作文将诗歌排斥在外，阻隔现代诗歌与年轻人交流的情况的抗议。韩浩月在专栏上发表《中国作家缺乏说"不"的勇气》一文，认为她对奖项拒绝的姿态，给了各种奖项满天飞的中国文坛响亮的耳光。可以看出，赵丽华也在试图成为一个"意见领袖"式的人物。

由于网络传播的特性，随着时间的推移，赵丽华诗歌事件的热度逐渐退去，直到2010年"羊羔体"的横空出世，引发了学界对于网络诗歌及"梨花体事件"的再审视。2010年6月，韩寒在新浪博客发文，向赵丽华道歉："三年前我的观点是错的，对你们造成的伤害带来的误会，我很愧疚，碍于面子，一直没说，希望你们的原谅与理解"①，并删除当时讽刺现代诗人的全部博文。韩寒态度的转变或许也代表着一部分人对这次事件态度的变化，而韩寒向现代诗人道歉也成为了多家网络媒体与纸质媒体报道的对象。

2012年6月，赵丽华开始进行绘画创作。在接受华西都市报记者的采访时，赵丽华表示："我现在很坚定认为，画画让我找到了下半生的人生方向和摆脱孤独的方式。当然也不是说，今后就此再不写诗了，当然精力重点会放在画画上面。"②至此，"赵丽华诗歌事件"可以说是落下帷幕，但其对中国现代诗歌的影响仍旧深远。

二、网络传播与知识权力的消解

有观点认为，"梨花体事件"是有意识炒作的结果，是诗人为了成名哗众取宠的一场闹剧，这样的观点未免太过于简单和片面。或许最初在天涯娱乐版块的发帖人深谙网络社区的运作模式以及流行趋势，但后来大规模的仿写与讨论显然是群众的自发行为。事

---

① 韩寒：《2010年06月12日》，http://blog.sina.com.cn/s/blog_4701280b0100jbqq.html

② 《诗人赵丽华"转行"当画家一年创作500幅作品（图）》，http://www.chinanews.com/cul/2013/04-18/4743261.shtml

实上，"梨花教"这个 ID，是仿自于早些时间在天涯论坛上盛行的"菊花教"；而所谓菊花教，则是由于对颇受争议的"80 后"作家郭敬明抄袭行为的厌恶，从而自发形成的在网络上对郭敬明本人及其作品发表抵制、嘲讽等言论的一个组织。而所谓的给赵丽华戴上"教主"的称号，也来源于"菊花教"为郭敬明打造的"教母"这一称号。"梨花教"曾发布诸如《"梨花教"关于收购"菊花教"的若干点声明！！！》《韩寒高调加入梨花教！菊花教正式开始众叛亲离！！！》等帖子，看似是一种挑衅，实则是为了扩大赵丽华诗歌事件的传播力的举动。

但在现代诗探索的实验性文本中，赵丽华的诗并非特别惊世骇俗。对于口水诗或者废话诗的尝试早已有之：在国外，意象派诗人威廉·卡洛斯·威廉姆斯所作的《便条》："我吃了 / 放在 / 冰箱里的 / 梅子 / 它们 / 可能是 / 留着 / 早餐用的 / 请原谅我 / 它们太好吃了 / 那么甜 / 又那么凉"，是诗歌史上的经典。在国内，1986 年周伦佑、杨黎等人发起的"非非主义"诗歌运动就是其中的先锋。以杨黎的诗《英语学习》前两节为例——

你叫玛丽 / 美国人 / 你不是英国人 / 那个皮亚林才是英国人 / 你只是他的妻子 / 你们住在美国

皮亚林的妻子是玛丽 / 他们是在中国认识的 / 一九八三年 / 他们在一个英语补习班里 / 学习英语 / 玛丽的成绩 / 总是比皮亚林好

平白的语言风格、琐碎的日常生活、无意义的描述性语句、近乎于啰唆的重复、荒诞化、诗歌的散文化、专注叙事而摒弃抒情等等，都是其与赵丽华诗歌的共同点，甚至在反传统、反文化、反意义的方向上走得更远。"非非主义"在诗坛一石激起千层浪，带来了前所未有的冲击，而在这之后诗歌的口语化探索可以看作是一股潮流，并非什么新鲜事物，并且尽管跨入网络时代，其影响力也只是局限于诗界内部，没有引起大众的注意。可以看出，赵丽华绝非是初次进行尝试的那一位，她的诗歌创作也不见得多么出格。那么为何此次事件引发了全民热潮？

受到传统的古典诗歌教育，以及徐志摩、戴望舒等著名新诗诗人的影响，大众对于诗歌有着约定俗成的概念与常识，而"梨花诗"的散文化、口语化显然违背了这种常识。如果这些诗歌出自任何一位名不见经传的普通网友之手，大部分人可能会一笑置之，但赵丽华本人拥有着"鲁迅文学奖评委""国家一级作家"这样的头衔，而这些头衔正是代表着诗歌界对她作品质量的一种肯定，也代表着权威的认可，代表她拥有知识层面上的话语权。"实际上，他们对'诗'的不信任，显示出他们对权力、知识和伦理的不信任，准确说是对'获奖的官员诗人'（权力的代表）、'评委'（既有知识又有权力，更多是知识的代表）和'评选机制'（伦理的代表）的不信任。对作品的质疑实际是对权力身份的'解构'"①。尽管赵丽华本人没有政治上的权力，却有着知识层面的隐性权力，因此当她的作品缺少技巧与内涵，违背大众的审美时，她的权力身份便与她的诗歌一起遭到普遍的质疑。后现代的大众文化原本就是反权威的，对"梨花体"的仿写也是一种对权力话语的颠覆手段：既然每个人都能写出这样的作品，那么每个人都能够成为诗人，都应当拥有同样的头衔，赵丽华身份的权威性便在这样的潮流中被消解了，而诗人这一身份也在这样的潮流中祛魅。赵丽华的诗歌被解读为是对诗歌权威的反抗，网友又将她作为权威的象征予以反抗，对比起来有着些许讽刺色彩。

在赵丽华诗歌事件发生之后不久，《人民日报》于2006年10月26日刊载的记者李舫的综述文章《在近来的一连串恶搞事件中，诗歌沦为大众娱乐的噱头——谁在折断诗歌的翅膀？》所引发的风波可以看作一个例证。作为新闻综述，李舫在文中说赵丽华的诗"赫然刊登在著名的诗歌刊物上""这样的写作充斥着诗刊，这样

---

① 王珂：《新诗的困境——以"梨花体"事件和"羊羔体"事件为中心的考察》，《探索与争鸣》，2011年第1期。

的诗人充斥着诗坛，这样的作品困惑着读者"[1]；这之后赵丽华在新浪博客上针对这篇文章进行澄清，"我的原创版本都没有发表过，何况这样的拼凑杜撰版本"[2]。很显然，李舫想要抓住、放大甚至歪曲的焦点也在于知识权力：从古至今，诗人这一身份都是贵族化的、精英化的，甚至处于某种"高高在上"的地位，尽管网络时代使诗歌创作的准入门槛更低，可网络上的创作在大众心目中似乎总是缺乏一点权威性，但"刊登在著名的诗歌刊物上"就不能同日而语了。

除此之外，"梨花诗"本身就易于传播。"梨花教"是"菊花教"的仿造，在这里"菊花教"便是模因（meme）；而当万人仿写"梨花体"的时候，赵丽华的诗歌形式也成为了一种语言模因。就像网络上流行的"凡客体""淘宝体""甄嬛体"等网络文学体式一样，"梨花体"既拥有非常容易模仿的特质（写一句话分行即可），也拥有着趣味性，尽管这种趣味性并非严格来源于自身，更多地来源于其与普遍认知下的诗歌概念格格不入的滑稽感。当所有人都可以参与其中进行模仿与再创造时，这样的语言形式就像病毒一样，得到了大规模的、无法遏制的传播，大众也能在这样的创作中得到推翻权威、置换身份的快感。或许赵丽华原本的意愿是进行一次先锋诗歌创作上的尝试，她创作的诗歌还可以就其究竟是否属于诗歌范畴进行讨论，但网友们仿写的"诗"很显然已经脱离了诗歌甚至文学的范畴，成为了一种娱乐的消费品，与最初的本意相差甚远了。

值得一提的是，对赵丽华诗歌的仿写，虽然初衷源于对这一类"口水诗"的不满、质疑与否定，但当赵丽华的批判者们选择戏仿这一模式来"创作"时，也将自己代入到了同样的创作语境下。他们认为"梨花体"是劣质的创作，诸如"梨花体"这样的口语诗会对现代诗坛产生极大的负面影响，但与此同时，他们的仿写却并没有脱离这种写作模式的制约，甚至被同质化，这显然与他们最初的

209

① 李舫：《恶搞中沦为大众娱乐的噱头——谁在折断诗歌的翅膀？》，http://culture.people.com.cn/GB/27296/4959567.html

② 赵丽华：《我为什么不要〈人民日报〉道歉？》，http://blog.sina.com.cn/s/blog_4aca2fbd010006cc.html

期望是南辕北辙的。对"梨花体"的仿写充其量只能使这一类诗歌处于舆论的中心，却做不到根本意义上的否定，甚至阻碍了优秀的口语化诗歌的创作。有一部分学者对此次事件中大众的"狂欢"报以批判态度：诗歌评论家张同吾在接受《人民日报》记者提问时表示，"作为一种现象，不管是正确的还是荒谬的，是正常的还是怪诞的，是美丽的还是丑恶的，都有其复杂的文化因素和心理因素可以探究，但我厌恶猎奇而'围观'，这是国民性中极大的弱点，是文化心理的不健全，鲁迅早就给予犀利深刻的批判，迄今仍以不同形式出现"[①]。

三、写作的反思：从"梨花体"到现代诗

2007 年 9 月 15 日，韩松落的新浪博客上转载了一篇当时参与了仿写与"恶搞"，ID 名为"正当梨花开遍天涯"的"梨花教众其中一员"的留言。在留言中，该网友坦承道："从一开始就知道，赵丽华的诗歌有其可取之处，但是我仍然跟着梨花教的大流走。为什么？因为烂掉的是整个诗歌界，实际上赵丽华反而是有点良心的！以赵丽华为目标来攻击一开始就错了！但错也要它得出一个对的结果，闹得越大，越成其为对""梨花教这件事在人的层面上是错的，在诗的层面上却对了，在更高的程度上，在人的层面上也对了，因为从现在的结果来看，梨花教打击的是九十年代以来的诗坛。"[②]

这代表了一部分参与此次事件中的人的想法。"梨花诗"，乃至赵丽华本人，处在风波的中心，是一个竖起来的靶子，却又不完全是矛头所针对的对象。赵丽华诗歌事件的本质是关于现代诗现状的论争，"梨花诗"则是导火索。

---

① 杨鸥：《诗必须是诗》，《人民日报·海外版》，2006 年 11 月 9 日。
② 韩松落：《留言照登》，http://blog.sina.com.cn/s/blog_44b0d9f501000aej.html

"梨花体事件"展现出了现代诗歌所面临的困境。"从二十世纪八十年代后期开始，新诗教育，特别是中学和大学的新诗教育越来越不受重视，校园诗歌运动退潮，二十世纪八十年代初期每个大学都有诗社，现在大学诗社所剩无几，'校园诗人'踪迹难觅，除了打工族中的一些年轻人为了宣泄而写诗外，社会上很少有年轻人写诗。"[1]在信息时代的大环境下，诗歌的确处于一个边缘化的地位。有观点认为诗歌本来就应当与大众保持距离，否则便有媚俗之嫌，所谓的边缘化也不过是正常现象："诗歌从来就不是一种大众艺术……诗歌被称之为文学中的文学，因为它是精湛的语言艺术，具有丰富的文化内涵和精神内涵，具有优美的情韵……而要求人人去读诗，甚至连粗通文墨的人也去写诗，也是对诗歌精神和美学品格的玷污。"[2]但在先锋诗人看来，对诗歌技巧、意象、内涵的探索已经穷尽，现代诗歌应当在别的方面有所革命和突破，口语、日常视角等相对贴近大众的手段便为他们所用。"转换话语，落于日常，以口语的爽利取代书面语的陈腐，以叙事的切实取代抒情的矫饰，以日常视角取代庙堂立场，以言说的真实抵达对'真实'的言说，进而消解文化面具的'瞒'与'骗'和精神'乌托邦'的虚浮造作，建造更真实、更健朗、更鲜活的诗歌精神与生命意识，是'口语诗'的本质属性。"[3]

先锋诗人的探索与后现代主义的趋势有所谋和。当形式主义面临颓势，所谓的高雅艺术与大众文化之间的分界线越来越模糊，作为对现代主义精英秩序的反叛，消解意义、去深度化、剔除价值也成为了先锋诗人的理念与武器。杨黎曾经将诗歌定义为语言："关于诗歌，我能够说的，或者是我愿意说的，就只有两个字：语言。……他问诗歌的材料是什么？我回答语言；他又问诗歌的形式

---

① 王珂：《新诗的困境——以"梨花体"事件和"羊羔体"事件为中心的考察》，《探索与争鸣》，2011 年第 1 期。

② 杨鸥：《诗必须是诗》，《人民日报·海外版》，2006 年 11 月 9 日。

③ 沈奇：《怎样的"口语"，以及"叙事"——"口语诗"问题之我见》，《星星诗刊（上半月刊）》，2007 年第 9 期。

是什么？我回答语言；他最后问那诗歌的目的呢？我依然回答语言。"①这与罗兰·巴特的理论拥有相似之处。然而即使是先锋诗人，似乎也并没有"放低姿态"，将诗歌艺术与大众文化完全结合在一起：赵丽华在自己名为《让世界充满蠢货》的小诗中这样写道："不是什么人都可以对诗歌说三道四／不是什么人都可以对诗人品头论足。"由此可见，至少是赵丽华本人，在贴近口语写作与日常生活的同时，仍然对自己的诗人身份拥有一种自矜，并且同样对诗的读者的审美能力有一定的要求。

当先锋诗歌局限在有限的空间内时，诗歌界还可以对它们的革命与创新予以赞誉，当规模扩大后批评的声音就成了主流。诗歌界对"梨花体"等口语诗歌的批判多在于对这种类型的诗歌没有边界地扩张的担忧。口语诗在写作上是否应当有限度？不用雕琢技巧，仅仅凭借本能欲望写作的口语诗，或许不能用常规的理论来评判，但它们会不会膨胀起来，挤压原本的抒情诗的生存空间，甚至将诗歌的概念也完全消解？研究者王士强在他的《恶搞·恶炒·恶俗——论作为媒体诗歌事件的"梨花体"与"裸体朗诵"》中指出："正是由于当今诗歌的'圭臬之死'、价值失范导致了当今诗歌愈益庸俗化和粗鄙化。说到恶搞，实际上是诗人们恶搞诗歌在前，网友恶搞诗人在后，后者倒是有某种'拨乱反正'的意味。网友的恶搞是出于对更为健康与合理的诗歌状况的呼唤和诉求，显示了一定的反抗性，固然其中有恶作剧和跟风的成分，在程度上也多有失当之处，但出发点及其现实表现却并没有太大问题。"②陈仲义也对此类诗歌做出批评："遗憾的是，废话写作非但没有得到有效甄别，反而伴随网络的便捷，泛滥起来。包括许多成名诗人在内，过分强调所谓的原生态、无技巧、现象学，过分强调呈现就是一切，使得不加任

① 杨黎：《千金易得，废话难求》，http://blog.sina.com.cn/s/blog_477e9b9401000afg.html

② 王士强：《恶搞·恶炒·恶俗——论作为媒体诗歌事件的"梨花体"与"裸体朗诵"》，《北方论丛》，2008年第4期。

何努力的'说话'，成为普遍'诗意'。"①

"梨花体事件"也迫使人们反思与审视对诗的定义。赵丽华认为自己的创作自然是属于诗的范畴："文无定法，诗歌本来就是人人都可以来写的。我的这些'口水化'诗歌，诗歌圈内一直都有争论，现在这种争论能扩大到诗歌圈以外，让普通读者一起都来争论，我很高兴。"但人人都可以来写，就代表写出来的东西一定可以算作诗歌吗？

在诗歌界内部，对诗歌的定义有所保留的占大多数。诗人杨克的观点比较委婉："我不否认这类诗当中也会有好的作品，但我怀疑这种过分口水化的倾向是错误的。"②与之相比，王士强和张同吾的看法就尖锐得多，"很显然的道理是，'废话'并不是诗，否则处处皆诗也便处处无诗了，'白话'可以入诗，但必须具有诗意内涵，必须经过诗性转化"③。"不管什么艺术风格，什么表现手法，什么创作方法，诗必须是诗，必须以营造意象的方式，包容美妙的情思，诗必须是真善美的艺术结晶"④。李保平则在《诗人的双重承担》中引用艾略特的观点，认为"诗人"这一身份就代表着要承担一定的义务："'梨花体'的问题，是给人们的一个集体警示，它告诉诗人，他的任务'既要对变化作出反应并使人们对这种变化有所意识，又要反抗语言堕落到他所知的过去的标准以下'。……比日常语言还要低，还要更世俗，是导致人们对'梨花体'不满的一个重要原因。……在争取拥有一定数量的读者的同时，诗人要坚持个性和创造，杜绝给读者提供缺乏新鲜体验的审美旧习。"⑤

然而，对诗歌定义的讨论可以说是难上加难。针对此次事件来

---

① 陈仲义：《网络诗写：无难度"切诊"——批评"说话的分行和分行的说话"》，《南方文坛》，2009 年第 3 期。

② 田志凌：《从"口水诗"到"梨花体"》，《南方都市报》，2006 年 9 月 20 日。

③ 王士强：《恶搞·恶炒·恶俗——论作为媒体诗歌事件的"梨花体"与"裸体朗诵"》，《北方论丛》，2008 年第 4 期。

④ 杨鸥：《诗必须是诗》，《人民日报·海外版》，2006 年 11 月 9 日。

⑤ 李保平：《诗人的双重承担》，《辽宁日报》，2007 年 7 月 2 日。

说，如果将"梨花诗"纳入诗歌范畴，那么是否所有文本分行之后都可以算作是诗？由此观之，诗与其他文学体裁的不同点就剩下分行这一文本形式了。但假若将"梨花诗"逐出诗歌范畴，那面对的就是另外的探询：诗意这一概念实在是太过主观。怎样才能算得上是蕴含诗意？"梨花诗"的确毫无诗意吗？关于诗歌标准的讨论由来已久，但始终不可能得出一个确定的、达成全面共识的结论，因为诗歌归根结底还是感性的产物。或许有一个大多数人都可以接受的模糊范围，但绝对不可能产生明确的边界。不过，无法对诗歌下明确的定义，并不代表关于诗歌标准的讨论就完全没有意义。之所以会产生对诗歌标准的讨论，是因为出现了挑战人们约定俗成的既有印象的作品，而这样的作品究竟是开风气之先，还是仅仅是激进的、理念化的尝试，或许需要时间的检验与沉淀；口语诗歌的创作者们也可以以此为由进行自我反思，自己的诗歌创作究竟是一种革命与突破，还是仅仅是在浮躁的环境下对标新立异的跟随与盲从。

写于 2019 年 4 月

"羊羔体"的争议

一、事件的还原

2010年文化界发生了"十大文化事件",而所谓"羊羔体"获得"鲁迅文学奖诗歌奖"则是其中之一,并引起了网络上的巨大争议。这是继2006年赵丽华的"梨花体"事件之后,又一次引发热议的、以诗人名字的谐音来命名的诗歌事件。"羊羔"为车延高这个名字的谐音仿拟,"羊羔"谐音"延高",然后在后面加了"体"形成了"××体"的结构。有学者对此事件进行还原——

> "羊羔体"事件的最初发生,应该是始于2010年10月19日下午7时,中国作协在官方网站公布了第五届鲁迅文学奖获奖名单,时任武汉市委常委、纪委书记的车延高凭借诗集《向往温暖》摘得诗歌奖桂冠。当晚11点16分,诗人陈维建在其新浪微博发表了《"梨花体"后"羊羔体"?》,转载了车延高的旧作《徐帆》;八分钟后又发表了《车延高的"羊羔体"诗会红》,转载了车延高另一篇旧作《刘亦菲》的部分内容。令人们始料未及的是,这两条内容简单的微博"一石激起千层浪",在互联网界、学界甚至整个中国文坛都产生了不可估量的影响。第一篇微博被转发5540次,拥有2491条评论,而车延高的名字和以其名字谐音命名的"羊羔体"也因此火遍了大江南北。2010年10月20日(即该事件发生后的第二天)下午,陈维建在微博发布不接受采访的声明。车延高也就该事件首次接受《潇湘晨报》的记者采访,称《徐帆》是自

己 2010 年 9 月为《大武汉》杂志写的系列组诗《让荧屏漂亮的武汉女人》中的一首，包括《徐帆》《谢芳》和《刘亦菲》，这三首诗使用了一种"零度抒情"的手法，几乎没有掺杂主观因素，是自己"所追求写作风格当中的一种"和"写作的一种尝试"，并没有收录进获奖诗集《向往温暖》。2010 年 10 月 22 日，在中国作协举行的鲁迅文学奖评奖新闻发布会上，中国作协书记处书记陈崎嵘也发声了，他表示"车延高获奖与身份无关"，用并未选入获奖诗集的"羊羔体"诗歌否定车延高获奖"有失公平与合理"。然而，事件的发展并没有停止，而是持续发酵。车延高火了，"羊羔体"火了，对"羊羔体"的追问、议论、批判甚至谩骂接踵而至，舆论焦点甚至延伸到了鲁迅文学奖。网友开始模仿"羊羔体"进行创作，有人甚至创作了一首题为《车延高》的诗。截至目前，车延高新浪博客的访问量高达 1059211 次，其中博文《让荧屏漂亮的武汉女人》的总阅读量高达 41201 次。这一切最终酿成了"2010 年十大文化事件"之一的"羊羔体"事件。①

而车延高的名字和以其名字谐音命名的"羊羔体"也因此火遍了大江南北。由此可见，"羊羔体"事件，可谓是赞同与反对声音的一场交锋与争鸣。"羊羔体"指车延高作品的风格特色，也用来指称类似车延高作品语言风格的作品或话语的修辞风格，而这类语言直白的诗作风格，更是一种文化现象。有些人认为"羊羔体"可概括车延高的所有诗作风格，也有一些人认为，《向往温暖》之外的使用"零度抒情"手法的诗作才可称"羊羔体"。

事实上，诗人陈维建当时在微博上发布的《徐帆》只是整首诗的前几句："徐帆的漂亮是纯女人的漂亮 / 我一直想见她，至今未了

---

① 史长源、庄桂成：《"羊羔体"文化事件还原》，《名作欣赏》，2017 年 9 月中旬刊。

心愿 / 其实小时候我和她住得特近 / 一墙之隔 / 她家住在西商跑马场那边，我家 / 住在西商跑马场这边 / 后来她红了，夫唱妇随 / 拍了很多叫好又叫座的片子"。这不但是对整首诗作的不尊重，更是成功将大众的关注点从获奖作品《向往温暖》，转移到几首跟获奖作品不相关的诗作。

车延高的博客之后发布了《徐帆》的整首诗——

徐帆的漂亮是纯女人的漂亮

我一直想见她，至今未了心愿

其实小时候我和她住得特近

一墙之隔

她家住在西商跑马场那边，我家

住在西商跑马场这边

后来她红了，夫唱妇随

拍了很多叫好又叫座的片子

我喜欢她演的"青衣"

剧中的她迷上了戏，剧外的我迷上戏里的筱燕秋

听她用棉花糖的声音一遍遍喊面瓜

就想，男人有时是可以被女人塑造的

最近，去看《唐山大地震》

朋友揉着红桃般的眼睛问：你哭了吗

我说：不想哭。就是两只眼睛不守纪律

情感还没酝酿

它就潸然泪下

搞得我两手无措，捂都捂不住

指缝里尽是河流

朋友开导：你可以去找徐帆，让她替你擦泪

我说：你贫吧，她可是大明星

朋友说：明星怎么了

明星更该知道中国那句名言——解铃还须系铃人

我觉得有理，真去找徐帆

徐帆拎一条花手帕站在那里，眼光直直的

我迎过去，近了

她忽然像电影上那么一跪，跪得惊心动魄

毫无准备的我，心兀地睁开两只眼睛

泪像找到了河床，无所顾忌地淌

又是棉花糖的声音

自己的眼睛，自己的泪

省着点

你已经遇到一个情感丰富的社会

需要泪水打点的事挺多，别透支

要学会细水长流

说完就转身，我在自己的胳臂上一拧。好疼

这才知道：梦，有时和真的一样

由于之前微博上贴出的《徐帆》只是整篇的前四分之一，他发布诗歌的完整版，旨在减少读者的歧义和误解，从而更加准确地、少偏见地欣赏他的诗作。《刘亦菲》的诗作风格也大体相似——

我和刘亦菲见面很早，那时她还小

读小学三年级

一次她和我女儿一同登台

我手里的摄像机就拍到一个印度小姑娘

天生丽姿，合掌，用荷花姿势摇摇摆摆出来

风跟着她，提走了满场掌声

当时我对校长说：鄱阳街小学会骄傲的

这孩子大了

一准是国际影星

瞢准了，她十六岁就大红

有人说她改过年龄，有人说她两性人

我才知道妒忌也有一张大嘴，可以捏造是非

其实我了解她，她给生活的是真

现在我常和妻子去看她主演的电影

看《金粉世家》，妻子说她眼睛还没长熟

嫩

看《恋爱通告》，妻子说她和王力宏有夫妻相

该吻

可我还是念想童年时的刘亦菲

那幕场景总在我心里住着

为她拍的那盘录像也在我家藏着

我曾去她的博客留过言

孩子，回武汉时记得来找我

那盘带子旧了，但它存放了一段记忆

小荷才露尖尖角

大武汉，就有一个人

用很业余的镜头拍摄过你

作为其诗歌风格的另一种尝试，其具有浅俗、直白、口水化的特征，它的出现也标志着"回车键里出官诗的时代已经到来"。被网友戏称的"口水诗"——组诗《让荧屏漂亮的武汉女人》与获奖诗集《向往温暖》是截然不同的两种风格，这种毫无深度的诗歌创作在文化界引起了很多反对的声音。比如，2010 年在《深圳商报》上题为《"羊羔体"火了，鲁迅哭了》的文章中，作者陈丽华则怀着较为严苛而又失望的心情，认为"羊羔体"的出现，使诗歌爱好者眼中的信仰被踩躏："笔者认为，'羊羔体'获得鲁迅文学奖其实是鲁迅文学奖的堕落，也是中国文学的堕落，更是整个社会的堕落。如果泛文化语境下这种'纯属正常现象'继续横行，中国的文学就永远走不出去，难怪乎在如今这个时代，很难出现一个大作家。原因估计就在于此。"①甚至随之也有文章提出了相反的看法："公众不

219

---

① 陈丽华：《"羊羔体"火了，鲁迅哭了》，《深圳商报》，2010 年 10 月 22 日。

妨理性看待'羊羔体'获'鲁奖'，撇开作者的身份，多去学习下'羊羔体'，多创作精品。"[①]由此可见，为数颇多的评论者完全没有撇清何为"鲁奖"获奖作品，何为"羊羔体"。他们将"羊羔体"的成诗风格作为"鲁迅文学奖"的评奖标准，这显然是缺乏科学严谨的态度的。虽然，车延高的那几首为数不多的"口语诗"的确缺乏深刻的内涵和思想性，浅白、口语化的风格的确拉低了车延高诗作整体的水平，但这次掀起波澜的文化事件之中，诗歌的评判标准也再次成为公众议论的热点，公众对于当代诗歌现状的担忧和对于提升当代诗歌质量的欲求，恰恰可以提升出人们对文学界的关注度。

对于此事件，在百度百科上搜索"羊羔体"，则能查到人们对其的质疑声音——

> 很多业内人士认为这是否为中国文学官派化的又一标志，并为中国诗歌的未来感到担忧。
>
> 质疑：从"诗歌"到"公务员"
>
> 最初人们对"羊羔体"的评论仅限于诗歌本身。"诗果然不是一般人会懂的"，网友"旧旬"这样评论；而kevin-N说："忍不住要赞美写这首诗的人，这首诗真是乱七八糟。"
>
> 继而，人们的评论从诗歌延伸到了"鲁迅文学奖"及其评审。而在"人民网·强国论坛"里网友"涓涓溪"说："一首诗刻化一个人格，鲁迅文学奖可以休矣了。"
>
> 最终人们开始质疑起诗歌与车延高公务员身份之间的关系了，甚至有人在评论中直接与"官二代酒驾撞人"一事相提并论。……[②]

车延高对此有三次回应——

---

① 陶功财：《"羊羔体"为何不能获"鲁奖"？》，《深圳商报》，2010年10月22日。

② 百度百科："羊羔体"，https：//baike.baidu.com/item/羊羔体

回应之一：

车延高：希望批评瞄得准一些

一些网友认为《徐帆》是获奖作品，但这是一个误解。参与第五届鲁迅文学奖评奖的都是 2007 年到 2009 年度的作品，而《徐帆》这首诗见于车延高博客的时间为 2010 年 9 月。此外，车获奖的诗集《向往温暖》中也没有收录这个作品。

实际上，《徐帆》是车延高所写的《让荧屏漂亮的武汉女人》系列诗歌中的一首。此外，在车的博客里，还收录其创作的数十首诗歌，题材各异。其中不乏网友在博客中对其一些诗作进行褒奖。

他在接受新浪网记者采访时表示，他希望批评瞄得准一些。他认为一首诗、一部作品，很难看出作者的风格，他希望网友多看一些，再做评价。他诚恳接受网友的各种意见，但希望批评能瞄得准一些，能击中要害，这样他知道该怎样去修正自己。

关于有些网友对于车延高身份的质疑，车延高表示，他是利用业余时间进行文学创作的，每天早上 5 点钟起床进行创作，到 7 点 40 分，天天如此。作为公务人员，能够获得鲁迅文学奖，他觉得这是对公务人员热爱文化、学习文化、支持文化给予的肯定。

第五届鲁迅文学奖公布，因诗集《向往温暖》获奖的湖北官员诗人车延高在网络上成为话题人物。他的两首旧作《徐帆》和《刘亦菲》被网友们翻出，被批这两首诗不像诗，更像是在写作中不停按下回车键的成品，更被命名为"羊羔体"，与诗人赵丽华的"梨花体"并称。车延高本人则表示，只看一两首诗很难看出作者风格，对于批评和质疑都不反对，但希望大家能瞄得准一些，击中要害。

车延高：这是我的尝试

出生于 1956 年的车延高现任武汉市委常委、武汉市纪委书记，同时也是中国作家协会会员，湖北作家协会会员，兼任武汉市杂文协会主任。在接受新浪采访时，他对于网友的质疑进行了回应，他说，《徐帆》这首诗是他为《大武汉》杂志专栏里写的一系列诗中的一首，一共三首，写武汉的三个演员：徐帆，谢芳，刘亦菲。车延高说，这三首诗他用的白话手法，力求零度抒情，不带有个人感情，通过自然描写，把人物写得有血有肉，拉近她们与普通人之间的距离。"这三首诗是我写作中的一种尝试，我觉得文学作品要在文艺上做各个方面的尝试和探索。"

同时，他也强调自己在文学创作上一直非常用功，每天 5 点钟起床，到 7 点 40 分，都是进行创作，得到鲁迅奖是对他和所有公务人员的鼓励，他非常珍惜。记者昨日下午多次给车延高拨打电话，他都没有接，发去的短信也没有回应。负责鲁迅奖诗歌评选的中国作协副主席高洪波的手机也一直无人接听。

回应之三：

面对网友争议与质疑，当事人车延高的态度如何？21 日，便有《长江日报》报道车延高对获得鲁迅文学奖的感受，他表示，"我作为公务人员，能够获得鲁迅文学奖，我觉得是社会对公务人员热爱文化，学习文化，支持文化给予的鼓励。每个人都有热爱文化的权利，公务人员既要不断增强执政能力，也要练就一定的执笔能力。"此外，他还透露，自己每晚9点到11点半，用来学习读书，更坚持每天5点多就起床写诗搞创作。而对于参评鲁迅奖，他表示"很珍惜这次获奖机会。这次参评鲁奖，我是抱着参与的态度，也是因为对鲁迅的崇敬。在我心里，鲁迅是中华民族文化里具有独立人格的骨头和灵魂"①。

二、学界的态度

由此，学者史长源、庄桂成以理性和客观的眼光，一同接连发表了《"羊羔体"文化事件还原》《"羊羔体"文化事件成因分析》以及《"羊羔体"事件的影响及其启示》，以严谨客观的学术观点，解读了原事件的始末，对"羊羔体"事件的成因进行分析，并根据此文化现象号召对网络暴力进行抵制，并"致力于建设网络道德规范体系，构建社会主义和谐网络社会"②。对于此文化事件的原因，他们提出三点：首先是大众传媒的作用。"'羊羔体'事件就是二十一世纪大众传媒作用下的产物，其载体就是互联网，具体则是新浪公司开发的在线交流平台新浪微博。……他们对陈维建发布的微博大肆转发、留言评论；他们蜂拥至车延高的新浪博客'观赏'原汁原味的创作；他们当中的学者开始在学术刊物上发表评论文章表达自己的见解；好事者则开始模仿'羊羔体'进行恶搞……在这一过程中，关于车延高以及'羊羔体'诗歌的新的信息又形成了，而这些信息又通过互联网为广大网民所接受，于是新的一轮循环产生了，整个事件的网络影响也得到了再次扩大。就这样，'羊羔体'事件传播得越来越广，车延高在网上越来越红，而车延高获得鲁奖的诗集《向往温暖》作为本次事件的触发点却逐渐

① 百度百科："羊羔体"，https://baike.baidu.com/item/ 羊羔体
② 史长源，庄桂成:《"羊羔体"事件的影响及其启示》,《名作欣赏》，2017 年 9 月中旬刊。

『羊羔体』的争议

223

被人遗忘。"[①]

其次则是："'虚假需要'的刺激"和"网络暴力抵抗"。"人们追求自身情感的宣泄，追求现实生活中受到的压力和产生的不良情绪在虚拟世界中得到释放与表达。但是在这一过程中，人们失去了理性，失去了冷静地思考、分析问题的能力。……'羊羔体'事件中出现的一系列非理性行为，体现了互联网'亚文化'群体的一种带有暴力性质的抵抗。"[②]

之所以车延高获鲁迅文学奖会引起如此大的争议和反响，源自于他当时作为武汉市委常委、纪委书记的身份，以及诗集《向往温暖》之外的类似"口语诗"之类的写作风格。"官员获奖，这是前几届鲁迅文学奖从未出现过的事情，因获奖者身份特殊，一'奖'激起千重浪。网友的口水简直将车延高淹没，轻者骂他'附庸风雅'，重者讽刺他的诗作是'羊羔体'。由此还引发一场激烈的争论，伴随而来的还有官员写诗以及对鲁迅文学奖公正性的质疑。"[③]车延高本人是一个具有多重身份的诗人，除了曾任湖北省武汉市委常委、纪委书记，还是经济学博士，中国作家协会会员，湖北作家协会会员，兼任武汉市杂文协会主任。2010年9月为《大武汉》杂志写的系列组诗《让荧屏漂亮的武汉女人》，包括《徐帆》《谢芳》和《刘亦菲》，这三首诗使用了一种"零度抒情"的手法，是自己"所追求写作风格当中的一种"和"写作的一种尝试"。"事实上，车延高的诗集《向往温暖》确实有价值，并且这种价值获得了'鲁奖'评委们的认可，因此车延高获奖是当之无愧的。车延高的身份的确是官员，但'鲁奖'评审也不能有门户之见；如果遇到官员就回避，那对官员也是不公平的。可是，'羊羔体'事件中，人们还是没有

① 史长源，庄桂成：《"羊羔体"文化事件成因分析》，《名作欣赏》，2017年9月中旬刊。
② 史长源，庄桂成：《"羊羔体"文化事件成因分析》，《名作欣赏》，2017年9月中旬刊。
③ 里程：《从官员诗人车延高获鲁迅文学奖谈起》，《开封日报》，2010年11月25日。

在弄清楚实际情况的前提条件下就对车延高及其'羊羔体'诗歌全盘否定了,'一棒子打死'了,没有保持清醒的态度和冷静的头脑,没有形成对'羊羔体'的客观看法,而是盲目地质疑、批驳。人们在互联网上对'羊羔体'进行质疑和批驳时,甚至会发出毫无理性的嘲讽和谩骂。"[1]

之所以"羊羔体"事件会在网络上走红,不但与车延高"官员"的身份有关,也"与国人对诗歌创作取向的意见不尽一致相关"[2]。网上大多评论"官员"车延高获奖与其官员身份是密切相关的,这是对当时社会舆论下对权力和官员充斥着不满情绪的调侃和讽刺,将"是否为一场权钱交易"的质疑成为谈论的重心,这也是对"鲁迅文学奖"的公正性的质疑。不论是面对网友质疑还是媒体采访,车延高的态度彰显出他淡定从容的作风。他曾对媒体说:"写诗让我懂得为官之道。有了诗歌这双眼睛,可以使我在日常生活时保持一种清醒,眼睛不离泥土和根,不忘生活的另一个侧面,这样写作才会与社会息息相关。"由此可知,网络上公众质疑官员的身份获奖,也正是人民的社会责任感,调侃质疑的背后,是官员车延高对诗歌写作所倾注的无限的热爱和激情。"如果'羊羔体'代表的是一种'口水诗',那么用其来指称车延高的诗显然是不准确的。目前,网路上流传的车延高'羊羔体'代表诗作只有几首,数量十分有限。"[3]车延高本人是一个具有多重身份的诗人,除了曾任湖北省武汉市委常委、纪委书记,还是经济学博士,中国作家协会会员,湖北作家协会会员,兼任武汉市杂文协会主任。我们应该以一种理性的眼光分辨其获奖作品与寥寥几首"口水诗"之间艺术水准的偏差,而不要一概而论、混为一谈,更不要跟风随意评判。

225

---

① 史长源,庄桂成:《"羊羔体"事件的影响及其启示》,《名作欣赏》,2017 年 9 月中旬刊。

② 李北陵:《"羊羔体"走红不必惊诧》,《中华读书报》,2010 年 10 月 27 日。

③ 孔丹丹:《"羊羔体"诗歌事件探析》,《重庆科技学院学报》,2011 年第 17 期。

对于网友们对车延高的"羊羔体"褒贬不一的评论，也有权威人士对此事件提出颇为重要的解释。百度"羊羔体"看"各方见解"，会看到"陈崎嵘不能要求篇篇佳作"的概括——

> 就网友质疑车延高一事，中国作协书记处书记陈崎嵘在接受记者采访时说，他也已经听说网友们对车延高的热议，这个现象很正常。车延高获奖的是一个诗集，里面大部分作品都有很高水准，即使有几篇内容一般也很正常，不能要求篇篇佳作，他认为车延高的诗歌质量是非常不错的，车延高本人也说了被热议的诗是他的不同风格尝试。

同样，也可以看到此前一度备受争议的诗人赵丽华的看法——

> 无论"梨花体"还是什么"羊羔体"，最早提出这概念的都肯定是个浅薄、牵强的人，因为根据一首诗或几首诗就给人简单分类划派是很缺乏常识的，苏轼也有婉约的词，李清照也有豪放的词。[1]

鲁迅文学奖诗歌终评委员会副主任雷抒雁就表示，"获奖的是'诗人'车延高，而不是他曾任武汉市委常委、纪委书记的身份"。雷抒雁解释，评委们读车延高的诗集《向往温暖》，完全没感到一丝官气，都觉得他完全是一个诗人，诗歌里充满了阳光和温暖，是对生活有感而发，语言也很活泼。无论题材还是风格，都很有新鲜气息，写得很人性化。"身份起不起任何作用。他完全是靠这本诗集获奖，这不是口水诗、随意之作"。[2]由此我们更能明确，所谓"羊羔体"与评上"鲁迅文学奖"的诗集《向往温暖》无关，之前受人们所关注的"官诗"现象更没有在车延高的身上发生。《诗歌与人》

---

① 百度百科："羊羔体"，https://baike.baidu.com/item/羊羔体
② 钱忠军:《车延高诗集获鲁迅文学奖　诗人的纪委书记身份引发热议》,《文汇报》, 2010 年 10 月 22 日。

杂志主编黄礼孩对车延高的得奖表示了由衷的祝贺，并称很多公务员工作繁忙，没空写作，而车延高却能用业余时间写诗，说明他对文学有颗热爱之心，"我对他的个人经历很好奇，觉得他的诗歌里有很强烈的对乡土的眷恋之情"。作家刘醒龙认为，作为诗人的车延高，"在这种信息无孔不入的时代，以与每个人为邻居的姿态出现"；车延高"能做到纯粹，并坚守纯粹，并达到完全纯粹的境界"。而中国作协书记处书记、新闻发言人陈崎嵘解释，引起网友们争议的《徐帆》等作品并没有收录在《向往温暖》中，况且单从一首诗、一部作品，很难看出作者的风格与水平，建议大家读一下他收录在《向往温暖》中的诗歌，大部分作品能达到"鲁奖"的评选标准[1]。由此我们可以得出结论：作品的好坏与作者的身份无关，我们也不要将文化创作与其身份联系得过于紧密，用作品说话。"2005 年，车延高投稿的长诗《哦，长江》在《长江文艺》上发表，像一声'发令枪'，他开始跑步诗歌创作，五年时间发表了超过 490 首诗，出版了三部诗集"[2]。试想一下，如果中国的官员们都如车延高那样视文学为一种热爱的情怀，那么整个社会都会被带动起"文化热"，这才是好事。

三、《向往温暖》的评价

获"鲁迅文学奖"的诗集《向往温暖》是一部颇具诗意的作品，如果我们以理性的眼光看车延高"零度抒情"之外的作品，他诗歌中寄情山水的情怀、感悟自然的热忱、直抒心灵的坦荡与细腻，是完全具备获得"鲁奖"资格的。他的诗作中意象的运用，彰显出他浪漫情感经验的捕捉和提炼——

---

[1] 钱忠军：《车延高诗集获鲁迅文学奖 诗人的纪委书记身份引发热议》，《文汇报》，2010 年 10 月 22 日。

[2] 李邑兰：《"如果官员都不热爱文化，不是好事"：车延高的为官作诗之道》，《南方周末》，2010 年 11 月 18 日。

我来的时候一朵荷花没开

我走的时候所有的荷花都开败了

像一个白昼轮回了生死

睁开大彻大悟的眼睛

一只是太阳，一只是月亮

脚下的路黑白分明

命运小心翼翼地走

起伏的浪花忽高忽低，揣摩不透

只有水滴单纯，证明着我的渺小

——《一瓣荷花》

从细细聆听大自然中的小生命的声音，再到生命轮回的思想感悟，将生命体验融入荷花，与起伏的生命之浪进行命运的角逐，这是大自然生存的思考，注入了诗人无限的哲思。在车延高看来，"写诗必须进入语言和存在相互观照的状态，因为只有这样，诗人才可在想象中追求一种浪漫和张力，又在挖掘现实中寻找一种深刻和细腻，使诗在虚和实之间行走，尽量做到表达情感时抓住现实中最细致最入微最能打动人的东西去展开。"[1]这是他对于作诗的态度，从内心深处的感动与深刻的细致中酝酿最触动心灵情愫、赋予哲思的力量，展露对于生命体验的真谛。此外，对于亲情的体悟、琐事中爱意浓浓的提炼，记忆碎片中无法忘却的情感都成为其诗歌中的主题性存在——

嫂子，我看见你在月光下梳头

一柄篦子篦不去岁月给你的衰老

三根青丝只是当年的念物

每天月色还是白了你一头乌发

我已经不敢看你

---

① 车延高：《我在武汉写诗》,《延安文学》,2009 年第 1 期。

那些皱纹比屋檐下的蛛网陈旧

让我的眼睛一年四季都在飞雪

覆盖了你背我走过的所有小路

今天，为从上学路上捡回你的脚印

我的泪已经把儿时的熟悉打湿了一遍

我记得你看见野菜就浮肿的脸

记得你涮一涮我吃过的碗

喝那口汤的满足

记得你塞进我手里

那个揣热了的红皮儿鸡蛋

嫂子，看见你锄一垄地就捶一次腰

我相信土地是用手指和血汗刨出来的

走进你不该昏花的眼睛

我明白了缝补日子有多么艰难

你是母亲过世后让我记住母爱的人

你不识字

你用什么教会了我勤劳、吃苦和善良

——《让我记住母爱的人》

这些细小的繁琐，在诗人眼里都化作朴实的力量、率真的感动。车延高的作品是对大自然的细腻观察，抑或是对于平凡人、事的提炼，或者对于现实生活的体悟，等等。"作者被生活中的事物所感动，将这些内容脱口而出，使诗歌和现实生活贴得更紧，抒发的感情更真切，因此也就更能引起读者的共鸣。用第一人称表达的感情是一种率直的情感，真实、质朴，而又自然。"[1]《日子就是江山》写二姐嫁给残疾军人的决心与对未来的向往；《一双眼睛给我留下》写出了诗人对草原的向往，等等。这些都体现了诗人对待生活、社会、自然等方面的深

---

① 高建伟:《当文学审美遭遇网络批判——写在读车延高〈向往温暖〉之后》,《阅读与写作》,2011 年第 2 期。

入思考。他特殊的身份没有磨灭对于诗歌世界里的遨游，而使他更为敏感地在独特而又平凡的诗歌土壤中养育它们，并赋予其生命。不论是诗性浪漫的纯美意象，还是对于现实与生活中的点滴事物的发掘与感叹，他真正做到了用自己的生命体验去抒发感情，感悟生命。

四、初步的结论

由以上观点可见，文化界对"羊羔体"的评价褒贬不一，甚至对"羊羔体"所囊括的诗歌范围也没有严格的界定，且涉及诗人身份以及诗歌评判标准等诸多问题。因此笔者针对这些观点，进行了如下几点思考：

首先，在"羊羔体"这一概念的界定上，"羊羔体"应该只包括系列组诗《让荧屏漂亮的武汉女人》中的《徐帆》《刘亦菲》以及《谢芳》这三部作品中的"零度抒情"风格，或者只是指代2010年"鲁迅文学奖"评审结果公布后，中国文化界引发的一次引起大众广泛议论的"文化娱乐事件"。从以往的研究资料中发现，"羊羔体"事件发生后，微博上曝光的那些被称作"口语诗"的获得了极大的关注量，大部分参与者也仅凭诗人陈维建转发的诗歌《徐帆》的四分之一的部分内容而进行评价。评价的重点大多集中在仅以这一首诗的艺术水准而以偏概全地将车延高的所有诗歌概括为"羊羔体"，这种看法得到了大多数人的认同并产生了趋之若鹜的现象。网络上显现的声音大部分集中在对这几首诗的水平的嘲笑和批评，并以此称车延高所有诗皆为"羊羔体"，这显然是缺乏理性的。《徐帆》等作品引起广大网友争议这是无法避免的，因为这一作品的确过于浅白，在思想深度以及诗歌的艺术标准上的确容易被质疑"回车键下出官诗"。但这几首作品却并没有收录在《向往温暖》中，况且这几首诗是车延高对于"零度抒情"手法的一次新的尝试，不应将其与诗人大部分优秀作品相提并论，更不能以此怀疑"鲁迅文学奖"对于作品评审的尺度。既然"羊羔体"事件发端于《徐帆》

《刘亦菲》和《谢芳》，那么"羊羔体"只能包括这几首"零度抒情"的、艺术水准较低的诗作，不应指代车延高的所有诗歌。值得一提的是，车延高的诗集《向往温暖》获得"鲁迅文学奖"，只是作为"羊羔体"事件发生的触发点，而作为2010年"十大文化事件之一"，人们对"羊羔体"的评价和模仿大多停留在那几首并无深度的诗作，很少有人真正关心和评价其获奖诗歌集的价值，即文学本身。大部分对"羊羔体"事件的评价集中在网络平台和报纸上，而很少作为"文学现象"进行深入的研究。类似这种文学被遗忘的事件的发生，与其说这是文学上的争议，不如说这是一次构成大众广泛议论的谈资、一次娱乐事件。

其次，在官员身份与"鲁奖"获奖的关系上，这次获奖与车延高时任武汉市委常委、纪委书记的身份毫无关联，"官员"与"诗人"根本就不矛盾。诗集获奖，作者身份受质疑遭调侃，并成为网络的议论焦点，这的确是值得关注的。但不论是鲁迅文学奖诗歌终评委员会副主任雷抒雁，还是中国作协书记处书记、新闻发言人陈崎嵘，都强调"诗人"车延高的获奖，是完全凭借着作品实力的，且获奖诗歌毫无官气，符合"鲁奖"的评判标准。他们欣赏的是其创作诗歌的才华，与其他因素无关。《诗歌与人》杂志主编黄礼孩、作家刘醒龙等人都对车延高在诗歌创作领域做到纯粹并坚守纯粹的难得表示赞叹。车延高告诉记者，他是利用业余时间进行文学创作的，每天早上5点起床写到7点40分，天天如此。他在各类刊物上发表的数百首作品，都是业余时间写的。在他看来，对于文学的一腔热情则可以代表全部，而官场上的权力是无法赋予诗歌以点滴的灵感和驰骋的想象力的。"他自1979年开始业余创作起，很多诗作见诸报刊，组诗《日子就是江山》被《新华文摘》转发，并于2007年10月荣获第八届'《十月》文学奖'诗歌奖，2010年获'鲁迅文学奖'。"①这次受争议大的原因也不外乎"鲁迅文学奖"是我国

---

① 高建伟:《当文学审美遭遇网络批判——写在读车延高〈向往温暖〉之后》,《阅读与写作》,2011年第2期。

具有最高荣誉的文学大奖之一而已。此外，人们对车延高的身份与获奖之间关系的质疑，反映的是当时社会舆论的导向，当时"我爸是李刚"事件引起了群众的愤怒和指责，随之的"官员"身份获奖所导致的议论热点或多或少与当时的社会背景有关联。面对"羊羔体"事件，我们首先应该做到的是保持一个冷静的头脑，理性地思考问题、分析问题，不要去跟风随意评判，要对自己在网络上的发言负责，避免"盲从"的现象发生。综观"羊羔体"事件中人们对当事人车延高及其诗歌的质疑和批判，立足于诗歌风格本身的质疑和批判要远远少于对车延高以官员身份进行创作并获奖的质疑和批判。质疑和批判与诗歌写得好差与否并不是这次文化事件的重心，而人们对于官员获奖这一事实的强烈不满，更多地是在拿车延高作为纪委书记的身份进行调侃和评判，以一种"有色眼镜"来审视官员，这种先入为主的情绪左右了整个舆论导向，并且并没有对人们的思维方式和思想见地提出更加中肯而又理性客观的评价。专业诗人可以，打工诗人可以，为什么官员不可以，车延高无疑是在这次事件里被强行戴了顶"丑恶官员"的帽子，被不理智地批判着。如果人们都能以一种理智的心态去真正探究获奖作品的原貌之后，再去评判一二，社会的整体文化氛围才能朝着更加有益的方向发展。

再次，在国人对诗歌创作取向的意见上，人们评判的水准较高。"羊羔体"之所以被称作"口水诗"，正是因为其措辞的随意性、内容的浅俗性、手法的无技巧，"回车键下出官诗"的说法并不是空穴来风。由此可见，国人在对其官员身份的议论之外，调侃其"零度抒情"的诗作，源于这类诗作深度不够、内涵匮乏，任何没有诗情之人都可模仿得来。国人之所以大风向指向批评和调侃，是因为这类口语化的浅白诗作很难成为获奖者车延高的整体诗歌创作水平的一个中肯而又颇具说服力的论证。再加上获奖与官员身份等方面的舆论的质疑声音，更加使网络评论者找出理由进行批评和调侃——如果写出这类诗篇的作者都能获奖的话，中国的文学谈何发展。有可能部分参与者只是看到了这几首粗浅的"口水诗"，在没有深入了解其获奖作品《向往温暖》的水平的前提下将网上疯转并调侃的几句《徐帆》与获奖作品相联系也是不可避免的。网友"泄愤"评论只是一方面，也有一部分的驱动力来源于他们对诗坛创作水平的质疑，在没有专业知识积累的情况下，产生以偏概全的现象也是可以理解的。由此可知，更多的大众还是希望在他们的日常文化氛围下有更多令人折服并颇具文学魅力的诗作的出现，这也说明大众对于诗歌水平做出高要求的一种期待。但如果公众能够透过浅俗的几首"羊羔体"的表膜，透视其获奖作品的真正魅力，才能发现更多有力量、值得反复咀嚼的文学创作。

最后，笔者认为，当今社会互联网发展已多次实现"质"的飞跃，当我们现在再度以一种理性的眼光审视"羊羔体"事件时，这无非与我们日常分不开的"热搜""头条"事件，也就是网络社会中最为复杂、影响最深的社会行为之一——网络舆论分不开，而且影响力甚至可以深入我们的生活。网络舆论作为社会舆论的一种特殊形式，是每一个公民个体网络言论的集体体现。通过互联网聚焦、放大，造成社会矛盾通过网络舆论集中表现并激化，产生了非常严重的消极影响和社会危害，"羊羔体"事件中网友们的"跟风"批判"羊羔体"诗歌、质疑"鲁迅文学奖"和官员身份之间的关系等等，都会带动社会舆论朝负面的方向发展。因此，降低网络舆论的负面效应，构建一个更为纯净的网络社会，最终环节仍在于每一名网民、每一名公民自身的道德素养提升。个人认为，无论从网络舆论理性力量从量变到质变的关系而言，还是从增强网络舆论自我净化能力的角度而言，多一份理性的声音，纯净网络社会就多一分希望。"羊羔体事件"对文学作品评奖改革带来了机遇，那就是文学作品评奖需要公信力，获奖的作品应当能够经得住大众的质疑。但这种质疑绝不应在公众失去理性判断力的基础上在网络上随意跟风，甚至恶意用语言攻击他人，这是不负责任的、不道德的体现。因此，作为网民，我们应以一种"主人翁"的意识，从自身做起，反对网络暴力，拒绝做"键盘侠"，对各种社会现象深入思考，发挥理性的力量，保持说话的能力。只有以一种理性的眼光面对复杂

233

的网络社会，就事论事，认真思考，做到慎言、讷于言，才会拥有积极、正面的网络舆论导向，建设更美好的网络环境，构建更和谐的网络社会。

写于 2019 年 4 月

"余秀华现象"批判

一、现象的回顾

余秀华，1976 年出生于湖北省钟祥市石牌镇横店村一户普通的农民家庭。因出生时倒产缺氧造成脑瘫，口齿不清、四体不协。高中毕业后赋闲在家，2009 年开始写诗，至今创作逾二千首，散见于个人博客以及地方网络诗坛。2014 年 9 月下半月《诗刊》杂志"双子星座"栏目推出余秀华组诗《在打谷场上赶鸡》及随笔《摇摇晃晃的人间——一位脑瘫患者的诗》，并于 11 月 10 日发布在"诗刊社"官方微信公众平台，开始引发关注。2015 年 1 月 13 日旅美学者沈睿在博客发表文章《什么是诗歌？余秀华——这让我彻夜不眠的诗人》盛赞余秀华是中国的艾米莉·狄金森。1 月 16 日王小欢在个人微信公众号"民谣与诗"上转载沈睿文章并以《余秀华：穿过大半个中国去睡你》为题发表，引发朋友圈刷屏，余秀华大火。

随后湖南文艺出版社、广西师范大学出版社火速与余秀华签订合同，先后出版发行余秀华诗集《摇摇晃晃的人间》《月光落在左手边上》。其中《月光落在左手边上》销量突破十万册，成为二十年来中国销量最大的诗集。同月 28 日余秀华当选为钟祥市作家协会副主席。2015 年 4 月余秀华获《诗刊》2014 年度"诗人奖"，不久又获第十三届华语文学传媒"年度最具潜力新人"提名。2016 年 1 月 6 日余秀华与迟子建同获"2015 年度书业评选年度作者"，1 月 11 日经《南方都市报》评选余秀华与刘慈欣、方方、冯唐、罗振宇等人被评为"2015 年影响中国文化圈的八张面孔"。同年 3 月余秀华开始以同名个人微信公众号"余秀华"为阵地发表原创诗歌以及诗坛应和之作，与读者、诗人朋友进行交流。5 月 15 日余秀华第三本诗集《我们爱过又忘记》由北京单向空间首发。2017 年 7 月 2 日由范俭执导，以余秀华为主角的纪录片《摇摇晃晃的人间》在内地上映，斩获第 29 届阿姆斯特丹纪录片节最佳评委会大奖。2018 年 6 月余秀华出版散文集《无端欢喜》。2018 年 12 月 6 日诗歌集《摇摇晃晃的人间》获第七届湖北文学奖。2019 年 2 月湖南文艺出版社出版余秀华首部中篇小说集《且在人间》，收录《且在人间》《刀挑玫瑰》两部作品。

从最初抓人眼球的"脑瘫诗人"到权威学者认可的"中国的艾米莉·狄金森"再到文坛体制内认证的地方作协副主席，余秀华由业余农民转型为专业诗人只用了短短两个月时间。而嗅觉敏锐的权威出版社将余秀华诗集精选出版，直接创造出诗歌出版界亮眼的实绩。光明网、凤凰网、新京报、南方日报等各大主流媒体蜂拥而至的报道为余秀华的持续走红维持了曝光度。各大主流、非主流评奖机制的青睐则为余秀华由网络诗人转型为职业诗人、作家增添筹码。余秀华的走红成为文坛现象级事件，尽管一路走来争议不断，形成众语喧哗之势，却共同为余秀华的出场推波助澜，完成了对余秀华现象的演绎。

正如陶东风在《作为媒介化公共事件的文学》一文中所说，大众传播时代文学的生产机制是文学需要成为媒介文本的"公共文化事件"后才能被认知和关注，否则摆脱不了被"边缘化"的命运。[①]总的来说，相比较于之前曾引发热议的"梨花体""羊羔体""忠秧体"等文学事件，余秀华现象带给诗坛积极正面的影响多于消极负面的影响。针对余秀华诗歌产生的肯定与质疑、赞美与批驳、分歧与思辨主要来自文坛内部，拥护者、批驳者、中立者在事件中相继发出自己的声音。

最早预见并推动余秀华走红的是《诗刊》的编辑刘年，那天他在朋友的推荐下逛了余秀华的博客，顿感振奋，当即开始选诗并且

---

① 陶东风：《作为媒介化公共事件的文学》，《文艺争鸣》，2010 年第 1 期。

联系余秀华，刘年直截了当地告诉余秀华："你准备好红吧。"[1]在选诗的稿签中刘年写道："一个无法劳作的脑瘫患者，/ 却有着常人莫及的语言天才。/ 不管不顾的爱，刻骨铭心的痛，/ 让她的文字像饱壮的谷粒一样，充满重量和力量，/ 让人对上天和女人，肃然起敬。"[2]刘年评价余秀华："她的诗，放在中国女诗人的诗歌中，就像把杀人犯放在一群大家闺秀里一样醒目——别人都穿戴整齐、涂着脂粉、喷着香水，白纸黑字，闻不出一点汗味，唯独她烟熏火燎、泥沙俱下，字与字之间，还有明显的血污。"[3]这个评价是得到了余秀华本人认可的，在之后余秀华一直感念刘年的知遇之恩，写有一首《致刘年》："从湘西到北京，到西藏，到沙漠，你在路上 / 你热爱的地方是我的祖国 / 你正在的地方是我故乡 // 相见俱欢。悲伤如蜜 / 你不提醒我也知道，我还欠这个春天 / 一个拥抱"。

余秀华进入大众视野后第一个站出来以专业的文学眼光评论并且不遗余力支持余秀华的是旅美学者沈睿。她撰文称余秀华是让她彻夜难眠的诗人，充分肯定余秀华的诗人身份，质疑加诸余秀华身上哗众取宠的"脑瘫诗人""农民诗人""心灵鸡汤"等标签，她解释道："余秀华的诗歌呈现出她的语言天才，她的语言和想象力，有一种自然的横空出世，不是做出来的诗歌，是天上掉下来流星雨般闪亮的语言，就是在这个意义上我说她是中国的艾米莉·狄金森。"[4]几乎是同一时间段沈浩波的文章《冷看大众狂欢下的"诗人"》犀利地表示"这是一场对平庸诗歌的赞美运动"。他站在精英主义的立场上质疑余秀华的走红违背了诗歌天然疏离大众的精神属性，甚而直言"倘若一个诗人名动天下，成为公众人物，那么，不是这个诗人自己有问题，就是时代不正常"。沈浩波提出自己的专业见

---

① 刘年:《摇摇晃晃的人间·代后记》，湖南文艺出版社，2015 年版，第 182 页。

② 刘年:《摇摇晃晃的人间·代后记》，湖南文艺出版社，2015 年版，第 181 页。

③ 刘年:《摇摇晃晃的人间·代后记》，湖南文艺出版社，2015 年版，第 178—179 页。

④ 沈睿:《这个让我彻夜不眠的诗人》，《文学报》，2015 年 1 月 29 日。

解，评价余秀华的诗歌"无论是从其诗歌的整体水平看，还是审视其中的局部的语言、内在情感与精神，都没有太多可观之处。再客观一点说，余秀华的诗歌已经进入了专业的诗歌写作状态，语言基础也不错，具备写出好作品的能力，但对诗歌本身的浸淫还不深，对诗歌的理解也还比较浅"①。并以《穿过大半个中国去睡你》为例阐释余秀华的诗歌包含心灵鸡汤般的媚俗与虚伪，以此怀疑观众趣味与专业审美对余秀华的认可。沈睿很快对此做出回应，她发文批驳沈浩波言语之间对女性的嗤之以鼻，并且再发文剖析余秀华诗歌绝非矫揉造作的诗歌，而是具有语言、感情与思想力度的好诗，"直接冲击了我"②。

二沈之争立场不同评价截然不同，代表了挺余派与批余派的主要分歧。诗歌与大众的关系、"好诗"的标准、"诗人"走红与事件化对诗歌的影响等诸多问题成为学界关注的焦点，再一次进入讨论范围。

诗人廖伟棠认为大众喜欢的诗人也能是好诗人，一些"专业诗人"对余秀华采用了"双重标准"，并且想当然地贬低大众趣味，忘了"生活可以比诗歌重要"。余秀华的诗歌"诉诸的是诗本身神秘非理性的逻辑，自有其妙……反而联合读者一起面对世界之种种不如意，一起去对许多强悍的事物咄咄还击——即便为雄辩思维的人所不喜"③。上海作协副主席赵丽宏在接受媒体采访时谈到余秀华现象时表示："她是一位有天分的诗人，有着独特的驾驭文字的能力。她扎根于生活，用诗来表达真实生活中的所见所闻所感。她的诗很'接地气'。余秀华现象也给我一些启发，不管读者是因为什么原因关注到诗人、诗作，只要更多人能够走近诗歌，读到更多优秀的作品，那么这些事情都是有价值的。"④批评家徐敬亚也表示"诗

① 沈浩波：《冷看大众狂欢下的"诗人"》，《文学报》，2015年1月29日。
② 沈睿：《余秀华诗歌有何力度》，《文学报》，2015年2月12日。
③ 廖伟棠：《大众喜欢的诗人也能是好诗人》，《文学报》，2015年1月29日。
④ 陆绮雯：《赵丽宏：有一句打动了你就是好诗》，《解放日报》，2015年2月9日。

在公众领域的身份，多数是被嘲弄的对象。诗歌每进入舆论中心，必定伴随着一连串的否定与揶揄。而余秀华现象虽然具有争议，但毕竟还是让诗以诗的样貌，较有尊严的地站在了公众面前"。[①]

学界名流们热热闹闹的争鸣，余秀华未必理会。二沈之争，余秀华也自有主张。对于沈睿盛赞自己是"中国的艾米莉·狄金森"，余秀华直言并不知道艾米莉·狄金森是谁，相反认为自己更像卡西莫多，"那个容貌丑陋但深藏热诚、一往情深的傻男人，显然更符合她对自己的认知"[②]。而沈浩波对《穿过大半个中国去睡你》的批评，余秀华也不以为意。事实上《穿过大半个中国去睡你》是一首先有标题、后填内容的"命题诗"，"我以前喜欢在 QQ 群里、论坛里逛，大家都来自天南海北，有时候开玩笑就这么写"[③]。余秀华并不认为有多么好，这首诗也并未在自选诗集中出现。她像个旁观者，走红之初即有清醒的认知：热闹只是暂时的，人们关注更多的是贴在自己身上的种种标签，而非自己的诗歌。相反她对诗歌创作与生活持有一份虔诚又实在的态度："我只希望我的诗能再写得好一点，生活好一点，只是我不知道怎样能够到达。"[④]

无论余秀华怎么认为，《穿过大半个中国去睡你》无疑是她"一夜成名"的代表作，甚而是标签。除了刘年，余秀华应当感谢的还有网络，没有网络新媒体的东风，余秀华无法从底层脱颖而出。网络诗歌发展到今天已经形成自己独特的一套生产、流通、消费体系，相较于传统诗歌的小众、独立，网络诗歌的话语空间更具包容性、交互性，一个文学事件的发酵、"出圈"需要诗人、媒体、读者、批评家多方的"配合"，缺一不可。余秀华现象自《穿过大半个中国去睡你》始就具备了这样得天独厚的条件，媒体从中预见了

---

① 引自徐克瑜：《余秀华诗歌火爆后的"冷思考"》，《博览群书》，2015年第 4 期。

② 陈亚亚：《余秀华是女权主义的真爱吗？》，《文学报》，2015 年 2 月 26 日。

③ 佚名：《脑瘫女诗人余秀华谈自己走红：反正就是一阵风》，《西宁晚报》，2015 年 1 月 19 日。

④ 梁建刚：《"双面"诗人余秀华》，《解放日报》，2015 年 1 月 25 日。

话题度与点击量，读者满足了猎奇与同情心理，文艺青年体会到了久违的爱情理想与情感共鸣，女权主义者看到了女性身体欲望的伸张，人道主义者看到人权平等的诉求，诗人们众说纷纭，诗评家开始思索新诗的新出路……

二、持续的争议

《穿过大半个中国去睡你》本是余秀华的玩笑应和之作，却好巧不巧地戳中了大众的兴奋点，尽管其中隐含媒休话语（一贯地）对大众趣味的迎合，也包含读者想象（惯常地）对诗人、诗歌的误解，但余秀华现象并非昙花一现，归根结底还在余秀华本身，无论是"脑瘫诗人""农民诗人""专业诗人"，诗人总归要靠诗歌作品说话，这也是余秀华身份转化成功的根本原因。

余秀华不是昙花一现的"网红诗人"，她扎扎实实地拥有了一批热诚的读者群体，以诗人身份更有底气地出现在大众视野中，然而争论与质疑也是不断的。2018 年 1 月 13 日著名诗人食指在《在北师大课堂讲诗》新书发布会活动现场提到余秀华说："看过余秀华的一个视频，她理想的下午就是喝喝咖啡、看看书、聊聊天、打打炮，一个诗人，对人类的命运、对祖国的未来考虑都不考虑，想都不想；从农村出来的诗人，把农民生活的痛苦，以及对小康生活的向往，提都不提，统统忘得一干二净，这不可怕吗？评论界把她捧红是什么意思？评论界的严肃呢？我很担心。今天严肃地谈这个问题，是强调对历史负责。不对历史负责，就会被历史嘲弄，成为历史的笑话。"[1]

该言论引发热议，更是引起余秀华多次激烈的"回怼"，她首先在朋友圈发文反问食指："食指先生说我不提'农民生活的痛

---

[1] 徐萧：《余秀华回应食指批评：我的过错在于，在底层却偏偏高昂着头》，《澎湃新闻》，2018 年 1 月 18 日。

苦'……可是，我从来不觉得农民生活是痛苦的啊，真是一个高深的课题：人们向往田园生活，凭什么又鄙薄它？"其后又在博客发文《兼致食指，不是谁都有说真话的能力》回击食指戴在她头上的"不关心国家""不关心人类""不关心农村"的"大帽子"。最后她自我总结道："我的过错在于：我不会装，更不愿意装可怜！我的过错还在于，在社会底层，偏偏高昂着头。我不知道何为自尊，我只是想如此活着。……姑奶奶脑瘫，想不到啊。"[1]言语中颇为不屑与鄙夷，显示出余秀华泼辣直接的一面，就是不知食指看到作何感想？余秀华与食指之争因为二位的名人效应引发了包括网友在内的诸多关注。有人指责食指对余秀华过于苛刻，缺乏理解和同情。时过境迁，知识分子精英式的理想主义不再是主流情怀，食指站在这一立场上指责余秀华不关心宏大叙事、不关心人类命运似乎是一种脱离实际的苛责与勉强。所谓知人论世，余秀华也许技艺上仍欠缺火候，有浅薄、生硬的缺陷，在情感上却是果敢真挚的，她毫不避讳自己脑瘫的事实，将身体之痛、心灵之痛、生存之痛以清新爽直的诗语唤醒了大众渐趋麻木的神经，这是个人化诗歌的魅力也是余秀华诗歌打动人心所在。同时也有人分析指出食指所说"本意未必是想针对余秀华，而更有可能是想表达对诗坛功利化、世俗化现象的不满"[2]，是一位老诗人以祖国前途命运为己任的隐忧，因此诗歌需要食指，也离不开余秀华。

应当看到余秀华的成功是网络诗歌发展的一次高潮事件，给新诗发展带来契机与启迪。早在2015年保持中立态度的就有杨克、臧棣等人，杨克认为也没必要追究余秀华为何而红，余秀华现象是好事。诗歌也没有那么"边缘化"。臧棣认为"真正的问题不是我们怎么看她，而是我们怎么反思我们自己。她的写作伸张了一种沉

『余秀华现象』批判

241

---

① 徐萧:《余秀华回应食指批评:我的过错在于，在底层却偏偏高昂着头》,《澎湃新闻》,2018年1月18日。

② 李勤余:《诗歌需要食指也离不开余秀华》,《中国青年报》,2018年1月16日。

睡中的生命权力。人，确实可以通过诗歌写作来完成她自己"。[1]权且做一场诗歌的嘉年华，不必深刻。姜涛从文化研究的视角出发赞同臧棣反思自我的观点，将余秀华的诗歌放在一个更大视野中去思考"人人都能写诗"这一文学民主的想象，以及当代文化可能性的重新构想——

> 当代诗的作者，也能从联动的思想氛围中获益，体认他人的情境、洞悉现实的责权，从而翻转现代文艺孤独的美学"内面"，重构写作的位置、视野，发展某种伦理的乃至政治经济的想象力。在这样的向度上努力，卷入公共生活的诗歌，或许真能甩脱"古老的敌意"，不只为巨大的社会艰辛涂抹几缕抒情的光晕，也不只在语言的"飞地"上营造奇观，而真的成为一种全新的诗。这样的诗，针对了普遍的身心不安，又能拥抱我们生活世界的内外层次和多方面关系。[2]

余秀华真正的挑战不是来自外界的看法而是在于能否保持初心，在撕下标签的同时精进技艺。事实上，余秀华也并没有躲过这方面的质疑。2017 年 4 月一个同样来自湖北的农妇在网络上火了，她叫范雨素，因利用在北京做育儿嫂的间隙写下十万字自传体小说《我是范雨素》迅速走红，很快有报道将范雨素与余秀华进行比较，称范雨素是"余秀华第二"。余秀华对此进行了回应："一、文本不够好，离文学性差得远。二、每个生命自有来处和去处，不能比较。三、每个坚强的女人都很辛苦，不值得羡慕。四、我都不愿意和狄金森比较，何况是她。每个生命都是独一无二的。"[3]

---

[1]　普芮：《余秀华诗写得比北岛好？》，《澎湃新闻》，2015 年 1 月 25 日。
[2]　姜涛：《"混搭"现场与当代诗的文化公共性》，《艺术评论》，2015 年第 9 期。
[3]　《余秀华：我不愿和狄金森比较，何况是范雨素》，《凤凰文化》，2017 年 4 月 26 日。

诗人王家新对余秀华的四点评价表示"意外"，他说："我之所以对余秀华有点'惊讶'，是因为当初她恰好就被一些所谓的诗人以'艺术的把戏'贬低过，怎么这么快就忘了？……但没想到，才刚过两年多，余秀华就以当年'不屑'于她的人的那种口吻和姿态讲话了（而且是对一个同类，甚至更弱、更无招架之功的同类）。"[①] 意指余秀华成名后变了。学者卢文超在《艺术社会学视野中的本真性两难困境及其超越》一文中直指"农民诗人余秀华的表现已经不像是一位农民诗人了，她已站在精英诗人的立场上评论和批判新出现的农民作家了，就像精英诗人曾经评论和批判她的一样"。[②]他认为余秀华作为农民诗人爆红网络，开始抛弃过往的"草根"经验转而书写并不熟悉的城市，面临着农民艺术家本真性的褪色，而从农民身份到当代诗人的转化又避免了这种艺术困境，只是当代诗人也有其本真性缺失的风险，这是余秀华需要警惕的。

其实大众与精英并非水火不容，"取悦"大众并不意味着拒绝精英，亲近精英也不意味着抛弃大众，诗歌（或说精英意识）与大众审美"古老的敌意"一直在相互磨合，诗歌没有那么"边缘化"，大众趣味也没有那么不堪。余秀华现象就是很好的例证，或许张清华的评价更为公允："余秀华的作品体现了一个底层的书写者的本色……诗歌有质感、有痛感，有一些专业性。另外，从重要性上看，我甚至觉得，余秀华的诗歌比一个专业性更好的诗人的作品要重要得多，因为她更能够成为这个'时代的痕迹'。"[③]

三、被遮蔽的诗歌及其他

余秀华现象的事件化是在诗坛论争、媒体塑造与读者想象中共同完成的，余秀华的诗歌反而是被遮蔽的一面。

243

---

① 王家新：《范雨素与文学性》，《文学教育》，2017 年第 8 期。

② 卢文超：《艺术社会学视野中的本真性两难困境及其超越——对诗人余秀华的个案考察》，《当代文坛》，2018 年第 3 期。

③ 张清华：《草根诗歌是这个时代的痕迹》，《文艺报》，2015 年 2 月 13 日。

刘年发掘了余秀华，网络造就了余秀华，诗歌治愈了余秀华。余秀华是个脑瘫患者，她从没有避讳过这个事实，在谈到最初写诗的动机时她说："当我最初想用文字表达自己的时候，我选择了诗歌。因为我是脑瘫，一个字写出来也是非常吃力的，它要我用最大的力气保持身体平衡，并用最大力气让左手压住右腕，才能把一个字扭扭曲曲地写出来。而在所有的文体里，诗歌是字数最少的一个，所以这也是水到渠成的一件事情。"①然而在面对媒体时，她是狡黠的农民余秀华，问到为什么写诗，有时候问急了，就说"瞎写的呗""没别的事可做，只好写诗"。这常常令记者们束手无策。

余秀华不避讳脑瘫的事实，只是遗憾因脑瘫得不到爱情。她的自我身份定位依次是女人、农民、诗人，爱情在余秀华的诗歌中占了很大的比重，她大胆率真地诉说对爱情的渴望与身体的欲望，又谨小慎微地呵护因残疾而失落的自尊。余秀华婚姻不幸，十九岁即由父母做主嫁给一个自己不爱的人，在《婚姻》一诗中余秀华写道："'在这人世间你有什么，你说话不清楚，走路不稳 / 你这个狗屁不是的女人凭什么 / 凭什么不在我面前低声下气' // 妈妈，你从来没有告诉我，为什么我有一个柿子 / 小时候吃了柿子，过敏，差点死去 // 我多么喜欢孤独。喜欢黄昏的时候一个人在河边 / 洗去身上的伤痕 / 这辈子做不到的事情，我要写在墓志铭上 / ——让我离开，给我自由"。忍耐多时，成名后的余秀华立即用十五万买断婚姻得到了自由。如果不是意外走红，余秀华大概也会像村里其他女性一样别无选择："她的腰身渐渐粗了，漆一天天掉落 / 斑驳呈现 // 而生活，依旧滴水不漏 / 她是唯一被生活选中的那一只桶"（《木桶》）。尽管此后余秀华孑然一身，用她的话说从未拥有过爱情，但读者仍能从中体会爱情中的千折百转并将自己代入其中。

《我爱你》是余秀华自选集《摇摇晃晃的人间》与《月光落在左手边上》开篇第一首诗。余秀华将自己比作"稗子"，将自己的

---

① 余秀华:《摇摇晃晃的人间·自序》，湖南文艺出版社，2015年版，第1—2页。

爱情比作"提心吊胆的春天"，女性在爱情中"低到尘埃"的卑微
心态跃然纸上——

> 巴巴的活着，每天打水，煮饭，按时吃药
> 阳光好的时候就把自己放进去，像放一块陈皮
> 茶叶轮换着喝：菊花，茉莉，玫瑰，柠檬
> 这些美好的事物仿佛把我往春天的路上带
> 所以我一次次按住内心的雪
> 它们过于洁白过于接近春天
>
> 在干净的院子里读你的诗歌。这人间情事
> 恍惚如突然飞过的麻雀儿
> 而光阴皎洁。我不适宜肝肠寸断
> 如果给你寄一本书，我不会寄给你诗歌
> 我要给你一本关于植物，关于庄稼的
> 告诉你稻子和稗子的区别
>
> 告诉你一颗稗子提心吊胆的
> 春天

《你没有看见我被遮蔽的部分》这首诗比较典型地体现了余秀华诗
歌的特色：一个"文艺"的题目、密集的意象、充满力量且优美的
语言、对于爱情的渴望以及深情而被忽视的女性主体形象——

> 春天的时候，我举出花朵，火焰，悬崖上的树冠
> 但是雨里仍然有寂寞的呼声，钝器般捶打在向晚的云朵
> 总是来不及爱，就已经深陷。你的名字被我咬出血
> 却没有打开幽暗的封印
>
> 那些轻省的部分让我停留：美人蕉，黑蝴蝶，水里的

倒影

> 我说：你好，你们好。请接受我躬身一鞠的爱
> 但是我一直没有被迷惑，从来没有
> 如同河流，在最深的夜里也知道明天的去向
>
> 但是最后我依旧无法原谅自己，把你保留得如此完整
> 需要多少人间灰尘才能掩盖住一个女子
> 血肉模糊却依然发出光芒的情意

学者王泽龙在文章中曾指出："余秀华虽然是一名来自底层的农民诗人，但她却以苦涩的个人经验对生活进行了温情的诗意化抒写，其诗歌创作充满着对个体生存尤其是女性生存的不懈思考，其诗歌创作中突出身体书写所透露出的强烈的身体意识，值得我们关注。'身体'这一概念在余秀华的诗歌中呈现出丰富、复杂并具有极大包容性的质感，在余秀华的诗歌中，身体的内涵和特征既是具体的，也是变化的，在不同语境中有着不同的意指内涵，而身体所伸展出的欲望、知觉、感受、体验、情感等个人经验性因素也成为余秀华诗歌创作的主要内容。在她的诗歌创作中，既有对残缺身体的隐喻，也有女性身体经验的传达，还有从生存空间延伸出的关于日常性身体的书写，这三方面共同铸造了余秀华强烈的身体意识内核，也造就了余秀华独一无二的文学世界。"[1]

渴望爱情是女性的天性，也是合理需求，余秀华却因为天生残障爱而不得，她自卑："——我怀疑我的爱，每一次都让人粉身碎骨/我怀疑我先天的缺陷：这摧毁的本性//无论如何，我依旧无法和他对称/我相信他和别人都是爱情/唯独我，不是"（《唯独我，不是》）。她自尊："你看，我不打算以容貌取悦你了/也没有需要被你怜悯的部分：我爱我身体里块块锈斑/胜过爱你"（《我想要的爱情》）。

① 王泽龙，高健：《折射生存世界的棱镜——论余秀华诗歌的身体意识》，《湖南师范大学学报》，2016 年第 5 期。

最具知名度也是最具争议性的爱情诗《穿过大半个中国去睡你》，体现了余秀华诗歌"野蛮"的一面，有着不同于其他女性的爱情表达，就像刘年所说"像把杀人犯放在一群大家闺秀里一样醒目"，"穿过大半个中国去睡你"这一大胆的爱情宣言因为"睡你"这一扎眼的词汇而联想丰富，一改女性在爱情中的被动与卑微，伸张女性自主的身体欲望——

其实，睡你和被你睡是差不多的，无非是
两具肉体碰撞的力，无非是这力催开的花朵
无非是这朵花虚拟出的春天让我们误以为生命被重新
打开

大半个中国，什么都在发生：火山在喷，河流在枯
一些不被关心的政治犯和流民
一路在枪口的麋鹿和丹顶鹤

我是穿过枪林弹雨去睡你
我是把无数的黑夜摁进一个黎明去睡你
我是无数个我奔跑成一个我去睡你

当然我也会被一些蝴蝶带入歧途
把一些赞美当作春天
把一个和横店类似的村庄当作故乡

而它们
都是我去睡你的必不可少的理由

余秀华也从未回避自己的农民身份，她曾经说过自己不是个逆来顺受的人，不甘心命运的摆布，"但是我所有的抗争都落空，我会泼妇骂街，当然，我本身就是一个农妇，我没有理由完全脱离它

的劣根性"。[①]作为"草根诗人"中的一员，余秀华诗歌中底层经验的书写内涵丰富，乡村景色、乡村生活的日常情状，无疑为生活在都市的大众读者带来陌生化的新鲜体验。因为残疾的缘故余秀华只得困守在横店村这个地图上芝麻粒大小的地方，"横店"一词也是多次出现在诗歌中的意象。在《关系》一诗中诗人试图探讨与横店的关系，实质上探讨的是其个人与命运的关系——

横店！一直躺在我词语的低凹处，以水，以月光
以土

爱与背叛纠缠了一辈子了，我允许自己偷盗
出逃。再泪痕满面地回来
我把自己的残疾掩埋，挖出，再供奉于祠庙
或路中央
接受鞭打，碾压

除此以外，日子清白而单薄，偶尔经过的车辆
卸下时光，卸下出生，死亡，瘟疫
和许多小型聚会
有时候我躺在水面之下，听不到任何声音
有时候深夜打开
我的身体全是声音，而雨没有到来

我的墓地已经选好了
只是墓志铭是写不出来的
这不清不白的一生，让我如何确定和横店村的
关系

① 余秀华:《摇摇晃晃的人间·自序》，湖南文艺出版社，2015 年版，第 2 页。

余秀华的这一类诗歌通常用口语的形式娓娓道来，朴素真诚、少有矫揉造作之感，具有打动人心的效果。余秀华亲近自然、亲近乡村，她的诗歌中常见紫藤花、红蜻蜓、绿叶、黄昏、白云等意象，带给人以自然清新的诗韵。余秀华曾用"稗子"形容过残疾的自己，还经常用"麦子"来形容年迈的父亲。在《一包麦子》中余秀华形容了父亲三次背麦子的情景，感怀父亲为自己所累负重前行："其实我知道，父亲到九十岁也不会有白发 / 他有残疾的女儿，要高考的孙子 / 他有白头发 / 也不敢生出来啊"诗中流露出对父亲的感恩与愧疚，情真意切。在余秀华另一首以麦子为主题的诗《麦子黄了》[1]中，农村生活的静谧与喧嚣、生活的苦痛与希望以极为轻柔婉转的诗语道来，这也就是为什么说余秀华的诗有痛感，但并不尖锐。在余秀华看来诗歌从来不是武器，而是治愈人心的良药，是与这个世界和解的秘密武器——

> 我们举着灯盏去看一看屋后的麦地吧
> 我们在雨水盛大的时候去看一看麦子
> 去年的承诺和响声还在胃里，你走路的时候需要小心
> 把手电筒亮起来，我们跨过苏醒的青蛇，蟋蟀，飘忽
> 的花香
> 在雷声停下之前，看一看麦子泛黄的过程
>
> 挨着麦子坐下，一棵麦子在为我们挡雨
> 说吧，说你多么爱我，爱这样的雨夜和没有边界的麦田
> 生存的船只摸黑靠岸
> 我们凿开船底，饮水取暖
> 麦子一夜之间的变化，你把我的手捏得生疼

249

---

[1] 余秀华的《麦子黄了》，有两首，此处引用的为第二首。见"余秀华：我把这样的疼不停地逼回内心（12首）"，http：//www.sohu.com/a/147350867_784859

三叔依然流落在远方，傻妹妹已经病入膏肓
我们把她打进一颗小小的麦粒吧
然后把它放进我们的胃里，她的每一次疼痛
都会靠在我们生命最近的地方
在这之前，她会在每一次闪电里蜕下十八年的悲伤

明天的黎明会是什么样子呢
你听到麦浪的呼啸了吗

"而诗歌是什么呢，我不知道，也说不上来，不过是情绪在跳跃，或沉潜。不过是当心灵发出呼唤的时候，它以赤子的姿态到来，不过是一个人摇摇晃晃地在摇摇晃晃的人间走动的时候，它充当了一根拐杖。"[1]余秀华在诗集《摇摇晃晃的人间》自序中如是说。余秀华诗歌作品二千余首，质量良莠不齐，佳作胜在质朴天然，也不乏技艺薄弱的模仿之作，形成真正属于余秀华自己的风格还有待磨炼。

结语

在诗歌创作的同时余秀华开始进行散文、小说方面的尝试，均有不俗的表现。延续了诗歌语言的凝练、诗意，余秀华的散文、小说中呈现出更多对生活形而上的思考。

在 2019 年 2 月出版的小说集《且在人间》中，有一篇同名自叙传小说《且在人间》。余秀华化身为"周玉"，讲述与前夫"吴东兴"痛苦不堪的婚姻生活，以及对偶像"阿卡"从迷恋到失望的心路历

---

① 余秀华:《摇摇晃晃的人间·自序》，湖南文艺出版社，2015 年版，第 3 页。

程，将一个残疾的乡村女性灵与肉的挣扎刻画得非常细腻。小说相较诗歌更细致入微地讲述了残疾给余秀华本人心灵带来的痛苦，残疾这个事实限制了她的灵魂自由，阻挡了她对爱情的追求，连带着丧失尊严。周玉的思想是天马行空的，在病痛带来的身心折磨下她思索存在的意义，她悲哀地意识到老一辈们为活着所做的是一场巨大的牺牲，尽管如此，她理解"但是他们根深蒂固的想法也支撑了他们在这个大地上活下去的勇气"[①]。而周玉并不愿意就这样活过一辈子，她不仅想要让自己的生命具有意义，还希望儿子通过她生命的意义获得更大的意义，完成对生命意义的建构，真正地活着。这种自我觉醒与她所处环境的桎梏之间形成了不可调和的矛盾，幻想的破灭、现实的催逼终于使周玉走上了寻死的道路，在她看来死亡不是痛苦，而是最后的解脱，甚而是所有人的解脱。她这么做了，所幸被人救回，最后因为诗歌发表、离婚成功拯救了周玉，她得到了人生价值的实现与梦寐以求的自由。

作为余秀华小说处女作，《且在人间》于 2018 年 2 月发表于《收获》便引发反响。文学评论家王春林认为"《且在人间》的思想触角已经由充满痛感的形而下日常生活书写进一步延伸到了对于生命存在的某种形而上的诘问与思考，其意义和价值显然不容轻易忽视"[②]。也有个别读者认为她的小说存在主题单薄、叙事单调等缺陷，不如诗歌写得好。

余秀华坦言写小说不如写诗得心应手，并说自己不会成为一个小说家，对自己来说写小说是一件非常辛苦的事情。自己写小说的原因是服从了情感表达的需求，她认为作为一个写作者不应该被限定在某一个身份里面，文体是为题材服务的。"当我觉得诗歌的形式不足以表达，我想写随笔，随笔也不行，有时候只能借助于小

---

① 《且在人间 1（自传体小说）》：http://blog.sina.com.cn/s/blog_487342110102xstf.html

② 王春林：《余秀华〈且在人间〉：生命存在的痛楚与究诘》，中国作家网，http://www.chinawriter.com.cn/n1/2018/0408/c404030-29912792.html

说。"①余秀华这番话透露出她开放的文体观以及不断挑战自我的创作心态。

目前余秀华仍旧保持着创作的步伐，向着成为一个成熟诗人的道路前进着。未来余秀华还会给我们带来怎样的惊喜或争议，不得而知。余秀华现象确乎已成为一个时代的"痕迹"（或说"奇迹"），为新诗以及文学创作在新时代的发展带来值得思量的经验与思考。

写于 2019 年 4 月

---

① 参见《余秀华出版首部小说集 "我不会成为小说家"》: http : //zqb. cyol.com/html/2019-01/15/nw.D110000zgqnb_20190115_2-08.htm

第四辑　片断与杂感

分行的自由体：新诗的内涵与底线

一

对于百年新诗发展历程而言，"何谓形式"一直存有争议。出于对旧体诗的"反叛"与"超越"，新诗自诞生之日起，就以"解放"的姿态打破了格律的"枷锁"，从而进入了自由的时代。在诗歌语言、结构、韵律等要素共同更新的前提下，新诗形式之新可谓具体、直观且灵活多变。不过，随之而来的问题则是无法用某种规范或标准概括新诗的形式。时至今日，"分行的自由体"已成为识别新诗形式的最基本且最重要的"依据"，但同时，它也是最具争议的表述。新诗是"分行的自由体"，但"分行的自由体"却未必都是新诗，这看似简单的逻辑已使新诗的形式问题遇到了源自文学内部的"挑战"，而新诗的"合理性""合法化"也由此产生了"危机"。

回顾现代文学的历史，对比其他文体创作，新诗的命运常常给人以更为坎坷的印象。新诗的难题或曰症结在于形式，新诗有"形"无"式"虽显武断，但却在一定程度上道出了新诗表象背后内部构造模糊不清的事实。有感于尝试期新诗的"散而无纪"，很多新诗人一边创作，一边进行理论的探讨。至二十世纪二十年代中期，"新月诗派"的闻一多更是在《诗的格律》一文中提出了著名的"三美"即"音乐美、绘画美、建筑美"的主张，但如何对其进行广泛而有效的实践却始终是一个难题：如何从格律诗那里汲取资源及怎样保持汲取后创作的现代意识、灵活性，显然是一个常常超出理论边界的问题；而一旦让新诗的形式过分格律化，新诗的"新"与自由势必又受到损伤。与格律化追求一致的，在百年新诗的发展道路上，还有歌谣化、民歌体、图像诗等形式实践。然而，就其结

255

果来看，上述实践只是为新诗形式提供了某种可能，并未使问题本身获得确定性的答案。进入八十年代之后，新诗写作日趋呈现出无拘无束、自由随意的发展态势。只要写作者认定所写对象为诗且获得适当的认可，诗歌及其创作者的身份就可以被确定下来。诗歌鉴赏标准的宽松与降低使其形式问题常常湮没于分行的文字之中，新诗形式是一个不言而喻、无需证明的论题，已成为时代语境赋予新诗的生存境遇。

二

对于新诗的形式，"内在的结构"是一个值得关注的看法。历史地看，这一看法可以追溯到郭沫若、宗白华的诗歌理论，其后，徐志摩在《诗刊放假》中的"诗感"与"原动的诗意"说也与之接近①，当代对于此阐释得最为集中的是郑敏的文章《诗的内在结构——兼论诗与散文的区别》。从理论上说，"内在的结构"使新诗获得了诗意的本质和诗性的内核并与其他文体形式区分开来；诗歌的韵律、节奏、意境以及美的阅读感受都可以从"内在的结构"中找到相应的寄居地。但显然，"内在的结构"是一种理念、一种感知，而不是处处可见的物质形态。就作者来说，创作时对诗意、诗性的追求，无疑会使正在生成的诗歌具有诗的"内在结构"，不过，这一结构并不每次都会在读者那里唤起同样的"共鸣"，在此前提下，我们同样可以说"内在的结构"是一种心态、一种创作上的伦理与美学追求，它与那种带有标志性的诗歌形式，还有一定的距离。

"内在的结构"一方面表明为新诗"赋形"的焦虑，而从深层上说，则可以理解为对诗歌本质的探寻、确认及其历史化的过程。新诗之所以为诗，是因为其诗的本质，那些打着诗歌旗号但不是诗的创作终究会为人们所遗忘。新诗的形式是自由的，可以无"常体"

---

① 　徐志摩：《诗刊放假》，1926 年 6 月 10 日《晨报副刊·诗镌》第 11 期。

或"定体",但跳跃、凝练,讲求意境和美感等基本元素不可全部抛弃。结合新诗发展史可知:新诗是一种受语境影响十分显著的文体形式。近些年新诗写作突出表现为重视口语、叙事,在一定程度上已将诗歌写作局限在一个相对狭窄的空间,至于由此而呈现的游戏式、流水账式、说事而非写诗、情感意识的普遍匮乏等等,更不利于新诗自身的良性发展。包括形式在内的一切关于新诗的问题,首先应当从确认"何为诗"的命题上出发,否则所有的探讨都难免成为空谈!

三

对比长达数千年的中国古典诗歌传统,新诗短暂的历史常常给人以积淀少、经典化程度不高的印象。谈及新诗形式时常常有意或无意地以古典诗歌为参照就是一个明证。胡适在新诗尝试时曾以"文学革命的运动,不论古今中外,大概都是从'文的形式'一方面下手,大概都是先要求语言文字文体等方面的大解放"[1]的论断,为新诗的诞生找到了进化论的依据,然而,其相对于古典诗歌所必然秉持的平民化、通俗化立场也是十分明显的。新诗需要相应的历史去证明自身的合理性,同时,新诗只有被视为中国诗歌传统的一部分、中国诗歌史的一个新阶段时,才会缓解命名上的压力。在我看来,在现代社会的文化语境中,探讨中国诗歌的发展,只有不忽视同时期进行的古体诗、词、歌词等形式的创作,才能更有助于诗歌本身的理论探讨与实践。而将各种形式的诗歌创作共置一个场域,不断进行"传统"与"现代"的对话,也绝非是一种"向后看"的行为。它本身就是中国诗歌发展至现代应当呈现的局面,它可以使新诗拥有更为广阔的实践空间,并为形式实践提供有益的经验直

---

[1]　胡适:《谈新诗——八年来一件大事》,1919 年 10 月 10 日《星期评论》"双十节纪念专号"。

至创新的可能。

从接受的角度上说，能够证明新诗身份及其创作实绩的当然是那些普遍为读者接受的经典之作。从徐志摩、戴望舒、卞之琳、穆旦等代表作的情况可知：新诗的经典化不仅取决于诗人的水准、作品的艺术、时间的沉积，还有汲取古今中外优秀诗歌创作经验与经得起阅读的检验。当然，确立新诗的典范、从中探究新诗的形式边界，绝不是要求简单的重复和形似，新诗自身的内涵决定只有写出满意之作、达到诗的境地，才会实现形式本身的逻辑建构。新诗的典范之作在形式化追求上取得了哪些重要成就、提供了怎样的艺术实践经验，不仅关乎量，还关乎质。但凡称得上新诗的优秀之作，都充分发挥了现代汉语的表意功能，而现代汉语究竟应当如何入诗？现代汉语入诗是否就是简单的白话与口语的问题？探讨这些问题，不难发现新诗形式层面的质素就蕴含其中。

四

在新诗发展已有百年历史的背景下，我们依然可以将"分行的自由体"作为新诗形式的底限（此时不包括散文诗），但新诗形式的内涵却远比此复杂。从诗人的角度上说，新诗写作及其形式问题可以借鉴戴望舒的"为自己制最合自己的脚的鞋子"。[①]从时代的角度上说，不同时代的社会文化与现实生活其实都为诗歌写作及其形式提供了经验，只是越是近距离的时间越容易使人们忽视诗歌写作的变化。当代诗歌生存的语境由于网络的繁荣、各式文体形式的交融，可以更为从容、自由地实践。与此同时，诗人特别是对那些正在成长的诗人，不必过分迷信权威或一时之风气。在追求自身风格化的道路上，不断深度开掘诗歌本身的表现空间，才是诗人成长及

---

① 戴望舒：《望舒诗论》，《戴望舒全集》，中国青年出版社，1999 年版，第 128 页。

至诗歌发展的正确方向。这个包括新诗教育、新诗鉴赏不断普及、提高在内的过程，同样是诗歌写作伦理的重要组成部分。随着新诗历史的逐步延伸，新诗的形式问题会得到进一步的拓展，但其必定是一个复杂的集合体，需要以解析的方式呈现其应有的内涵。

写于 2015 年 10 月

正当"不惑"的"70后"诗歌批评

　　无论就年龄，还是就研究实绩、已有的影响力，"70后"诗歌批评群体成为中国新诗研究领域的中坚都是不争的事实。当然，由于二十世纪七十年代出生的批评（研究）者们本身也包含着年龄及相应的从业时间上的差异，所以，如果将"70后"诗歌批评群体进行一次内部的划分，那么，以姜涛（1970—）、张桃洲（1971—）、胡续冬（1973—）、冷霜（1973—）等为代表的"70前期"，以霍俊明（1975—）、熊辉（1976—）、易彬（1976—）等为代表的"70中期"，以刘波（1978—）、王士强（1979—）等为代表的"70后期"，可作为这一代际批评群体的"基本构成"。

　　与前辈学者不同的是，"70后"诗歌批评群体都是高学历且工作于高等院校或科研单位。硕士、博士学位论文的磨砺和多年来从业的经历，一方面使其具备坚实的学术基础、扎实的基本功，一方面又使其深知求实、出新才是研究的根本所在。上述主客观前提使"70后"诗歌批评群体在具体展现自我时常常表现出如下一些特征。

　　一、在研究对象上，视野广阔，穿行于现当代诗歌之间。按照传统的学科划分方法，现代文学和当代文学是有一定界限的，这种"界限"自然也会影响到现代诗歌、当代诗歌的区分。"70后"诗歌批评群体属于新一代学者，接受事物快、理论知识更新快，都使其在具体批评时常常呈现出视野广阔，自由穿行于现代、当代诗歌的特点。以姜涛的研究为例，博士毕业于北大并留校任教的姜涛，其博士论文为《"新诗集"与中国新诗的发生》。该论文属于典型的现代诗歌方面的研究成果。姜涛曾将与其博士论文相关的成果以单篇论文的形式发表，在新诗研究界产生了很大的反响。但与此同时，我们还应当注意到他的《"全装修"时代的"元诗"意识》《"历史想象力"如何可能：几部长诗的阅读札记》等关于新世纪以来重要诗歌现象的文章。在这些文章中，作者姜涛能根据不同的研究对象使用相应的理论知识话语，让人读来有切中肯綮、耳目一新之感。以易彬为例，经过多年的积累和实践，易彬已成为穆旦研究的专家。他的系列专著《穆旦年谱》《穆旦与中国新诗的历史建构》《穆旦评传》以及《穆旦诗编年汇校》，都可以证明他在穆旦研究领域取得的实绩。然而，易彬的研究又是开放式的：在研究的过程中，易彬有意从二十世纪新诗史的角度考察其研究对象，他的《从"历史"中寻求新诗研究的动力——以穆旦为中心的讨论》《从穆旦到昌耀：新诗的语言质感论略》《文献学视野下的穆旦诗歌研究》等，就属于这方面的努力。结合姜涛、易彬的研究，我们大致可以得出"70后"诗歌批评群体既有突破现代、当代诗歌界限的愿望，又有具体突破的能力。当然，如果仅从"越界"的角度来看，"70后"诗歌批评群体在坚守自己主要学术方向时，常常在其他领域如小说、文学史等方面一试锋芒的现象也并不少见，只不过，这一现象涉及的主客观原因远比单一的诗歌批评更为复杂，此处无法一一展开。

二、关注最新诗歌现象，追逐诗歌发展动态。"70后"诗歌批评在具体呈现时，有明显的"唯新意识"。关注最新诗歌现象，追逐诗歌发展动态正是这种"唯新意识"的外在表现。毫无疑问，"70后"诗歌批评群体是新世纪以来中国新诗的亲历者和见证人，他们对发生在自己身边的诗歌现象发言往往显得得心应手。有关这一点，我们即使将其视作是"70后"诗歌批评群体应当承担的工作与任务也并不过分。纵观"70后"诗歌批评特别是"70后期"评论者的批评实践，我们可以清楚地看到关注当下诗歌发展、诗人创作一直在其整体批评中占有重要的比重。以王士强的研究为例，他长期致力于新世纪以来诗歌现象、诗歌潮流的研究，曾发表大量与此相关的论文。除整体考察之外，他的《诗歌与大学校园的牵手》《余秀华火了，然后呢？》等文章直击当下诗坛热点现象。与王士强相比，刘波既侧重当代诗坛的现象透视，又重视当下优秀诗歌文本的生成与解读。其中，前者可参见其新近专著《当代诗坛“刀锋”透视》，后者可参见其在《星星诗刊·理论版》主持的“每月诗歌推荐”专栏。通过上述例证，我们可以看到“70后”诗歌批评群体有十分明显的创新意识，他们的批评实践既有现象的阐释、潮流的把握，又有文本的细读、理论的前瞻，而传统意义上所言的“研究”与“批评”之分，在他们的实践中也没有十分明确的界限。

三、诗人、编辑与诗评家身份的兼而有之和相互促进。在“70后”诗歌批评群体中，很多人既是评论家，又是诗人。姜涛、冷霜、胡续冬、张桃洲、霍俊明等，可谓“左手写诗，右手评论”。从诗人身份看待批评，从批评省思自身的创作，往往使“70后”诗歌批评群体在具体实践过程中相互促进，感性与理性并重。需要指出的是，随着声名鹊起和资历的增长，“70后”诗歌批评群体已开始分担诗坛已有的“资源”。如姜涛参编的《新诗评论》；张桃洲在《江汉大学学报》（现名为《江汉学术》）主持多年的《现当代诗学研究》栏目；易彬在《长沙理工大学学报》主持的《中国诗歌研究》栏目；霍俊明编选的“年度中国诗歌精选”“年度中国诗论精选”；熊辉主编的《诗学》专辑；刘波先后受邀在《诗选刊》《星星诗刊·理论版》主持栏目，并连续多年参编“中国新诗年鉴”；王士强在《新文学评论》主持《诗人档案》栏目，并先后受邀在《星星诗刊·理论版》主持专刊并兼任《诗探索》《诗歌月刊·下半月》的特邀编辑，等等。尽管，上述列举的方方面面就实际而言会受到多方面因素的制约，每个人的情况也可能不尽相同，但“70后”诗歌批评群体身份多元、兼而有之却已成客观的事实。集诗人、编辑、批评家于一身，会使“70后”诗歌批评群体在批评的过程中有鲜明的在场感和前卫意识，并与同时代的许多诗人交往甚密、形成互动，进而促进其批评关注最新诗歌现象，追逐诗歌动态的发展。

四、主体性的凸显与个性化的风格。这一点主要指“70后”诗歌批评的风格。“70后”诗歌批评群体由于年龄、对批评个性追求等原因，在具体批评实践中常常会感受到较为鲜明的主体情怀。除文笔灵动、融入更多自我体验之外，对批评对象的用心感悟、力求推己及人的观念，都使其批评文字常常充满感情。

也许，上述种种趋向会使"70后"诗歌批评不再那么冷静、客观，但主体性思维的凸显又使其批评具有了相应的个性甚至是前所未有的自信心。"70后"诗歌批评期待可以与批评对象平等对话，进而一改"批评"的从属地位；"70后"诗歌批评期待入木三分、深入灵魂的论析，实现批评主客体之间的心灵碰撞，这种堪称"个性化""个人化"的批评，在"70后"诗歌批评群体面向晚近诗人创作时表现得尤为突出。"70后"诗歌批评群体的主体性意识，还可以从他们多既是诗人又是批评者的角度找到依据，而将批评视为一种创作，也许正是"70后"诗歌批评群体的审美理想追求？！

直观地看，"70后"诗歌批评群体还有批评数量多、写作速度快的特点，但这样的特点并未完全影响他们批评的质量和历史的厚度。姜涛、张桃洲的研究，很早就注意文章的精品意识；同样地，阅读姜涛、张桃洲与易彬的批评，总会感受到历史的影响力以及对于第一手材料的关注。就目前的状态来看，"70后"诗歌批评还处于稳步生长的阶段，蕴藏着巨大的提升空间。处于"不惑之年"的"70后"诗歌批评群体在逐步形成稳定世界观和艺术观的同时，也逐渐形成了自己的批评趣味和学术品格。"70后"诗歌批评群体还有更为广阔的学术前景，而取决于其未来的除了他们坚持不懈的努力，再者就是他们对人生、自我和机遇的把握。

写于 2016 年 3 月

新诗的审美标准：一个实践性的课题

随着"纪念新诗诞生百年"的主题活动在各地举办，新诗的历史成就、艺术水准、现代性与合理性等问题又重回人们的视野。相比新文学运动以来其他文体形式，新诗的道路曲折、坎坷，争议最多。新诗迟迟没有建立起令人满意的文体形式，使新诗的传统、概念等问题长期处于悬而未决的状态，这自然不利于新诗创作与研究的发展。中国新诗发展至今已有百年历史，一个世纪的创作实践已为其理论探索积累了丰富的"资源"。在充分结合新诗实践过程中正反两方面经验的前提下，笔者认为：围绕新诗而产生的诸多有争议的话题，其实都可以通过历史的、客观的、辩证的分析加以阐释，得出适当的结论；而在此过程中，使用理性的、动态的眼光去看待新诗尤为重要。

审美标准作为新诗的重要理论问题之一，自其生成之日起，就与人们的认知、理解和诗歌之美紧密联系在一起。主体的介入和审美客体的存在，是审美标准建构的前提与依据。受一定社会历史条件、文化心理和特定对象审美特质制约，任何一种审美标准的确立，既具有主观性和相对性，又具有客观性和普遍性。结合以往的一些著述可知：新诗之所以迟迟未能建立起系统、完整的审美标准，主要与具体识别过程中人为地"割裂"诗歌传统，没有采取整体的、发展的角度去看待新诗有关。毫无疑问，新诗要在诗的范畴内解读才能获得合理的认识，而"诗的范畴"的确认其实已然决定新诗应当有自己的传统和现实，有诗与非诗的分野。新诗或曰现代诗歌虽以反叛古典诗歌传统的姿态于"五四"新文化运动中诞生，但从中国诗歌历史的视野来看，它仍是中国诗歌的一个组成部分。在时代、文化等外力因素的影响下，新诗的崛起虽使中国诗歌进入了一个新的历史阶段、呈现出新的面貌，但它的出现不过是在遵循文学内在演变规律的同时深化了中国诗歌的传统。只要对比中国古代从汉乐府古体诗到五七言律诗、从唐诗到宋词的演变史，特别是其初始阶段所谓"反传统"自身最终成为"传统"的有效组成部分，我们便不难得出新诗诞生的历史必然性及合理性。当然，在此过程中，我们必须要承认如下一些事实：其一，胡适作为新诗"尝试"第一人，其思想、观念之新的意义远胜于其白话诗的具体实践，这一客观事实造成新诗起点不高、实践大于艺术。其二，新诗作为一个新生儿，虽貌似反叛传统，但实际上一直被笼罩于强大的中国诗歌传统之下；谈及新诗的语言、形式等问题总会自觉、不自觉地与古典诗歌进行对比，始终是在认知层面上困扰新诗的难题之一。其三，"一个时代有一个时代的诗歌"，诗歌创作受时代的影响从而形成特定时代的创作主潮；然而，特定时代出现的诗歌主潮凸显的只是一种符合时代标准的审美趣味，从长远的历史来看，它不一定能够成为建构广义诗歌审美标准的依据。

鉴于新诗历史发展过程中的实际情况，新诗的审美标准可主要从"时代标准"和"普遍标准"两方面加以考察，而具体谈及新诗的审美，还需要区分美感与美学层面的辨析。以近二十年新诗的发展趋势为例，二十世纪九十年代以来的中国新诗由于受到消费时代、快餐文化和网络技术等因素的影响，越来越呈现出文化的倾向。新诗从纯文学的领域向更为广阔的文化领域扩张，一方面再次证明了时代与诗歌之间的互动关系，另一方面则使诗歌在美学层面上发生一定程度的改变，进而影响到诗歌的审美阅读。上述可以从"时代标准"去探讨新诗的现象，既包含着新诗审美走向多样化的可能，也包含着某种诗学上的"冒险"。结合近年来部分学者质疑许多新诗创作、网上关于某些迅速走红诗人的争议等现象，我们似乎应当对这一时代的诗歌写作进行反思或曰至少保持某种警觉。诗歌审美程度可以有高下之分，但却只有在审美的范畴中谈才有意义。热议甚至夸耀一些表面上徒具诗歌形态、实际上毫无美学价值的诗，最终只能混淆、破坏诗歌应有的审美标准。与此同时，即使是谈诗歌审美的"时代标准",也不应当过分考虑诗人身份、评论者的推崇。从长远观点来看,诗歌审美的"时代标准"只能取决于历史,取决于诗歌本身以及那些常常被忽略的沉默的读者。

由此看待新诗审美的"普遍标准",鉴于诗歌审美离不开读者、具体作品及相应的鉴赏关系,就诗质、诗性的角度而言,通过语言、形式、情境、韵致的雕琢,营造出诗歌本身的美感仍是新诗无法逾越的、带有普遍意义的审美标准。尽管,在具体呈现时,每首诗可能有不同的表现方式,但上述关于诗歌自身及其鉴赏层面的真善美是不能缺失的。也许,在许多人看来,以上的提法并无新意,但需要指出的是:这里所言的新诗的审美标准不仅是一个理论命题,还应当是一个实践的课题。新诗处于中国诗歌的晚近阶段,不断处于发展变化的状态之中,这使得处于其中的研究者归纳其审美标准时总不免带有很大程度的滞后性。但无论怎样,新诗作为中国诗歌之一部,需要符合中国诗歌的美学标准,否则必将会与读者阅读习惯产生抵牾的同时失去自身的美感。同样地,新诗作为具体的艺术品,要遵循艺术美的共同标准,新诗可以通过探索和实践形成新的审美特质,但这种特质只是丰富了诗歌鉴赏中的审美论域,而不能彻底颠覆诗歌美的本质及相应的审美思维。

除"时代标准"和"普遍标准"之外,新诗的审美还在具体言说时带有鲜明的"个人性"。这是一个更为复杂的问题,涉及诗人的风格、心态和鉴赏者的学养、趣味、习惯等多个方面,限于篇幅,此处不再一一展开。确认新诗审美标准具有多层次的特点之后,我们所要面对的自然是如何呈现新诗写作中的美感问题。直观地看,新诗使用的是现代汉语、形式是分行的自由体,新诗现代、自由而灵活的特点,决定其可以通过语言、形式以及具体的手法,呈现自身的美感。新诗的美感在具体分析时自然需要历时性地逐一举陈,但仅就阅读本身而言,其美感的实现往往是共时性的。优秀的诗作往往是在语言,节奏、结构和手法的共同作用下,抵达美的境界。徐志摩的《再别康桥》、戴望舒的《雨巷》之所以被称为新诗的经典之作、广为人知,其理由正在于此。美的诗歌离不开诗情、诗语、诗境等的共同作用或至少是对其中一个方面的强调，新诗之美不仅对诗人的素养和艺术能力提出要求，而且还在实际上对鉴赏者及其有效传播方式提出相应的要求。

需要强调的是，新诗由于受到外来文化的影响，存在以深度和难度取胜的趋向；除此之外，重视立意、思想、主题以及采用写实手法的作品也在百年新诗历史中占有重要的比重。这些作品如果按照中国古典诗歌美学角度来看，多半会因"意境和时间感的割裂"而造成美感缺失，但是，如果从美学角度看待其包含的艺术美，那么，悲壮、雄浑、苍凉、崇高等也可以作为衡量这些诗篇的美学标准。上述表面上看起来似乎截然不同的两种判断，其实说明新诗的审美标准因时间、地点、读者等原因，一直是一个相对的命题。"好诗"是否能为新诗的审美标准提供依据？"好诗""优秀之作"可否等同于"美"的诗？其实还对"美"的标准本身进行了追问。所幸的是，众多诗人的实践已为人们谈论百年新诗的审美标准提供了典范之作，但无论就时间还是就丰富性的角度来看，新诗的审美标准还需要不断地历史化。新诗的审美标准是诗人、作品、读者、鉴赏等多方面因素共同作用的结果，这不由得让我们对它们特别是它们的未来都充满期待！

写于 2016 年 4 月

近年来东北诗歌创作的格局与态势

　　从某种意义上说，"东北诗歌"并不是一个确定的概念。"东北诗歌"一直由于诗人们居住地的改变而不断处于发展变化之中。这一点一旦和那些出生于东北、长于东北，之后由于种种原因离开东北，成为其他地区重要诗人的情况（如王小妮等）联系起来便会更加明显，反之亦然，为此，我们有必要在结合诗人创作实绩的前提下，以动态的眼光看待整体意义上的"东北诗歌"。

　　按照新世纪以来谈论某一地域、某一省份诗歌的习惯方式，即这一地区有哪些"知名诗人"可以代表其创作及成就，近年来东北诗歌在整体包括辽宁、吉林、黑龙江三省诗人群及其创作的过程中，必须要指出每一省份的代表诗人。按照这种逻辑，我们大致可以李松涛、王鸣久、胡世宗、柳沄、巴音博罗、萨仁图娅、麦城、刘川、赵明舒、哑地、宁明、李皓、陈美明、大路朝天以及林雪、李轻松、宋晓杰、川美、夏雨、娜仁琪琪格、李见心、苏浅、王妍丁、玉上烟、微雨含烟、黑眼睛、苏笑嫣等为代表的辽宁诗人；以张洪波、孙慧峰、魏连春、胡卫民、谭广超、董喜阳以及南永前、额鲁特·珊丹等为代表的吉林诗人；以张曙光、桑克、马永波、李琦、冯晏、潘洗尘、潘虹莉、王雪莹、吴铭越、原筱菲等为代表的黑龙江诗人，从空间上描绘当前东北诗歌的版图。从这样一份长长的名单中，我们不难看出近些年东北诗歌在整体上可谓阵容

强大，成绩斐然。当然，除了上述按照省份的方式认知外，近年来东北诗歌还可以依据不同的标准呈现出新的认知角度。比如，按照诗人的身份、性别、题材取向等，近年来东北诗歌就可分为"知识分子写作""女性诗人""军旅诗人""少数民族诗人""编辑诗人"等群落；而按照诗人走上诗坛的时间与个人的年龄构成，则又分为

"二十世纪八十年代诗人""二十世纪九十年代诗人""新世纪以来诗人"和"五十年代出生""六十年代出生"以及所谓的"70后""80后""90后"诗人群。结合近年来东北诗歌发展的新趋向，上述诗人群体还可以从更小的单元进行划分，如从诗人较为集中的角度进行考察还可分出"大连诗人"等群体。需要指出的是，鉴于近年来东北诗歌本身不断处于发展、变化的状态之中，是以，越是想对近年来东北诗歌进行具体的归类，就越会发现这种归类在实践中会有不确切、不完整之处。不过，它却可以在那份长长的名单外，更为多元、繁复地拓展近年来东北诗歌的认知视野与角度。

　　谈及东北，总会让人自然联想到白山黑水和一望无际的黑土地。尽管简单从地域对诗歌影响的角度谈及东北诗歌难免会让人感到牵强，但以辩证的方式论及东北诗歌会受到地域文化的影响显然是正确的。毕竟东北诗人在成长和写作过程中所面对的自然环境和社会环境就是如此，因而，他们的诗中或是有意或无意出现属于本地的意象让人在读后并不感到意外，相反地，这些独具特色的意象及语词会给读者带来某种新鲜感。以桑克的创作为例：《圣·索非亚大教堂附近》《圣·伊维尔教堂》等作品就与诗人的居住地哈尔滨的历史文化有关；名作《雪的教育》是一次近乎串起桑克成长至当下生存状况全部的精神记录，同时，也是集中体现其"地理意识"的作品。"在东北这么多年／没见过干净的雪"，城市居民的沮丧抱怨，轻易地将"雪景"置于一个地域视野之内，同时，也为下文的视角转换埋下伏笔。"乡下""森林"，雪"清洁"而富有"营养"，其美丽的姿态和安静的睡姿，联系起"我们童年时代／的记忆和几近失传的游戏"。然而，接下来的"在国防公路上，它被挤压／仿佛轮胎的模块儿"却将诗人亟待表达的意图之"位置"指点出来："国防公路"延续着前面对城市和乡村的连接，同时又将诗歌赋予了重大主题意识。显然，诗人借助了自己熟悉的"雪"实现了一次从自然环境到主体自我的诗意转换。至于他在诗中所言的"我始终在雪仁慈的教育下"，则不但是关于地域的，同时，也是关于诗人自身的领悟，领悟中，"雪的教育"在历史化的过程中，具有强烈的自我意识和现实感。除在具体写作中通过自然意象和文化意象展现东北风情之外，我们还必须看到这些书写背后隐含的历史、文化、记忆及相应的个性气质。以辽宁诗人巴音博罗为例，这位在九十年代以《莽式空齐》《吉祥女真》《苍狼之舞》《黑水白山》崛起于诗坛的满族诗人，从一开始就以雄浑的气势、地域的色彩和原始的生命强力，将满族历史和黑土地风物带给了读者。"我是一个旗人，但我用汉语写作，我一直把汉语当作我的母语，这是一种悲哀呢还是幸福？当那条名叫'女真'的河流从我们的血液中流注'华夏'的海洋时，我时常被这种浩瀚的人文景观所震撼……"（巴音博罗：《诗，汉语之灯》，《鸭绿江》，2001 年第 6 期）有感于汉语之灯的光辉，有感于文化交融时灵魂的震颤，巴音博罗穿行于时光的长廊，触摸历史和文化的脉搏，这使其从登临诗坛伊始，便确立了自己独特的艺术个性和诗意追求。

与"地域性"相比，近年来东北诗歌的突出特点是形成了一支有声势、有影响的女性诗歌队伍，这一点，即使放眼全国也属少见。由辽宁女诗人萨仁图娅、林雪、李轻松、宋晓杰、川美、夏雨、娜仁琪琪格、李见心、苏浅、王妍丁、玉上烟、微雨含烟、黑眼睛、苏笑嫣等，吉林女诗人张牧宇、肖寒、额鲁特·珊丹等以及黑龙江女诗人李琦、冯晏、潘虹莉、王雪莹、原筱菲等构成的女诗人队伍不仅人数众多，有代际、有传承，作品频繁发表于各大文学刊物，而且还有摘取"鲁迅文学奖"（林雪）、"华文青年诗人奖"并由此成为首都师范大学驻站诗人（李轻松、宋晓杰）以及在散文诗界堪当翘楚的女诗人（宋晓杰）。除此之外，就是因部分女诗人过于集中、竞相出场而可以进一步划分出诸如"铁岭女诗人"群体，如夏雨、海燕、逸飞、微雨含烟、潇雨晗、贺颖、董燕、黑眼睛等，女诗人人才辈出、此起彼伏，不由得让人们对其充满期待。

特定地域诗歌的发展总离不开相应的阵地，为此，我们在肯定近年来东北诗歌成绩的同时，必须要对其发表园地予以关注。经历多年的坚守，东北诗歌现有的诗歌刊物主要包括黑龙江的《诗林》以及《读诗》《评诗》《译诗》，吉林的《诗选刊》（下半月）、《诗歌月刊》（下半月），辽宁的《诗潮》《中国诗人》等。上述诗歌刊物虽在出版形式上彼此各不相同，但经过多年的探索，业已形成自己的特色与风格，这些刊物曾以不定期的形式，集中推出东北三省创作，对于活跃、繁荣和推广当代东北诗歌起到不可估量的作用。

近年来东北诗歌虽获得了长足的发展，呈现出良好的写作态势，但在另一方面，我们也应当看到，就地域性而言，东北诗歌虽各有代表性诗人，但结构和资源配置并不平衡。或是由于出场年代的不同，或是由于代际及相应的写作趣味的差异，近年来东北诗歌虽不乏享誉全国的诗人，但就印象而言，东北诗歌似乎在先锋性和探索性上并未呈现出显著的趋向。就整体而言，东北诗歌又在不同程度上存有后劲不足、急需培养扶植的问题。相信在正视现实、充分利用资源、集中地域文化优势和切实推进跨省际诗歌交流等举措下，东北诗歌会有更为美好的前景。

写于 2017 年 8 月

不是简单叠加，而是"化学反应"

——关于"新诗地理"研究的深入与整合问题

通过引入"地理"推动新诗研究，是近年来诗歌界不时涌现的话题。除了相关文章时常出现之外，各种关于省级的、代际的或者以区域冠名的诗选，也常常有意无意地涉及"地理"一词，进而为"新诗地理"的探讨提供丰富的个案。历史地看，"新诗地理"话题的出现首先与当代新诗发展的格局、认知、实践方式有关。进入二十一世纪之后，随着新诗创作在绝对数量上的增长和各地均开始重视本地的诗歌创作，以省、市乃至区域为单位的诗选逐渐呈增长态势。在此前提下，概括了解一个地区的诗歌创作实绩已逐渐演变为当地有哪些代表诗人以及产生了怎样的影响。与之相应的是，各地承办的诗会、开展各类诗歌活动以及诗歌生态主题的研讨此起彼伏；以省市、区域命名的民刊也竞相浮世，并常以"诗歌高地""诗歌专辑""诗歌大展"等形式合力打造本地的诗歌品牌。上述现象就当代诗歌发展而言，是在主客观上强化了区域化的格局及其认知逻辑，并由此为新的认知视点的诞生带来了契机。其次，空间化思维模式的生成、实践和新诗研究的互动也对"新诗与地理"课题的诞生起到重要的推动作用。空间化思维模式的生成与空间理论的传播及接受特别是网络技术对现实生活的影响密不可分。空间化思维一改以往研究中人们习惯的线性化、平面化的逻辑，既适应了全球化时代的文化视野，也符合当代社会生活和个体日常生活的实际。人们开始尝试以立体的视角去审视周边的一切，并以此发现了城市建筑设计、个体私人空间与文学创作之间存在的关联。空间化的逻辑思维不仅使人们发现了诗歌与地理之间的关系，而且还让人们学会使用地理学名词去分析诗歌创作过程中的结构与层次。由此回顾一度风行的"底层写作""打工诗歌"和如今已成为习惯称谓的"代际写作"等，它们或是从社会生活结构、写作者身份，或是从年代地质构造角度理解、阐释当代诗歌发展趋势的策略，都为"新诗与地理"话题的出现提供了种种思路。而此时，"地理"一词本身也不仅仅是一门学科，它还兼具文化的属性，并可以作为一个形象的说法来印证这个空间化的时代。其三，新诗研究的内在需求，也使"新诗地理"成为可能。"新诗地理"就字面上看虽涉及新诗与地理两个方面，但究其本质，仍属新诗研究领域的一次拓展并与新诗研究不断寻找新的生长点的本质化需求密不可分。当代新诗研究经历二十世纪八十年代的复苏、九十年代的发展，已经取得了丰硕的成果、积累了丰富的经验，但与此同时也应当看到的是，当代新诗研究的持续增长、从业者甚多，其实也在客观上对研究特别是创新方面形成巨大的压力，而新诗研究在不断强化个案批评、现象研究和文学史书写等"基础研究"的同时，通过跨学科的互动与融合，便成为一种全新的、有效的研究方式。是以，在结合当代诗歌生产、消费、实践活动和适应当代生活变化的背景下，"新诗地理"的应运而生便不会让人感到意外。需要补充的是，以上在创作、观念和研究本身上促进"新诗地理"出现的三个主要方面，在实际展开时其实并没有所谓的主次之分，它们是以共时性的方式共同拓展出"新诗地理"的论域，并与当代的网络技术、阅读传播有效地结合在一起，而网络技术在深刻影响人们日常生活面貌和当代诗歌传播的过程中，又在很多方面深化并推动了人们对于"新诗地理"的接受与认知，并以此凸显了"新诗地理"问题的复杂性、多样性以及内在的差异性。

"新诗地理"的话题虽已日渐受到关注，但就目前的状况来看，仍存在流于表面、不成规模的现象。或许是出于晚近的缘故，"新诗地理"的言说大多停留在就现象谈现象的层面，或是采用追溯历史、古今对照的方式，论证其相应的合理性；或是仅着眼于区域或选本的视域，画地为牢。地理环境（包括自然的和社会生活的）当然会影响当地的诗歌创作，而诗歌也可以通过创作反映、表现身边熟悉的地理环境，但在这些表层现象的背后，如何从文化、生存的角度探究其内在的逻辑，恐怕才是"新诗地理"问题向纵深发展并形成相应体系的必要的角度。与简单证明"新诗地理"的有无相比，究竟有怎样的关联、如何关联且为何在当下成为一个课题显然更为重要。

"新诗地理"在具体展开过程中至少包括"新诗与地理的关系"和"新诗的地理问题"两个主要方面。"地理"一词尽管广阔无边，但由于我们是从新诗研究的角度谈论"地理"，所以，其言说对象应当是具体而生动的。由此回顾新诗的历史：从刘半农、俞平伯都曾关注过的以民歌、山歌为代表的歌谣化创作到现代派诗歌与二十世纪三十年代上海的关系；从二十世纪八十年代初期的"西部诗"到"第三代诗歌"浪潮的出场形式特别是因此而备受诗坛关注的"四川诗人群""海上诗群"等，都可以通过"新诗地理"的角度加以重述。进入二十一世纪之后，网络诗歌、代际写作、底层写作、打工诗歌等纷繁现象的浮现，客观上更要求人们找寻一种合理的言说方式，将这些晚近的诗歌现象置于一个共同的平台。此时，从"空间""地质构造""文化身份"的角度使用"地理"一词，其实是在很大程度上采用了"地理"的比喻义乃至转喻义，并使其在具体应用的过程中由平面视角走向了立体的空间视域。结合"新诗地理"的历史发展脉络，我们应当看到：相对于持续发展、变动不居的新诗创作来说，人们对于地理内涵的认知也是一个不断变化的过程。两者在各自发展的过程中于近年找到了"交汇点"，这既是"新诗地理"出现的时代性，也预示了其本身存在的必要性和合理性，并理当成为我们谈论"新诗地理"的逻辑起点。

无论从诞生的语境，还是创新角度，"新诗地理"都是一个实践性很强的课题，同时也必将是一个动态发展的课题。事实上，"地理"作为外部的生存环境，一直潜移默化地影响着人们的日常生活和社会活动。诗人需要写自己熟悉的生活，也唯有通过写自己熟悉的生活、完成经验的再现和诗意的想象，才能达到艺术的深度与高度。这种简单的因果关系只是因为其已成为我们生活中最平常的部分以及此前一直没有找到适当的"契机"，因此被长期忽视。探讨"新诗地理"，不管是着眼新诗与地理的关系，还是新诗中的地理问题，都不应当停留在简单叠加、机械比附与决定的层面。"新诗地理"应当在密切关注当下诗歌创作的同时，看到新诗在这一方面的发展前景。"新诗地理"当然要结合以往的诗歌现象，整合其相关的经验资源，但由于其诞生年代的诗歌发表、阅读、传播以及人们的思维方式都发生了不同以往的变化，所以，"新诗地理"的阐释更应当从当前的创作、生活经验和理论上寻找生长点，进而不断激活自身的研究领域。

"新诗地理"作为一次全新的探索，应当有自身内在的结构层次和具体的言说方式。立足于新诗的发展史，"新诗地理"至少可以从"历史与现实""平面到立体""现象至理论"三方面建构自己的整体框架。而在具体展开的过程中，地域、流派、诗歌活动和网络、代际、空间、主题、诗人身份与创作观念等都是其重要的切入点。当然，上述几方面在历史跨度、作品数量上是不平衡的，其理论背景、言说方式也有很大不同。为此，我们必须始终秉持"新诗地理"的主线，进行相应的界定。唯其如此，在具体言说时才会避免边界模糊、概念泛化、逻辑混乱，前后无法协调统一的问题。

"新诗地理"作为"文学地理"和更为广阔的"文化地理"的一个分支，不仅可以深化、推动新诗的研究，还可以在触类旁通、举一反三的过程中促进相关学科的发展。如果将视野进一步扩大，我们完全可以在已有的"'一带一路'与新诗"的话题中发现其现实的意义和价值："新诗地理"同样肩负着文化交流与文化形象建构的使命，而我们为此所要展开的实践才刚刚开始。

写于 2018 年 3 月

趋向化的难题与过犹不及的重负
——何青峻组诗《走廊》的反方批评

　　像一幕幕复杂难懂的情景剧，何青峻组诗《走廊》中的每个片段都在不同程度上呈现了其对诗歌蒙太奇和陌生化效果的追求。在看似简单的场景如山林、房间、小镇中，诗人力图以舒缓而密集的节奏展示生活的偶然性、多样性及至异化的可能。他将大量的信息"堆积"在一个个细节之中，从而为作品带来多重修辞格和歧义丛生的阅读体验，他为自己写作倾注的理想及其诗歌素养由此可见一斑。

　　当然，在何青峻不断强化自我诗歌风格的同时，其写作的许多问题也逐渐暴露出来。这一点，在按照组诗《走廊》现有排列顺序，逐一阅读时会显得更为清楚、直接。首先，是叙事成分过多，缺少诗歌应有的跳跃性。叙事以及叙事性是二十世纪九十年代诗歌创作为当代汉语诗歌写作提供的重要经验之一。从整体演变和个体演绎的结果来看，叙事使诗歌写作在很多时候倾向于故事和写实，并在具体展开时转化为关注细节、强调词与词组合后的意义和情节的完整，而其问题则是使诗歌易局限于特定的场景之中，虽源于生活、贴近现实但开放性不足，无法以笔墨"留白"的方式给人以自由的想象。在组诗《走廊》中，除开篇的《隐宿》和第二首《画架》之外，余下六首因为结构关系的需要，均未分节且多使用长句子。尽管，为了更为精确地表现细节、缓解叙述的紧张感，诗人使用了标点和补充句式进行了适度的调节，如"'它表示寒带苔原带'——我的手指在高纬度边缘。"（《县地图》）但由于真实性和完整性已成为文本叙事的前提，所以就难免背上在有限的空间内表现过多内容而造成的负累。以《崭新的屋子》为例，其"上山""暂时停下"和"返回"的总体结构，完全可以分成三节并由此揭示作品的层次感；再者，具体叙述过程中一些多余的句子可以去掉，以使作品能够自由、灵动地表达诗意。

其次，是诗质构成过于繁复，歧义而晦涩。毫无疑问，何青峻是一位追求写作难度的诗人。从组诗整体情况来看，他有意通过诗质的复杂多样抵达阅读上的陌生化：在《隐宿》《画架》《他的鹿》中，人们可以感触到他正将大量的色彩元素融入诗中；在《县地图》《崭新的房子》《走廊》中，则可以领略到一种叙述的曲线，凸凹不平；还有《岛女——餐厅模型》中不可解的"对话"。与之相应的，则是诗人偏爱使用镜头的远景、近景以增强诗歌的对比度。《县地图》《崭新的房子》就题目来说本是非常具体的事物，但多个"自然分布带"的区别与选取、迫近的"太平洋的水位线"以及迅速从"黄赤交角"过渡到属于澳洲的"尤加利叶"（《地图》）；《崭新的房子》近处的"分散的淡积云"和远处的"一对山鸟在大气闭合环流中穿梭"，还有"地球的这头"引发的大小视域之间的对峙甚或冲突，都反映了诗人驰骋的想象力和为叙述而付出的苦心。在空间和场景的自由转换中，许多作品增加了紧张感、立体感甚至是维度。除此之外，组诗《走廊》中还有大量的专业知识内容如番茄红素、单线态氧以及木鸢尾花和萨摩耶……"剧本里充斥着隐喻的／蒙太奇"本是《岛女——餐厅模型》中一句简单的叙述，但却在某种程度上可以视为整组诗的"密码"——何青峻应当是一位有着大量阅读的诗人，他可以使很多范畴如电影、绘画等领域的技法为我所用，隐喻、蒙太奇、荒谬感以及拟物、变形等等。然而，当上述这些元素与手法同时被"嵌入"一首诗后，其诗质反倒因为琳琅满目而产生阅读中的晦涩艰深，而其诸如《他的鹿》式的作品，恰可以作为歧义迭出、难以阐释的"典范"。

最后，诗歌意象性和形象感弱化，观念化倾向明显。综合以上两点，意象不够鲜明、阅读之后印象抽象，同样成为组诗《走廊》存在的问题。是一首诗几乎等同于一组诗，还是一组诗在保持整体风格的同时包含具体的、不同的个性？这点对于写作者和读者来说，其实都很重要。对比《隐宿》中让人感到新奇的"松鼠女友"，

《画架》中"当我们的画架颜料未干之时／一颗棕色浆果从树上落了下来／擦去画中色泽黏稠的一小块。以此／记录它的引力下的线变轨迹"带来的动感体验，组诗在更多情况下由于用力过猛而使意象和整体形象感不够生动、鲜明甚至是有些模糊。在没有找到更为合适的语词之前，我暂且称之为观念大于形象、体验大于表达。应当说，在技艺已经相对成熟的前提下，如何诗性地表达、拒绝思想先行也应当成为诗人思考的重要课题。至于由此可以引申的话题则是：诗歌写作和阅读之间的"懂"与"不懂"，以及读者理解同样应当成为考察诗歌写作的一项重要标准等问题。

当代诗歌的实际发展情况告诉我们，所谓技法早已不成为什么难题。但在诗歌已然成为个人事业或至少是一种行为的过程中，为什么趋势化、观念化仍然十分严重。在我看来，在具有相同知识背景的前提下，如何保证诗歌具有诗质的同时，传达出真实的、属于自己的生命体验才是诗歌可以不断进步的路向。为此，那些富有探索精神和文学理想的诗人，应将平衡个体经验和写作技法之间的关系作为一条重要的写作标准，不仅如此，诗歌终究需要有效的阅读和深入的理解而再次获取"新的生命力"，是以，从实践的意义上说，化繁为简、不断在回归诗歌本源的过程中以自由的姿态、自然的方式再出发，也应当成为诗歌文化传播与消费的律令之一。这样的结论在相当程度上适用于正在持续进行的当代诗歌写作，同样也应当适用于那些起点和水准已经达到一定高度的当代诗人。

写于 2020 年 3 月

后 记

关于一本书的有些解释是到文末才出现的。《另一种诗歌批评》就是这样：它首先是一本关于新诗批评的文集，带有几分"批评"的意味；它忝列于"剜烂苹果"书系之中——之所以用"忝列"，确实是深感底气不足，因为狭义批评性的文字在我写作中占的比重不高，是以，"另一种诗歌批评"首先是针对自己，而后才是针对批评本身。

本书共分四辑，第一辑用"另一种诗歌批评"为题，是因为其中的批评文章最能体现本书的主旨，这当然也是"剜烂苹果"的精神指向，其跨度从读博开始直至当下。第二辑"学案式批评与二十世纪九十年代以来中国新诗"主要收录了我参与首都师范大学中国诗歌研究中心吴思敬教授主持的教育部人文社科重点研究基地重大项目"百年新诗学案·九十年代"的一些阶段性成果，这些文章写作时间较近，虽侧重于史实梳理，但由于一些现象本身就是有争议的，所以也可以说得过去。第三辑"网络诗歌及其热点现象批判"可视为"学案续篇"，其资料搜集、前期写作工作主要得益于我的四位硕士研究生陈曦、赵硕、白婉宁、丁航，因为其侧重网络技术和网络时代几个有争议的现象，所以大胆使用了"批判"二字。第四辑"片断与杂感"是近年来对于若干诗歌现象、话题以及个案的述析，其"隐含的逻辑"美其名曰可概括为说出与别人可以"对话"的观点或想法。

无论具体行文时属于哪种风格，批评作为一种研究方式都是必要的。批评可以与创作形成"对话"，促进并影响当代文学的发展，批评可以保持并彰显研究主体的活力，但做到真正意义上的批评无疑是具有挑战性的。"所以，我又希望刻苦的批评家来做剜烂苹果的工作，这正如'拾荒'一样，是很辛苦的，但也必要，而且大家有益的。"鲁迅先生多年前的话，辩证而深刻，值得每一个批评者在思索中前行。

感谢吴义勤先生对我的关心，感谢责任编辑田一秀女士为本书出版付出的工作，还有曾经发表过部分内容的学术期刊与邀约引荐的诸多师友，限于篇幅，不一一列举。

是为后记。

张立群

2020 年 7 月于沈阳

图书在版编目（CIP）数据

另一种诗歌批评 / 张立群著 .—北京：作家出版社，2020.12
（剜烂苹果·锐批评文丛）
ISBN 978-7-5212-1121-4

I. ①另… II. ①张… III. ①中国文学－当代文学－文
学评论－文集 IV. ① I206.7-53

中国版本图书馆 CIP 数据核字（2020）第 170328 号

另一种诗歌批评

作　　者：张立群
责任编辑：田一秀
装帧设计：孙惟静
出版发行：作家出版社有限公司
社　　址：北京农展馆南里 10 号　　　邮　　编：100125
电话传真：86-10-65067186（发行中心及邮购部）
　　　　　86-10-65004079（总编室）
E-mail:zuojia @ zuojia.net.cn
http://www.zuojiachubanshe.com
印　　刷：天津中印联印务有限公司
成品尺寸：152×230
字　　数：247 千
印　　张：17.75
版　　次：2020 年 12 月第 1 版
印　　次：2020 年 12 月第 1 次印刷
ISBN 978-7-5212-1121-4
定　　价：49.00 元